BLOODY JEWELRY LAUGHS IN MIDNIGHT

ブラッディ・ジュエリーは真夜中に笑う

牧村 一人

幻冬舎

ブラッディ・ジュエリーは真夜中に笑う

装画　鳥龍（http://840wildboar.holy.jp）
装丁　イワタ　ダイチ（Deeplus Designs）

1

玄関ホールから右手の大きな階段を上がった中二階、幅三メートルはありそうな大きな裸婦画の前で彼女は待っていた。春めいた明るい水色のスーツが、すらりとした体によく似合っている。長い髪をうしろで小さく纏《まと》め、毅然《きぜん》と背筋を伸ばして、目の前の女たちに見入っている。その姿がまるで絵の中に違和感なく溶け入っているように美しく、わたしは階段の途中で立ち止まったまま、思わず陶然とただ見惚《みと》れてしまっていた。

「赤尾《あかお》様……赤尾綾乃《あやの》様ですか？」

振り返ると、制服姿の若い女性がわたしを覗《のぞ》き込むように見上げていた。わたしは口の前に指を立てて黙らせようとしたが、遅かった。絵の前の彼女はそれを耳にして、驚いたように振り返った。

「いやだ、綾乃。来ていたの」

「……今さっき」わたしは肩をすくめて答える。「声を掛けようと思ってたんだけど、ついつい見惚れてた」

「もう、相変わらず意地悪」

怒ったように言いながらも、三上日南子《みかみひなこ》は微笑《ほほえ》んだ。陶器のような白い頬が柔らかく緩む。

「ずいぶん早かったのね。昼過ぎくらいになるかと思っていたけど」

「東京から新幹線と急行を乗り継いで三時間ちょっと。遠いように思えて、来てみたらこんなものかって感じかな」

日南子は下にいた女性に「もういいわ、ありがとう」と優しく言った。彼女も小さく頭を下げて、受付のほうに戻ってゆく。

階段を上り切って隣に立ち、彼女がさっきまで見入っていた絵に正面から向かい合った。

「お帰りなさい、と言うべきかしら」彼女が言った。

「ただいま、と言うとこなんだろうね」わたしは答えた。柄にもなく照れた。

「正直、ちょっとびくびくもんだったんだ。迷惑じゃなかったかな」

彼女は心底意外そうに、大きな目を丸くしてわたしに向き直る。そんな目で見られたら、何も言えなくなる。

「迷惑だなんて……そんなこと言わないの」

拗《す》ねたように彼女は言った。その口調がまるで知り合った十七の頃のままで、思わず苦笑いがもれる。

「本当はね、わたしもちょっと怖かったんだ。でも安心した。だって綾乃、昔のまんまだったから」

「それは相変わらず、ガサツで下品ってことか?」

彼女は鮮やかなピンク色の舌をぺろりと覗かせる。「それもあるかも」

「言うなよ。これでも東京じゃ、女切り売りして飯食ってたんだ。あらお久しぶりぃ、なんてさ」

昔とまるで変わらないのは、そっちのほうだろ。声に出さずにつぶやいて、わたしは彼女の隣に並びかける。

それでもわたしたちは、もうあの頃のままではいられないことを知っている。色々なことがありすぎた。こうして少女の頃のままで笑い合いながらも、胸のどこかに小さな棘《とげ》が刺さっているような、そんな痛みを彼女も感じているに違いなかった。

わたしは話題を変えようかと、館内を見渡した。展示室の中央に置かれたベンチに小柄な老夫婦が腰を下ろしている他に、人影は見えなかった。

「大体いつもこんな感じよ。東京の大きな美術館とは比べないでね。まあ、他に名所があるような町ならまた別なんでしょうけど」

そこまで言ったところで、彼女は小さく首を振った。

「もちろん、この美術館に魅力が足りないのも確か。何か目玉になるような作品が欲しいところだけど……予算が、なかなかね。それでも、去年はボナールの小品とジャコメッティの彫刻を入れたわ。ただ、ボナールもジャコメッティもいい作家だけど、日本での知名度となると今一歩だから」

「元が政治屋の自己満足の産物なんだから仕方ないさ。あんたが気に病むことじゃないだろ」

「そんなこと言わないの」窘《たしな》めるように言ったあとで、彼女は小声で続ける。「まあ、事実っちゃ事実だけど」

可愛い顔して、たまにちくりと毒を吐くのも相変わらずだ。そんなところも、ついつい嬉《うれ》しくなってしまう。

「でも、日南子にはこういう静かなところが合ってる。大勢の人をせかせかと捌《さば》いてるあんたなんて想像できないしね」

「そんなことないわよ。ここだって忙しいときは忙しいし、それに最近は、色々と物騒な話だってあるし……」

彼女はロビーの隅に目をやった。そこには直立不動の姿勢で立ち、厳しい目で周囲に視線を走らせている警備員の姿があった。

「ほら、綾乃もニュースとか観てるでしょう？」

もしかして、あれか、と思い出した。去年の暮れあたりからたびたびニュースになっている、連続強盗の話だろう。当初は東京や大阪の宝飾店などが標的とされていたのだが、そちらは警戒が厳しくなってきたのか、ここ数件は地方の美術館や博物館が狙われているのだ。

先月は福井、そして二週間前には宮城で県立の美術館が襲われ、総額で数千万円もの被害を出した。手口は夜間に建物の外壁を爆破し、手当たり次第に収蔵品を奪ってゆくという荒っぽいものだ。その際に使われた爆薬は軍用の強力なものらしく、兵役経験のある外国人による犯行との見方が有力視されているらしい。

「そう。だからここもぴりぴりしてて、大変よ。でももし本当に来られたら、こんな程度の警備じゃどうにもならないんでしょうけど」

確かにそうだろう、と納得する。この美術館は広い公園の中にあり、夜ともなればあたりはほとんど無人になる。それを数人の警備員で守れというのも無茶な話だった。

しかし同じような規模の美術館や博物館なら全国に数え切れないくらいある。その中からここが目をつけられる可能性は、そう高くはないのではないか。それこそ、明日自分が交通事故に遭《あ》う確率を気にして思い悩むようなものだ。

「ところで、昼ご飯どうしよっか。何か食べたいの、ある?」と、気を取り直すように彼女は話題を変えた。

「何でもいいよ。日南子がいつも行ってるとこでも」

「駄目よ。だって久しぶりでしょう。懐かしかったんじゃないの、こっちのご飯」

「こっちにいた頃だって、さして特別なもん食ってたわけじゃないし。それに東京にいればたいがいのもんは食えるしさ」

「そうか、そうだよね」自分だってしばらく向こうにいたくせに、すっかりそれも忘れている。

「で、ご飯のあとはどうするの。何か決めてる?」

「実は、日南子に頼みがあるんだけど、いいかな。案内してほしいところがあるんだ」

不思議そうに、日南子は首を傾《かし》げた。本当は彼女だってわかっているはずなのに。

緩やかにカーブしている幅一メートルほどの石段を、日南子と並んでゆっくりと上った。駅前で買った小さな花束を左手に。

「滑りやすいから気をつけて」

彼女が穏やかな口調で言った。吐く息がかすかに白く染まる。なるほど、このあたりは木陰になって日当たりが悪いらしく、ところどころに雪が残っていた。

石段を上り切ると途端に視界が開けた。小さな広場に、古びたパーゴラつきのベンチが一組あるだけの展望台だった。ぐるりと周りを囲った手摺《てすり》越しに、町が一望できた。

「ここ？」

わたしが尋ねると、彼女はゆっくりと頷《うなず》いた。兄の墓に案内してほしいと頼んだはずだったが、周囲を見回しても霊園に続く道などなさそうだ。

「墓地じゃ、ないのか？」

「直樹《なおき》さんはあんなところにいないわ」

それから彼女はゆっくりと手摺に近づきながら、深呼吸をするように胸を反《そ》らした。

「いるとしたら、きっとここよ」

わたしもその隣に並び、眼下に広がる町並みを眺めた。左右をなだらかな山に挟まれて、南に向かって低い建物が並ぶ平地が広がっている。町のほぼ中央に緑の一角があり、木々の間からお城の屋根が覗いていた。といっても元の城は空襲で焼けて、今あるのは戦後建てられたコンクリート造のものだ。周辺は広い公園となっており、日南子の勤める美術館もそこにあった。

市内を流れる数本の川がところどころ鉤《かぎ》形に曲がっているのも、その外堀の名残だった。左手に見える楕円形《だえん》のスタジアムは競輪場。右手の大きな川は、下流で木曽川に合流してゆく。その土手の上は学校からの帰り道で、夕日を眺めながら毎日歩いたものだった。大して美しい眺めとは思えなかったが、それでもこうしているうちに、忘れていたはずの記憶が次々に蘇《よみがえ》ってくる。

「あの人、ここから見える景色が好きだったの。仕事に疲れたときは、決まってわたしをここに連れてきた。だからわたしも、あの人に会いたいときには決まってここに来るの」

彼女は静かに歌うような口調で言って、スーツのポケットから小さなケースを取り出した。そうして中のものをそっと取り出すと、まるで儀式のように厳かなしぐさで左の薬指に通す。

「それは……もしかして兄から?」

「そう」日南子は小さく頷いた。「外遊のお供でロンドンに行ったときに、ホテルの近くのお店で見つけて買ってきてくれたものなの。そんなに高いものじゃないみたいなんだけど……」

ちょっと照れ臭そうに笑いながらも、彼女は左手を顔の前に掲げてわたしに見せる。そのアンティークのリングはかなり古いもののようで、確かにそう高価なものではなさそうだ。おそらく私設秘書の安月給ではそれが精一杯の贈り物だったのだろう、しかしそんなものでさえ、人前では身に着けることもできないということが、彼女の置かれた状況を物語っていた。

台座はシンプルなデザインのシルバー。深い暗緑色の石の中には、まるで赤い星のような大きな斑点が入っている。

「ブラッドストーン?」

赤い斑点は石英の中に紛れ込んだ鉄分が酸化したもので、和名では血玉髄とも血星石とも言われている。その石の持つ意味は、献身。

「そう。よく知ってるね」

「まあ、詳しくもなるよ。水商売なんてやってれば、自然にね」

と言いはしたが、正直わたしはジュエリーのことなんてそれほど詳しくない。興味もない。ただ、わたしはたまたまこの石をあしらったペンダントを贈られたことがあった。数年前のことだが、店でちょっとした悶着を起こした客が、翌日に再び現れ、詫びのしるしとして渡してきたものだった。もろもろの薀蓄《うんちく》も、そのときの客から聞かされたものだ。

ちなみに、『この身も心も貴女《あなた》に捧げます。それはその証ですよ』などと調子のいい言葉を並べたその男は、以後二度と店に顔を出すことはなかった。夜の女と客の関係なんて、だいたいがそんなものである。

「何か……変かな？」

「いや、そんなことはないけど……」

「昔から神秘的な力があるとされて、聖像なんかに塡《は》め込むのに使われてた宝石でね。わたしがルネッサンス以前の宗教画とか好きなのを知ってて、それで選んでくれたんだと思う」

わたしと一週間違い、同じ三月生まれの日南子にとっても誕生石である。兄が彼女にこれを贈ることにおかしなところは何もない。しかしこうなった今となっては、その深緑の中の血のような赤に、どうにも不吉なものを感じずにはいられなかった。

「でも……」

不意に思い出したように彼女が尋ねた。

「どうして今日だったの？　あさっての三回忌に出席するために帰ってきたんでしょう？　お墓参りならそのときでもよかったのに」

「そっちは、出るかどうかまだ迷ってるからね」

「でも、今度はお家《うち》のほうから呼ばれたんでしょう？」

わたしは兄の葬儀にさえ参列していない。四十九日や一周忌にも。正式に家族ではないわたしや母が、そんな場に列席できるはずもなかった。どういうわけか、それは仕方のないこと。そう思っていたところに、突然母からの連絡が入ったのだ。どういうわけか、三回忌になって急にわたしと母にも列席を求められたとのことだった。それでこうして、十二年ぶりに故郷の土を踏んでいるというわけだが、まだどうにも釈然としないのが正直なところだ。

「とりあえずは母に会って、どういう事情かを聞いてみないと。出るかどうかは、それから決める」

わたしはもう一度空を振り仰ぎながら続ける。

「でもね、わたしはあの人のことは嫌いじゃなかった。心根の真っすぐな、気持ちいい人だったよね。日南子が好きになるのも良くわかった。あともう少し時間があったら、いい兄妹《きょうだい》とは言わないまでも、わたしたちはいい友達になれたんじゃないかと思ってるんだ。六つも年が離れているくせに、変な言い方かもしれないけど」

日南子はゆっくりと首を振って微笑んだ。

「もしかしたらあの人、とても幸せな人だったのかもしれないね。いろんな人に慕われてそれなのに死んじゃうなんて……馬鹿みたい」

「理由は、結局わからなかったのか？」

「そうね……遺書とか、そういうのは何もなかったから」

兄の死は自殺だった。寒い日の朝、自宅のカーテンレールに掛けたタオルで首を吊っているのを、同僚の秘書仲間によって発見されたのだ。その理由は今も不明のまま、もうすぐ丸二年を迎えようとしている。

その知らせを、わたしは東京で聞いた。しかしそのときも、格別の悲しみは感じなかった。わたしたちはそれほど親しい兄妹ではなかったからだ。別々の母親から生まれ、遠く離れた場所で育ち、はじめて会ったのはほんの六、七年ほど前のことだ。以来何度かあの男の目を盗むようにしてわたしに会いにきてくれはしたが、それとて数えるほどでしかなかった。

わたしと兄は別れを惜しむほどの時間すら共有できなかった。ただ、その事が残念で仕方がなかった。

「でもだいぶ経って、あの人と一緒に先生の秘書を務めてた人から話を聞いて……なんだか、ひどく悩んでたことがあったみたい。でもあの人は、わたしには絶対そういうところを見せなかったから。全部自分ひとりで抱え込んで……そういう、強い人だったから」

手の中の携帯灰皿で煙草をもみ消しながら、わたしは兄のことを思った。裏表のない、誠実な人だった。責任感が強く、胸の内に理想を抱き、それを衒《てら》いもなく口に出せる純粋さもあった。

ただそこに、同時に危うさを覚えたのも事実だった。こんなに純粋で誠実なまま、政治の世界になど入ってやって行けるのだろうかと。妖怪やら怪物やらが跋扈《ばっこ》していると言われるあんな世界を渡って行くには、もっと狡《ずる》さやしたたかさが必要なのではないかと。

「本当に……馬鹿みたい。あの人も、わたしも」

日南子はそう繰り返した。その声に、わたしは思わずどきりとする。それは今まで聞いたことがないほどに痛々しく、暗い声だったからだ。まるで何かを呪うかのような。そう、わたしの知る彼女には、およそ似つかわしくない声だったのだ。

「……日南子？」

恐る恐る呼びかける。振り返った彼女は、またいつものように柔らかな笑みを浮かべていた。

「何？」

「あ……いや」わたしは口ごもり、そして首を振った。「何でもない。呼んだだけ」

「変な綾乃」そう言って、日南子はくすくすと心地よい笑い声を上げた。「そうだわ。ねえ……綾乃だったら、どうする？」

「どうするって、何を？」

唐突な問いに、わたしは首を傾げた。日南子はわたしに真っすぐ向き直り、またにっこりと笑う。それでも、今しがたの暗い声音もまた耳に残って消えないままだった。だからそんな笑顔もどこか痛々しく思えてしまう。

「もしもあなたがわたしで、とっても大切な人がいて、その人が突然いなくなってしまったら……何も告げずに、いきなり自分で命を絶ってしまったら」

わたしは何も答えられなかった。ただ彼女の笑顔を、逃げずに正面から見つめ返すしかできなかった。

「それがただの自殺じゃなくて、誰かに追い詰められてのものだったら。明確な悪意と殺意を持って、その人を死に追いやった誰かがいたとしたら……綾乃は、どうする？」

「日南子、それって……？」

わたしは彼女に一歩詰め寄った。それってどういうことだ。兄の死が、まさか。

「嫌だ、そんな怖い顔しないで」

日南子はわたしをいなすように、笑みを浮かべたまま首を振った。

「だから、もしもの話だって。もしもそうだったら、綾乃はどうするってことよ」

わたしは笑えなかった。そうして再び眼下に広がる町を見下ろした彼女の横顔を、じっと覗き込む。

2

市内に戻って日南子と別れた頃には、早くも日は傾きはじめていた。わたしにはもうひとり、何よりまず会いたい相手がこの町にいた。しかしその相手に会うには、ちょっと度胸が必要だった。

東京近郊の私鉄沿線あたりと大して変わらない駅前の繁華街を抜け、薄汚いスナックや居酒屋が並ぶ一角に出る。聞いていた番地はこのあたりだった。立ち並んだ雑居ビルの看板の中に『天《てん》堂《どう》興業』のパネルを見つけると、わたしは脇の細い階段を上って行った。

目指す三階の手前、踊り場のところに若い男が立っていて、胡乱《うろん》な目でこちらを睨《にら》んできた。すでにこの時点で、ここが普通の会社ではないことを物語っている。

「当社に、どういった御用でしょうか」

滑舌《かつぜつ》の悪い、たどたどしい口調で男が訊《き》いてきた。言葉遣いは確かに丁寧だが、凄《すご》みを利かせようとした低い声だった。それがまだ場慣れしていないのが見え見えで、ビビるよりも先に笑ってしまう。

「天堂に会いにきたんだけど。通してくれない？」

「アポイントはいただいておられますでしょうか」

男が相変わらずの語調で言う。なんか日本語もおかしくないか？

「ない」にっこり笑って答えてやる。「驚かしてやろうかと思ってさ」

男の顔にさっと緊張が走るのがわかった。

「社長はいいねぇよ」

早くもメッキの剝がれたヤンキー丸出しの声で言いながら、男が顔を近づけてくる。わたしは笑みを浮かべたまま、「そう、じゃあどこに行けば会えるかな」と訊いてみる。

男は答えなかった。息がかかるほどの距離で斜視気味の三白眼を見開き、幼稚な凄みを利かせてくるだけだった。わたしはいい加減呆《あき》れてきて、目を逸《そ》らして頭を掻《か》いた。そのとき、階上から鋭い声がした。

「何してる新井《あらい》っ！」

新井と呼ばれた若い男は、その声にびくりと体を震わせた。見上げると、小さな雑居ビルには不似合いな分厚い鉄扉を開けて、五十がらみのずんぐりとした男が出てきたところだった。

「専務、この女が……」

新井はわたしの体を押さえつけたまま、もごもごとくぐもった声で答えた。しかし『専務』はその言葉を遮《さえぎ》り重ねて怒鳴り声を上げる。

「さっさと離れんか、その人を誰だと思ってる！」

こちらは流石《さすが》に年季の入った、ドスの利いた声だった。思わずこちらまで背筋が伸びる。新井ももちろん、弾《はじ》かれたようにわたしから離れた。

「いやあの……その」

言いかけたわたしに、『専務』はくるりと向き直って、うって変わった人の良さげな笑顔を見せた。

「失礼しました、お嬢さん。こいつにはあとでたっぷりクンロクかましておきます。お気を悪くなさらないでください」

その顔と、穏やかな口調には確かに覚えがあった。名前は確か、前原《まえはら》といったか。昔から天堂の世話役として側にいた男だった。

「しかしお嬢さんも人が悪い。ちゃんと連絡を入れてくだされば、こんな失礼はなかったものを」

「ごめん」素直に謝った。「でもあらかじめ連絡したら、もしかしたら天堂はわたしに会ってくれないかもしれないって思って」

わたしがこの町を離れる日の朝を思い出す。駅に見送りにきてくれたのは、日南子ひとりだった。でも、あの男が考えていることもよくわかっている。きっと、合わせる顔がないとでも思っていたのだろう。あの男の性格からして、それは今も変わるまい。

「それから『お嬢さん』はやめて。なんだか、背中がぞわぞわしちゃうし」

「そうですか?」前原は笑顔のままでゆっくりと首を振る。「でもお嬢さんはお嬢さんです。今の若があるのも、綾乃お嬢さんのおかげですから」

思わず笑いが漏れる。この男にとっては、天堂もいまだに『若』なのだ。

「で、その『若』なんだけど、ほんとに留守なの?」

「ええ、今日は朝から、来月オープンする店の内装を見に新町のほうへ。まあ、夜には戻ると思いますが……」

そこでいったん言葉を切って、前原はちょっと悪戯《いたずら》っぽく白い歯を見せた。

「驚かせてしまいますか。案内しますよ」

前原自身が運転する黒塗りのメルセデスベンツが停《と》まったのは、駅前のショッピングセンターの裏手だった。歩いてもせいぜい五、六分といったところだろう。

再開発地域のほぼ中心、オープンを目前に控えているらしい十階建てのホテル。天堂の店はその地下にあるらしい。店といっても街中のスナックに毛が生えた程度と思っていただけに、さすがにこれは驚いた。

「凄いもんだね。金もかかってるでしょ」

「岐阜や名古屋のほうにも七、八軒、出してきましたがね。でもこれだけでかいのはウチとしてもはじめてで、若も気合入ってるんです」

真鍮《しんちゅう》のデコレーションが施された大きな扉を開くと、中からいきなり野太い罵声《ばせい》が響いてきた。

「てめぇ、客商売何年やってやがんだ。どうせ田舎と嘗《な》めてやがるか！」

続けて、銃声かと思うほどの派手な平手打ちの音が響いた。ボーイ姿の若い男が、鼻血を飛び散らせながら転がって行くのが見えた。

ずらりと並んで直立する、蝶《ちょう》ネクタイ姿のボーイたち、その中心で首をすくめている年配の男が店長か。その前に仁王立ちして、獣が威嚇《いかく》するようにゆらゆらと揺れる巨大な背中。罵声の主はもちろんそいつだ。

「社長！」

前原が呼ぶと、大男はようやくこちらに気づいたように顔を振り向け、「おう、どうした専務」と返してくる。しかしすぐに凍りついたように動きが止まった。

「お客さんですよ、社長。『あかお』のお嬢さんです」

含み笑いを噛み殺すように、前原が言った。男はわずかに顔をこちらに向けたまま動かなかった。

「……よう」と、わたしは小さく右手を上げた。まるで毎日顔を合わせていたような普通の声が出た。実のところ、わたしもどんな声をかけたらいいかわからずにいたのだが、やってみればどうってこともない。

大男から言葉はなかなか返ってこなかった。瞬《まばた》きをすることすら忘れてしまったようで、太い眉の下の目を大きく見開いたまま、じっとわたしを見つめている。日本人離れした彫りの深い顔。そしてその瞳がわずかに青みがかっているのは、フランス人とのハーフだった母親の遺伝だろう。黙ってさえいれば、思わず見入ってしまいそうになる整った顔立ちは相変わらずだった。今はそこに、重ねた年齢と立場相応の貫禄も備わってきたようで、立派にやくざの親分の顔にもなっていた。

しかしその立派だったはずの顔が、みるみるうちに崩れて行く。半開きのままの唇を歪《ゆが》め、ぱちぱちと瞬きを繰り返していた目が垂れ下がる。まるで今にも泣き出しそうな顔だ。つい今までの剣幕にすくみ上がっていたボーイたちが、奇妙なものを見るように彼とわたしを交互に見比べている。

「元気そうだね」

「あ、ああ」彼はもぞもぞと言ってこくりと頷いた。「お前は……」

「ああ、元気だよ。見ての通り」

そう言って頷いて見せると、天堂はますます困ったように顔を歪ませた。その目が泳ぐように揺れ、わたしと前原に交互に向けられる。

わたしは歩を詰めて、彼の前に立った。こっちだって女としてはそうチビでもないはずなのに、それでも三十センチ近く身長差があるので、思い切り見上げるような形になる。

「何て顔してんだよ。舎弟どもに見られたら一発で威厳なくすぞ」

そう言って目の前の分厚い胸板を拳《こぶし》で叩いた。しかしそれも、トラックのタイヤを殴ったみたいにあっけなく弾き返される。

痛え、と言いながら手首を揉《も》んだ。「何かお前、またでかくなったんじゃない？」

中部山王会《さんのうかい》会長の息子にして山王会系高天神《たかてんじん》組五代目組長・天堂亮輔《りようすけ》は、いきなり子供のように顔をくしゃくしゃにして笑い顔を作り、熊手のような掌《てのひら》でばんばんとわたしの肩を叩いてきた。

わたしは痛さに思わず悲鳴を上げて身をよじったが、彼はやめなかった。


天堂亮輔は長い間、わたしにとってただひとりの友人だった。

彼との出会いは中学生のときだった。彼は中部地方に君臨する広域指定暴力団の長を、わたしは認知されていないとはいえ入閣も間近という地元の国会議員を父に持ち、その立場のために周囲から浴びせられる無遠慮な視線や余計な気遣いの煩《わずら》わしさにうんざりしていた頃だった。特に彼はその頃から体も大きく、高校生を相手にしても一歩も引かないほど喧嘩《けんか》も強かったが、決して大勢でつるむことはなく、むしろやくざの息子という箔《はく》を目当てにすり寄ってくる連中をヒステリックなまでに遠ざけようとしていた。

彼はそういった小判鮫《こばんざめ》たちよりも、境遇の似たわたしに対して親近感を感じていたようだった。わたしのほうもなんとなく相手をしているうちに、粗暴な振る舞いの裏に隠れていた彼の幼い子供のような純真さと、大きな拳で必死で守っている傷つきやすい心に次第に共感を覚えていった。結局わたしたちはふたりとも、誰よりも人恋しかったのだ。

「それでもやっぱりやくざになるんだよね、お前も」

わたしがそう言うと、彼は決まって答えたものだ。

「じゃあ綾乃は政治屋になるのかよ」

「なるわけないし、なれるわけがない。こんなに頭が悪いのに」

「なら俺もやくざにはならねえ。俺には人望も、度胸もないからな」

よく言うよ、と笑い返しながら天堂の顔を見る。しかしそう答える彼の目は、どこか心細げに揺れていた。今思えば、あれは紛れもなく本心からの言葉だったのだろう。

その天堂がいまや、立派に五十人からなる組の長である。わたしはその横顔を、不思議な思いで見つめている。

「まったく驚かせてくれるぜ。こっちにはいつ来たんだ」

「今朝、着いたばかりだよ。家のほうにもまだ顔を出してないんだ」

口ごもりながら煙草を抜くと、間髪をいれずライターの火が差し出された。それも一度に三つも。揃《そろ》いも揃って茶髪にピアス、高価そうな黒系のスーツに身を固めたアイドル顔の三人組だった。天堂の組が経営するホストクラブのトップたちらしい。

ただいかんせん三人とも、自分の店ではそれなりに華もあるのだろうが、天堂と並ぶとさすがに霞《かす》んでしまうのも事実だった。それは本人たちもわかっているようで、ときおりちらちらと彼を窺《うかが》っては、敵《かな》わないとでも言いたげに苦笑を漏らしている。

その天堂はそんな視線にはまったく気付かないようで、両脇にホステスをふたり侍《はべ》らせて上機嫌だった。

わたしはメンソールをくゆらせながら、天井から下がったシンプルなシャンデリアを仰ぎ見た。確かに派手ではあるが、ごてごてに飾り立てたような趣味の悪さは感じない。広い店内にゆったりと設置された二十ほどのテーブル席も茶系の色で統一され、落ち着きと温かみを保っていた。オープン前なので、当然他に客はいない。まるで借り切りのようで贅沢《ぜいたく》な気分だ。

「いい店じゃないか。ゆったりと落ち着いてて。東京じゃ、こんなにスペースを贅沢に使えないよね」

「ありがとうございます」

天堂の隣で酒を作っていたホステスが小さく頭を下げて言った。細身ではあるが丸顔の、あまり水商売っ気のない女の子だった。ホステスとしての振る舞いは堂に入ったものだが、くりっと笑窪《えくぼ》を作って笑う顔はまるで中学生みたいにあどけない。

「まあ、上っ面を整えたところで、染みついた貧乏臭さはどうにもならないがな。いくら内装に凝って上等の女を揃えても、どうせ客は田舎者ばかりだ」

広いホールに響き渡るような声で笑いながら彼は言った。上等な雰囲気が似つかわしくないのはわたしたちだって同じだろう。そう思いはしたが、とりあえずは黙っていた。

そのとき不意に天堂が顔を寄せ、抑えた低い声で尋ねてくる。「ところで、どうする？」

わたしは何のことかわからずに、「何が？」と間の抜けた声で訊き返す。彼はわたしの周りの男たちを、顎《あご》で示して囁《ささや》いた。

「気に入ったならホテルまで連れ帰ってもいいんだぜ。なんならふたり、いや三人まとめてってのでもいい」

ようやく意味が飲み込めたわたしは、あらためて男たち三人を見回す。彼らは一斉に姿勢を正し、またカメラに流し目を送るアイドルみたいな仕草でわたしに笑いかけてくる。思わずぶるりと身を震わせて、苦笑いで誤魔化しながら首を振った。しかし天堂はそんなわたしには目もくれずに、また女たちの肩に手を回してげらげらと笑い出す。どうやら、からかわれただけだったらしい。

「それで、お袋さんは元気か……って、そうか、まだ会ってねえんだっけか」

「まあ、明日にでも会いには行こうと思ってるよ」

あまり気は進まないけどね。小さく付け加える。もちろん、母には会いたいと思っている。けれど同時に、何か嫌な予感もするのだ。

「無視しようかとも思ったんだ、本当は。でもやっぱり兄のことでは、葬儀も一周忌も出られなかったってうしろめたさがあったからね」

ふうっと大きく息を吐き出すと、彼は神妙な顔付きになってソファの背に沈み込んだ。

「あれからもう二年か。早いな」

「兄とは会ったことあるのか？」

「まさか。住む世界が違うさ。何しろお坊っちゃんだ、俺らなんかと関《かか》わって、汚れた水に染まっちゃいけねえだろ」

言葉とは裏腹に、顔に卑屈な色はまったく浮かべずに言った。

「だけど、死んじまったときは町中大騒ぎだったからよく覚えてる。選挙が終わってまだ間もない頃だ。確かに保守党は野党に転落しはしたが、恩田《おんだ》の先生は盤石《ばんじゃく》の強さで当選を果たしてた。理由なんて思い当たらねえだけに、中には本気で三津谷《みつや》の怨念《おんねん》がどうのとか言う輩《やから》もいたくらいだ」

三津谷要《かなめ》。その男の名前はわたしでも知っていた。わたしが子供の頃、この国の総理大臣を務めていた男だ。頭の隅にその男の死を伝えるニュース映像も残っていた。しかし何だ、その怨念ってのは。

「あの男は、何かその元総理の恨みを買うようなことでもしたってのか？」

「まあ、根拠もねえ邪推だ。三津谷が引退したのち、やつの派閥はお前の親父に引き継がれた。それでやっかんだ連中は、お前の親父が三津谷を裏切って派閥を乗っ取ったとか言ってたのさ。秘書時代から可愛がってもらった恩も忘れて、ってな」

天堂はけっと喉を鳴らし、馬鹿馬鹿しいと吐き捨てた。

「……怨念、ね」

わたしがそうつぶやくと、天堂は怪訝《けげん》そうに眉を顰《ひそ》める。「何だ、まさか本気にしちゃいねえだろうな」

「でも、そうとしか言いようがないほど突然だったってことだろ。誰も他に理由が思い当たらないほど」

何しろ、いちばん兄の近くにいたはずの日南子すらわからなかったくらいだ。

「お前も商売柄、噂《うわさ》は耳に入ってくるだろう。何かないか。自殺そのものに限らず、その前後の様子に関しても」

彼は目を閉じて、思案気に腕を組む。それから唸《うな》るように訊いてきた。「それが気になるのか、今頃になって」

わたしは答えないでいた。すると天堂が不意に目を剝《む》き、詰問するように睨み付けてきた。

「三上か。もう会ったんだな」

「ああ」

ふたりのホステスが音もなく立ち上がった。わたしの周りにいた男たちにも目で合図して、無言のまま席を外す。わたしたちの雰囲気を察したのだろう。

「何を吹き込まれた」

「吹き込まれたとか、そんなんじゃないよ」

わたしは首を振って答えた。綾乃だったら、どうする。そう笑いながら問いかけてきた日南子の声が、まだ耳に残っていた。あれは本当に、『もしもの話』だったのだろうか。

「ただ、あの子はまだ気持ちの整理なんて全然ついてないんだなって感じただけでさ。たぶんこのままじゃ、いつまで経ってもそうだ。時間が解決してくれるなんて、そんな生易しい問題でもない。だから……って、思って」

「確かに、いきなり遺書もなく首吊られて、残念でした御愁傷様で納得できるもんでもねえだろうさ。知りてえって思うのが人情だ」

天堂は太い腕を胸の前で組み、重々しい声で言った。

「父親のあとを継いで代議士になる。地盤も、後援会も、財産も、全部用意されていた。お前の兄貴自身もそれを望んで、秘書として経験を積んできたんだしな。それを全部ほっぽり捨てて首縊《くく》ろうってんだから、そりゃあ余程のことだったんだろう。だが遺書も何もなかった以上、誰にもそれはわからん」

天堂はグラスの中身を巨大な口に一気に流し込んで、ばりばりと音を立てて氷を嚙み砕く。顎の両側に隆起した筋肉がうねるように波打った。

「知りてえって思ってたのは、お前や三上だけじゃないだろうさ。だがもう二年だ。お前の兄貴に近しかった者の誰もが、わかんねえもんはわかんねえと割り切って、納得できねえもんも納得して、何とかかんとかやってきたんだ」

わたしはじっと天堂のギリシャ彫刻のような横顔を覗き込んだ。彼が言わんとしていることはもちろんわかっている。この町で、わたしはすでによそ者なのだ。今になってわたしがそんなことを訊いて回っても、誰にとっても迷惑でしかないだろう。

「別にわたしだって、わざわざ波風を立てようって気はないんだよ」

「それはわかってる」

「ただ、それであの子の気持ちが楽になるなら……気持ちの整理がつくならって思っただけさ」

もちろん、それを知ったところで必ずしも救いになるとは限らない。しかし今の宙ぶらりんの状態よりはずっとましではないか。今の日南子を見ていると、そんな風にも思えてしまうのだ。

天堂はしばらく思案するように黙り込み、大きな掌で空のグラスを弄《もてあそ》ぶように回していた。やがて根負けしたかのように低い声で言った。

「わかった。何か耳に入ってくることがあれば、お前に知らせる。だがあまり期待はするな」

わたしは小声で礼を言い、頷いた。それでこの話は終わりだった。

「まあ、せっかく帰ってきたんだ。あまりあれこれと気を遣わず、のんびりしていけや」

天堂は空のグラスをぐい、と宙に突き出した。それを合図にして、ホステスたちが小走りに戻ってきた。わたしたちは再び、賑《にぎ》やかな嬌声《きょうせい》に包まれる。

ほのかな酔いを感じながらクロークに戻ると、店の外で待っていたらしい前原が音もなく歩み寄ってきた。わたしににっこりと会釈すると、天堂に向き直って小声で何かを短く囁きかけた。天堂がひとつ小さく頷くと、前原はすぐに外へと出て行った。

再び笑顔で向き直った天堂に、わたしは思い切って切り出した。

「なあ天堂。気を悪くしないでくれると嬉しいんだけどさ」

天堂は不思議そうにひょいと眉を上げる。わたしはジャケットのポケットから茶封筒を取り出して、彼に差し出した。

天堂はそれを指先で摘《つま》むように受け取ると、中身を引き出した。そこには小切手が一枚入っている。額面はおよそ三千万。彼はこめかみのあたりを軽く擦る仕草をしながら、「何だ、これは」と訊いた。

「お前がわたしの口座に送り続けてくれた金だよ」

わたしがこの町を出て東京で暮らしはじめてからしばらくして、どこで調べたのか銀行口座に金が振り込まれるようになった。最初に五十万円。それからもふた月か三月に一度、同じ額の金が振り込まれ続けた。差出人の名には偽名が使われていたが、送り主が誰なのかは考えるまでもなかった。

金には決して手を付けなかった。母親からの仕送りさえ受け取らなかったのだ。この金は何らかの形で天堂に送り返そうと、ずっと思い続けていた。しかし、それが今日までできずにいた。

結局わたしは彼の気持ちが嬉しかったのだ。誰ひとり知り合いすらいない東京で、将来の当てもなく見知らぬ男に媚《こび》を売りながら、どこかで彼と、そしてこの町との繋《つな》がりを残しておきたかったのだ。

天堂はふうっと息を吐き出して、小切手の額面を見つめた。今更とぼけることもないだろう、と思っていた。

「こんな額になっていたのか」

「十二年だからな」

「お前がこれに手を付けていないのは知っていたよ」

憮然《ぶぜん》とした表情でそう吐き捨てると、見送りに出てきたホステスのひとりをつかまえて言った。さきほどまでずっと彼の隣に座っていた、笑窪の可愛い女だった。天堂は確か、穂波《ほなみ》とか呼んでいた。

「こういうやつなんだよ。そりゃ東京で水商売やってりゃ、金回りのいいときだってあっただろう。でもそんないいときばかりじゃねえってのも、お前ならわかるだろうが」

ええ、それは。女の子は曖昧《あいまい》に答えて頷いた。

「金に困ってたことぐらいは知ってたんだ。いっときは、どうにもならないくらい困ってたことぐらいはな。なのに俺から貰《もら》った金には手を付けたくないと言いやがる。信じられるか、目の前にこんな金がぶら下がってるってのに、ケツ拭く紙も買えねえのを痩せ我慢してるんだぞ。な、馬鹿だろう、こいつ」

同意を求められた女の子は困惑した顔でわたしと天堂を見比べた。天堂はふっと優しげに微笑むと、彼女の頭を軽く小突いて、そのままわたしに視線を向けた。別に怒っているわけでもないのだ。

「立派に役立てたよ。本当に必要なときが来たら使わせてもらうつもりだった。いざとなったら、この金がある。そう思えばこそ今までやってこられた。この金とお前の気持ちがなかったら……わたしはいじけた、恨み言ばかりを繰り返すつまらない女になっていたと思う」

これは本心からの言葉だった。彼は小さくふたつ頷いて、穏やかに笑った。どうやら納得してくれたらしい。

「それならば、持っていろ」

微笑をこちらに向けたまま、彼は小切手に指をかけた。それをゆっくりとふたつに引きちぎる。

「使わなくてもいい。お前が持っていろ。一度こちらの懐を出た金だ。格好の悪い真似《まね》をさせるな」

わたしも素直に同意した。もとより、彼がそれを受け取らないことはわかっていたのだ。これはいわば、わたしたちの間に必要なひとつの通過儀礼だった。

「車を待たせてある。ホテルまで送らせよう」

天堂が顎で階段の上を示した。しかしわたしは首を振って答える。

「せっかくだけど。少し歩きたいんだ」

そうか、と彼は小さく言うと、わたしの泊まっているホテルを訊いてきた。ホテルの名と部屋番号を伝える。

階段の途中で一度振り返ると、天堂がどこか寂しげに目を細めてこちらを見ていた。手を振ってやると、今度は怒ったようにぷいと背を向けて、店の奥に足早に戻って行く。変なやつだ。

3

駅前から北に伸びる大通りを真っすぐ歩いた。商店街はもうほとんどがシャッターを下ろしている。ほろ酔い加減の火照《ほて》った頬に、冷たい風が心地よかった。

南北に走る片側三車線の大通りを渡り、堀づたいに西へ向かい、緩やかな坂道を上って行けば浅間神社。しかしわたしは、その途中の別れ道を右へ曲がって行った。

やがて、わたしが結局卒業まで通うことができなかった高校の正門が見えてきた。しかしその前に立ってみても、格別の感慨は湧き上がってこない。まるで見覚えのない風景。原因はすぐにわかった。かつては左手奥に見えていたはずの四階建ての校舎を覆い隠すように、真新しい鉄筋コンクリートの新校舎がのしかかるように聳《そび》えているせいだ。グラウンドへ続く砂利敷きの道も、今はアスファルトで固められていた。

格子状の鉄扉によじ登って、向こう側へ飛び下りた。そうしてあたりを窺いながら、校舎の壁に沿って進んで行く。月明かりがアスファルトにわたしの影をくっきりと描いていた。月がこんなにも明るいものだということを久し振りに思い出す。

あたりはしんと静まり返ったままで、警備員が駆けて来る気配もなかった。都会の学校ではこうはいくまい。一応は校門の脇にカメラらしきものを見た気がしたが、それもどうやら虚仮脅《こけおど》しだったようだ。

しばらく行くと、やっと見覚えのある旧校舎に行き当たった。当時はいちばん新しい建物だったにもかかわらず、コンクリートの壁面はところどころがひび割れてくすんでいた。

玄関には当然ながら鍵がかかっていた。仕方なく壁づたいに裏に回る。歩きながら、窓を五つ数える。立ち止まる。その中が美術室だった。

不意に、真夏の草いきれの匂《にお》いを嗅《か》いだ。記憶の襞《ひだ》の裏側から、ある光景が鮮明に浮かび上がってくる。その映像は、わずかにセピア色をしていた。

木立ちのむこうを坊主頭の集団が、二列になってだらだらと走り続けていた。ふぁいと、おー、ふぁいと、おー。むっとする風に乗って流れてくる気の抜けた掛け声が、暑さをいっそうかき立てる。

こんな日にはさすがに、屋上まで上がる気にはなれなかった。しかし他に人目につかない涼しい場所といったら、ここぐらいだった。校舎裏の、壊れた元ウサギ小屋へと続く雑草だらけの小道。もちろん『高校生にもなってウサギ飼育でもないだろ』ってなことで、誰ひとり立ち寄る者もいない。

土が崩れて剝き出しになった木の根に腰を下ろして、わたしはメンソールの煙草に火を点ける。そのとき、薄汚れたガラス窓越しに人影が見えた。

美術室だった。しかし今日は授業はないので、誰もいないはずだった。中にいるのはひとりだけのようだ。私と同じ女子の制服。ぴんと背筋を伸ばした細身の体。背中まで届いた長いストレートの髪。こちらからは背中しか見えないが、見覚えのない子だなとだけはわかった。この春に入ってきた一年生だろうか。彼女はその姿勢を揺らすこともなく、前に立てかけた大きな紙に向かって一心に鉛筆を動かしている。

へえ、うまいもんだな。素直にそう思った。その指は淀《よど》みなく流れるように動き、紙の上に描き出された花瓶いっぱいの花は風にそよいで揺れているようにさえ見えた。

どのくらいの間、見つめていただろう。いつしか指先に感じた熱さに思わず「あちっ」と声を上げた。指の間でメンソールが長い灰になっていた。

その声に驚いたように、彼女が振り向いた。大きな黒目がちの目を丸くしてこちらを見る。やはり、はじめて見る顔だ。そんなことを考えながらも、わたしは思わずその場から走り出していた。別に疚《やま》しいこともないのに何を慌ててんだ、と馬鹿馬鹿しく思いながら。

彼女が屋上に現れるようになったのは、それから数日経ってからのことだった。

わたしは唯一日陰になった給水塔の下に座り、忌々しいくらいに晴れ上がった空を見上げていた。それでも風はどこか秋めいていて、汗ばんだ肌に心地よい。そんな九月の昼下がりのことである。

天堂の馬鹿はといえば、給水タンクのハシゴを摑《つか》んで片腕懸垂なぞをしている。常人の太腿《ふともも》くらいはありそうな腕に血管が浮き上がり、筋肉がうねる背中に汗で夏服が貼り着いていた。

「何が楽しくて、この暑いのにさらに汗かこうとするかね。熱中症で死ぬよ」

「暑いときは体を動かすもんだ！」呻くような声で天堂が答える。「するともっと暑くなるっ！」

馬鹿は放っておくか。こいつはしばらく喧嘩をしないでいると、ストレスが溜《た》まってこうなるのだ。

それよりもあっちだ。わたしは向こう側の角にちょこんと座っている小さな影に目をやった。ピンク色の日除け帽子を目深にかぶり、膝に抱えるようにスケッチブックを広げているが、見渡せば何の変哲もない山や畑が広がっているばかりで、とても絵になるような景色とも思えない。

「あまり胸元を広げるな。谷間が丸見えだぞ」

真上から天堂の声。

「別にいいよ。興味あるなら見れば？」

と、さらに広げてやると、どうしたわけか怒ったように顔を背ける。そんな天堂にわたしは尋ねた。

「なあ天堂。あれ、誰だ？」

ふっと目の前を影が過《よぎ》ったかと思うと、天堂がわたしのすぐ目の前に飛び降りてきた。全身から獣の匂いを撒《ま》き散らしながら、大股に踏ん張ってどすんと着地する。汗だくの顔が間近にあった。深い眼窩《がんか》の奥の瞳は、そこだけ妙に涼やかな青みがかった黒。

不意を打たれて、思わずどきりと心臓が跳ねた。だから、慌てて太い向う脛《ずね》を蹴りつける。

「顔が近いっ！」

それでも馬鹿は痛そうな素振りさえ見せず、のっそりと一歩後ずさる。

「誰って、誰がだ」

何事もなかったかのように尋ねてきた天堂に、顎で彼女を指して見せる。彼はああ、と頷いた。

「二組の転校生だ。確か三上なんとかって言ったな」

なるほど転校生か。と、少しだけ納得する。わたしたちには見慣れて当たり前の景色でも、越してきたばかりの者には目新しく映るのかもしれない。

「わたしらと同じ三年か。でもこんな時期に転校なんて、妙だね」

「『オショクカンリョウの娘』とか、女どもが言ってたな。何でも親が県庁の役人だったんだが、不祥事起こしてクビになったらしい。それで一家まとめてこっちへ来たとかどうとか」

詳しいね、とつぶやくように言うと、天堂は嫌そうに顔を顰《しか》めた。この男はこの男で、どうやらわたしの見ていないところではそれなりによろしくやってるらしい。相手が女であれば、男連中と同じように邪険に遠ざけるわけにもいかないのだろう。おかげでか、女同士の噂話もわたし以上に詳しかったりする。

「爪弾《つまはじ》きなのはこっちに来ても同じみてぇだがな。そういう話ってのは広まるのが早ぇから」

「へえ……何ていうか、陰湿だ」

まあ、爪弾きはわたしも似たようなもんだけど。ため息をつきながら思った。


それからは毎日、彼女とわたしたちはひと言も言葉を交わすこともなく、屋上で顔を合わす日々が続いていた。気が向いたときしか教室に顔を出さないわたしたちはともかく、見るからに真面目そうな彼女までが授業すっぽかして、いいのかね、さすがにそんなことまで心配しはじめたある日のことだ。

その日天堂はたまたま学校に顔を出さず、わたしひとりがいつものように給水塔の陰で煙草をくゆらせているところだった。不意に彼女はいつもの場所から立ち上がると、何やら腹立たしいことでもあるかのように握り締めた拳をぶんぶん振りながら、こちらへと向かってきた。

そうしてわたしの前に立つと、やけに真剣な目でわたしを見て口を開いた。

「……あのっ！」

「はい……？」反射的に口に出した間の抜けた返事。しかも声が裏返ってしまう。

「絵を、描いてもいいですかっ？」

最初は意味がわからず、ただ「どうぞ」とだけ答えた。っていうか、いつも描いてんじゃん。なんで今さらわたしに断るかね。

「ですからあの……」

どうやらそれだけでは答えが不足だったようで、彼女は慌てた様子で何度も帽子に手をやりながら続ける。

「その……モデルになってほしいんですけど」

「誰に？」思わず、他に誰もいないのをわかっていてもあたりを見回してしまう。「あ……あ、わたし？」

彼女は小さく、小刻みに何度も頷いた。

「何、それ」さすがにわたしも、このときはびびった。「ちょっと待った、そんなんいきなり……なんで？」

しかし彼女はといえば、なおも真っすぐなまなざしで訴えかけてくる。

「じゃあさ、天堂も呼んでふたりにしよう。あいつと鎧《よろい》でも着て刀で戦ってることにしよう。迫力あるよ」

「そのまんまでいいんです」ぷるぷると首を振って、彼女は言う。「いつもみたいに、そこに座っててくれるだけで。格好いいな、って思ってたんです、ずっと」

「いつもみたいに？」

そう聞くと、彼女は嬉しそうに笑って頷いた。何だかそのひと言が、申し出を受ける返事になってしまったようだ。わたしはふと思い出して、手の中の煙草に目をやって言った。

「喫煙の証拠写真になっちゃうな」

「そこは、絵ですから」人差し指を口元に当て、くすくすと笑う。「一輪、花でも持ってることにします」

「それはやめて。お願い、それだけはやめて」

「どうして？　絵ですってば」

「それでも駄目、頼むからやめて」

本気で慌てているわたしを、彼女はさも面白そうに笑っている。その屈託のない笑顔を見ながら、こいつ意外に性格悪いな、となかば真面目に思った。

やがて彼女は、急に思い出したかのように「あ」と声を上げ、スケッチブックを体の前で持ち直した。

「三年二組の三上日南子です、よろしく」とあらたまった自己紹介をしてみせた。それが彼女、日南子とのはじまりだったのだ。

「一組の赤尾綾乃」わたしは唇を軽く尖《とが》らせて、わざとぶっきらぼうに答えた。


絵のモデルなんて、一枚ちゃっちゃと描けばそれで終わりだろう。そう簡単に考えていたのだが、彼女のそれは思っていた以上に本格的だった。それから毎日のように彼女は屋上にやってきては、何枚も何枚も同じようなスケッチを繰り返した。

残暑は続いていたものの、ひと頃よりはいくぶん日差しも和らぎ、彼女の手の動きにあわせて鉛筆と紙が擦れるしゅっしゅっしゅっという音もなんだか涼しげだった。けれどスケッチブックに向かうその表情は真剣そのもので、それを見るたびに「なあいつまで続くんだこれ」という言葉を口に出しかけては飲み込んでいた。

天堂はといえば、最初の日にわたしたちを見て、まるで恐ろしいものでも見るような表情で逃げるように走り去って行ったきりだった。以来ときどき、遠巻きに様子を窺うようにちょろちょろと覗きには来る。

「天堂くんって、いつも赤尾さんと一緒にいる、大きな人?」

「そう。あの馬鹿。別にいつも一緒ってわけじゃないけどさ」

「でも、仲いいよね。羨《うらや》ましいな、そういうの」

そんな言葉が、同じようにわけありのはずの彼女の口から出てくることにちょっと驚いていた。なんだい、わたしたちがいじけて捻《ひね》くれてたことなんて、小さなもんなんじゃないか。そうとさえ思えてくるくらい、彼女の言いかたは自然だった。

「まあ、悪いやつじゃないよ。見た目はああだけどさ」

わたしがそう言うと、日南子はちょっと首をすくめる。

「苦手か？　ああいう男は」

「うーん」彼女は手を止めて、言葉を選ぶように目を泳がせる。「ちょっと、怖いかな」

それは仕方ないか。何しろあの図体で、その上馬鹿だ。

「小さい頃ね、お隣に大きなお屋敷があって、その家の子と仲良かったの。でもその家にはライオンみたいに大きな犬がいて、ひとりで遊びに行ったときにいきなり吠《ほ》えられて、泣き出しちゃったの。そのときの犬が、今思うと天堂くんそっくり」

言葉とは裏腹に彼女の口調は楽しげで、あいつのことが嫌いなわけではないんだなと思うとほっとする。別にわたしが安心する必要もないはずなのに。

「で、その犬にはそれから何かされたのか？」

「ううん、何にも。わたしが泣き出すと、何だか困ったみたいな顔でずっとこっちを見てるだけだった。そんなところも、天堂くんと似てる」

わたしは首を傾げる。「あいつにそんなとこ、あるかね」

「あるよ」日南子はわたしの顔を見て、ちょっと悪戯っぽい笑みを浮かべる。「赤尾さんのこと見てるときの天堂くん、そんな顔してる。彼、赤尾さんのこと好きなんだね」

「馬鹿」思わず赤面して、慌ててあたりを窺う。「変なことを言うなよ、そんなんじゃないんだって、わたしと天堂は」

日南子は「ふーん」などと澄まして言うだけだ。やっぱりこいつ、可愛い顔して性格悪い。

「それにその、赤尾さん、てのはやめてくれないか。他人行儀で気持ちが悪いや」

「そう……じゃあ、なんて呼んだらいいのかな？」

「綾乃って呼び捨てでいい。別に好きでもないけど、それが名前だから。そしたらわたしもあんたのこと、日南子って呼ぶよ」

「うーん」可愛らしくちょっと首を捻って、しばらく考えてから日南子は答える。「じゃあ、『あやちゃん』でいいよね」

「お願いだからやめてくれいやほんとまじで。て言うかやめろ」

手をばたばたさせて立ち上がろうとすると、日南子に止められた。「駄目だよ、絵、描いてるんだから動かないの」

大人しく座りなおして、大きくため息をついた。どうにもこいつは調子が狂う。

「こうやって何枚も何枚も描いてるとね、だんだん本当の顔が見えてくるの。最初はなんか、硬かったけどね」

結局いいようにあしらわれているような気がしてくる。でも言われる通り、こうしてじっと見つめられていることにもだんだん抵抗がなくなってきているのも確かだった。それはこの日南子のすっとぼけた性格によるのだろうが、思えば同性の友人とこんなくだけた話ができるというのもはじめてかもしれない。それは思った以上に心安らぐものだった。

そんなことを思いながらふと気付くと、日南子がまた手を止めて何か言いたげにわたしを見ている。

「なに?」

「『のんのん』って呼ぶのはどうかな?」

「絶交されてぇのか貴様ぁ!」

ふぁいと、おー。遠く、間の抜けた掛け声が相変わらず聞こえてくる。それから、きゃっきゃと楽しそうな日南子の笑い声。

ほんの短い間ではあったが、この苔《こけ》むした校舎を見上げた先に、確かにあったのだ。十七歳のわたしにも、当たり前の十七歳の時間が。

4

ノックの音で我に返った。反射的にベッドサイドのデジタル時計に目をやると、十二時を二十分過ぎていた。

こんな夜遅くに誰かが訪ねてくるはずもない。気のせいかと思って再び姿勢を崩した。三十二型の液晶画面の中では、巻き舌のアナウンサーが今日最後のニュースを読み上げている。

再びノックの音。空耳ではない。今度は確かに聞いた。ドアに歩み寄り、小さな覗き窓から外を窺うと、女がひとり立っているのが見えた。手には、赤いリボンのついた壜《びん》を抱き締めるように持っている。

部屋を間違えたのだろうか。それなら顔を見せてやれば、そうと気付くはずだ。少なくとも危険な相手ではないと判断し、わたしはそっとドアを開けた。

「ごめんなさい。もうお寝《やす》みでした？」女はわたしの顔を見ると、わずかに首を傾げながら訊いてきた。

「……いや」

「そう、よかった」

嬉しそうににっこりと笑うと、流れるようにしなやかな動きでわたしの脇をすり抜け、部屋へと入ってきた。そうして持っていたシャンパンらしい壜を壁付けのライティングデスクの上に置くと、テレビに歩み寄ってスイッチを切る。

膝まである毛皮のコートを脱ぎ、しなやかな手つきでソファの背凭《せもた》れに掛けた。その下は背中の大きく開いた濃紺のワンピースだった。

「あのさ、部屋、間違えてない？」

彼女は振り返って不思議そうな目でわたしを見た。

「もしかして覚えてないんですか、わたしのこと？」

頷くと、彼女は困ったように苦笑いを浮かべる。口元にくりっと笑窪が浮かぶ。その愛嬌のある表情には確かに見覚えがあった。それもごく最近。

「これ、天堂はんからのお土産。飲みましょう」

天堂の名が出てきたところで、ようやく彼女を思い出した。さっきの店で、彼の隣に座っていたホステス。名前は確か、穂波とか言った。しかし彼女がどうしてわたしの部屋に。

「あのさ、ここに来るように言ったのも天堂？」

「ええ。大切なお友達なんですってね」

「その、せっかく来てもらって何なんだけど」わたしはシャワーを浴びたきりで生乾きの髪を掻きながら訊いた。「どういうことなのか、よく話が見えないんだ」

「わたしでは、お気に召しませんか？」

「いや……その」お気に召すって、何がだ。

「天堂はん、がっかりしてましたよ。せっかくわざわざ名古屋から、お店のトップを三人も呼び寄せたのに気に入ってもらえなかったって。きっと東京で暮らしてるうちにこっちに目覚めてしまったんじゃないかって言って、それでわたしが」

「……はぁ？」

「わたし、どちらでも大丈夫ですから」

「だからその、どちらでもって、何が？」

「ですから、男のかたでも、女のかたでも」

そう言って穂波は、頭の上で盛っていた髪をほどいた。やわらかくウェーブのかかった栗色の髪が肩に落ち、ふわりと広がる。

それと同時に、幼ささえ感じさせていた丸顔が変貌した。わずかに潤んだ瞳。濡《ぬ》れた唇。現れたのは、まさに匂うような色香を漂わせた妖艶《ようえん》な女そのものだった。

ようやく話を理解して、わたしは慌ててベッドの端まで飛び退《の》いた。

「な……な、な」さすがに舌がもつれた。「何を考えているんだお前たちはっ！」

「どうされました？」穂波はわたしに続いてベッドの上に上がり、こちらの顔を覗き込む。「やっぱり、わたしでもお気に召しませんか？」

「召すとか召さないとか、そういう問題じゃない！」

膝に伸びてきた手を払いのけてそう怒鳴りつけると、穂波は目を伏せて黙り込んだ。やがて意外と肉付きのよい肩が、小刻みに震え出す。

さすがにちょっと言いすぎたか。考えてみれば彼女はあくまで、仕事でここに来ただけだった。世の中には色々な趣味の人間がいて、彼女のような職業もまた存在していたからといって悪いというわけもない。そう、悪いのは天堂だ。

「いやその、なんだ……」ばつの悪さに、つい声を落として話し掛けた。「あんたが気に入らないとか、そういうことじゃないんだ。あんたはとても可愛いし、たぶんわたしにそういう気があったら、とても嬉しいんじゃないかと思う。だけどさ、問題は……」

自分でも何を言っているのかよくわからなくなってきていたが、それでも続けた。まあつまり、伝えるべきことはひとつだけだ。

「わたしはさ、そっちのほうは……ごくごくノーマルなんだ」

震えていた彼女の肩が、やがて大きく上下しはじめた。やがて堪《こら》えきれないという様子でくくっと声を漏らし、ベッドシーツに顔から突っ伏した。

「くく……はあ、もうあかん……あはははははっ！」

「……え？」

泣いているのではなくて、笑っていたのだ。ついにはベッドの上で身をくねらせながら、弾けたように爆笑しはじめる。

「そないな本気で焦らんでもええのに。ああもう、可愛いわあ……あはははは っ！」

とたんに口調まで変わって、穂波は文字通り笑い転げた。わたしはその再びの変貌ぶりに呆気《あっけ》に取られ、怒る気にもなれなかった。やがて笑いが収まったのか、彼女はひょいと飛び上がるように身を起こし、また中学生みたいな笑顔を見せて言った。

「せっかくお土産持ってきたんやさかい、一杯やらへん。そんくらいなら、ええやろ？」

言われるがままに頷いた。まあ、そのくらいなら。それを見ると穂波は、嬉しそうにいそいそとベッドから降りていった。


穂波という名前は本名なのだという。姓は葛木《かつらぎ》。生まれも育ちも京都の福知山だとのこと。以前はお堅い役所勤めだったそうだが、何の役所かまでは聞かなかった。

「それ辞めてからは再就職も難しくてな。結局は水商売や。それも大阪、名古屋と転々として、ついにはこんな田舎まで流れ着いてもうた。ほら、うちはこんなご面相やろ。それにええ歳や。キラキラしとる若い子たちとじゃ勝負にならんわ」

確かに、彼女には男好きのする派手さはないが、かといってそんな風に言うほど不美人ということはなかった。いやむしろ、一度スイッチが入った彼女は十分に艶《なまめ》かしく、そして美しかった。

「まあ、ここもちょいと寄るだけで、すぐにまたどこかへ流れて行くつもりやったんけどな。せやけどどういうわけか天堂はんが良くしてくれてな。ついつい長居してもうて、かれこれ三年や」

　言いながら、勢い良くグラスの中の液体を飲み干した。土産と言って持ってきたシャンパンはとっくに空けてしまい、フロントに届けさせたウィスキーも気がつけば二本目だ。それをロックでぐいぐい片付けながら、まるでピッチが落ちる様子はない。どうやら酒にはかなり強いようだ。

「天堂はんとは中学からの付き合いなんやって？」

「あの頃は、やくざになる気はないなんて言ってたがね。それが今では立派な組長さんだ。大したもんだよ。ところであいつ、結婚はまだだよな？」

「うーん、どう言うたらええんやろ。ちゃんと結婚はしとらんけど、子供はふたりおるしな」

　口にしかけた酒を思わず吹き出しそうになった。「それ、ホント？」

「言うても、血ぃは繋がっとらん。日替わりで天堂はんのこと面倒見とる女のうち、月曜のと金曜のがバツイチでな、その連れ子や。ふたりとも女の子でな、天堂はんその子らのこととなるともうデレデレやわ」

　なんとなく、そういう様子は目に浮かぶ。「しかし、その日替わりで面倒って……」

「そらもちろん、夜のほうの面倒に決まっとるやないの」

　まさか現代の日本で一夫多妻制を実現させている男がいるとは。驚くというより、むしろ呆れるといったほうが今の気分には近いか。

「けどまあ、そんな天堂はんも本命には振られっぱなしいうわけや。男と女って、不思議なもんやな」

「へぇ、そんな相手がいるんだ。どんな女よ？」

訊くと、穂波は目をぱちくりさせて大げさに驚いてみせる。

「そら、あんたのことに決まっとるやないの」

今度は本当に吹き出した。「ちょ、ちょっと待って」

「せやかて、ここ来るときも言われたんよ。あいつは俺がどんだけ口説いても落ちなかったんだ、だからそもそもはじめから男には興味なかったんだ、うんそうに違いない、なんてな」

「大嘘つきめ」口元を拭《ぬぐ》いながら言った。「あいつの口からそんな言葉、一度も聞いたことなかったぞ」

「そないなとこやろ思たわ」からからと喉を鳴らして彼女が笑った。「あの人、大きいなりして臆病もんやしな」

ふっと彼女の顔に憂いの色が見えた。ちょっと唇を尖らせて、愚痴るような口調で先を続ける。

「そ。臆病もん、度胸なしや。いっつも虚勢張って、女なんて使い捨てなんて顔して。せやから、今日は驚いたわ。あんたといるとき、あんな天堂はんはじめて見た」

「なんだ」そんな穂波の様子を見て、わたしは言った。「あんたも、天堂のことが好きなのか」

しまった、とでも言うように顔を上げて穂波がわたしを見た。さんざん弄《いじ》られた仕返しになるかと思ったのもつかの間、彼女はすぐに元のにこやかな顔に戻ってグラスを置く。それから無言で、わたしの手の中のグラスにも手を伸ばしてきて、静かに、しかし有無を言わせずに取り上げた。

「え、何？」

「さあ。何やろな」

くりっと笑窪を浮かべて見せた彼女がわたしの手首を摑んだかと思うと、不意に世界が反転した。天井の小さなライトが目の隅を走るように横切ったのだけがわかった。気がつくと、わたしはベッドの上に半身で横たわっていた。手首を摑まれたままの右腕は後ろ手に固められている。痛みはまったくなかったが、完全に身動きが取れなくなっていた。

「何これ。今、何したの？」

「じっとしいや」穂波がわたしの背中に鼻先をつけて言った。

「わかったやろ。うちかて、根っこのところはごくごくノーマルや。こっちは仕事でだけや」

背中に感じる暖かさと、彼女のかすかな吐息が不思議と快かった。たぶん思っていた以上に酔っているのだろう。なんだか、抗《あらが》おうとするのも面倒くさかった。

「けど、あんたやったら仕事抜きでもええかな」

そう言って、彼女はわたしの首筋に軽くキスをした。何か半分それもいいかなどと思いはじめている自分がいる。

「ちょっと待って。まだ心の準備が」

「冗談や」その答えが可笑《おか》しかったのか、くくくっと体を震わせて穂波が笑う。「もうしばらくこうしてるだけや。そんくらいなら、ええやろ」

まあ、そのくらいなら。半ば痺《しび》れかけの頭であっさりと受け入れた。ベッドは柔らかく、穂波の声は透き通っていて、なぜだかとても気分がよかった。

彼女はわたしのうしろ髪に顔を埋めて、囁くような声で言った。

「あんたも臆病もんやな。そんな匂いがする」

「そうかな」わたしもかすれた声で訊き返す。

「そうや。いっつも肩肘張って、ぴりぴりと身構えてて、誰も自分の懐には入れようとせえへん。男にも、女にもや。誰かのせいで自分の行動が左右されんのがいっちゃん嫌いやろ、あんた」

「そんな頑固に見えるかな、わたし」

「頑固いうんと違う。懐が狭くて度胸がないんや。ほんまはいっつも人恋しいくせに、誰にも心を許せない、偏屈な臆病もんや。あんた、男に惚《ほ》れたことはあるんか？」

「ある……つもりだけど。これでも、何度かは」

「嘘や」ばっさりと断言された。しかしその言葉とは裏腹に口調は柔らかく、不思議と腹も立たない。「愛いうんは、支配されることや。支配される悦《よろこ》びや。あんたにそれができるわけあらへん」

頭の芯《しん》がぼうっとしている。その心地よい痺れに身を任せながら、ぼんやりと穂波の声を聞いていた。

「あんたもご同業やろ。水商売に流れる女なんて、みんな同じじゃ。人に踏み込まず、踏み込ませず。楽やもんな、それがいっちゃん」

そうなのだろうか。ぼんやりとした頭で考えた。わたしの場合、誰にも頼れなかっただけだ。誰にも頼らずに生きていこうと思ったら、結局水商売しかなかった。それだけだ。

「でも、居心地よかったやろ」

まるでこちらの心を読んだように、穂波がさらに言った。わたしもそれ以上反論を考えるのも面倒くさくて、素直にああ、と頷いた。穂波の声も、どんどん遠くなっていく。

「天堂はんと同じや。だからあんたら、あないに……」

『俺には度胸がないからな』不安げに言った、十七歳の天堂の横顔を思い出す。そうして、わたしの胸の中で震えながら泣き続けたあの夜の彼も。

そうかもしれないね。でもそれを言うなら、穂波、あんたも。わたしたちはみんな、臆病者ばかりだ。きっと、だからこんな風に。

そんなことをつぶやきながら、わたしはそのまま深い眠りに落ちていった。

5

十二年前の冬。昼過ぎからちらちら降り出した雪が、夜半には本格的な大雪に変わった、そんな寒い日のことだった。

すでに十二時を回っていただろうと思う。静まりかえった窓の外から、遠く風に乗って、何かが弾けるような音が聞こえてきた。続けてふたつ、みっつ。やがて数え切れないほどに激しく重なり合って、唐突に途切れた。

こんな夜中に季節外れの花火か、馬鹿じゃないの。つぶやいてベッドに横になったところへ、階下でぱたぱたと慌しく走り回る足音が響いた。

欠伸《あくび》を漏らしながら一階に降りると、帳場を仕切っている番頭の木戸《きど》さんが、肩の雪を払いながら勝手口に入ってくるところだった。それを出迎える母の顔は、ひどく険しかった。

「何があったの」

尋ねると、ふたりはようやくわたしがいることに気付いたようで、はっとして振り返った。しかし母はすぐに笑顔を浮かべ、「何でもないわ。あなたは上で寝んでなさい。明日も学校でしょう」と答える。

しかしその笑顔は、母が客たちに向ける営業用の笑顔であった。そのことにわたしはひどく不安になる。何か良くないことが起こっている。それだけは直感的にわかった。

「何があったの。教えて」

もう一度訊くと、母は表情をわずかに強張《こわば》らせた。やがて木戸さんが、仕方ないというように小さく頷いて、硬い声で教えてくれた。

「天堂さんのところです。それも事務所ではなくて、奥方とぼんのいる別宅のほうのようで」

その答えを聞いてはじめて、さっきの音が銃声であったことを知った。

「それで、奥様はご無事？」母もわたしに隠すことは諦《あきら》めたのか、木戸さんへと目を戻す。

「わかりません。けれどお屋敷はかなりひどい状態のようです。押しかけた側の数もかなりのもので、遠目でも三、四台の車が見えました」

「十人、多ければ十五人ってところかしら。それじゃあ、ひとたまりもないわね……やはり関西の？」

「それもわかりません……今のところは、何とも」

わたしは思わず裸足で三和土《たたき》へと降りて、木戸さんに詰め寄った。「天堂は。無事なの⁉」

彼は目を閉じて、小さく首を振る。「わかりません。どうもすみません、お嬢さん……」

わたしはいても立ってもいられずに、足元にあった母の突っ掛けを履いて勝手口の引き戸に手を掛けた。その背後から、母の厳しい声がした。

「いけません、綾乃！」

足を止めて振り向くと、母は蒼白《そうはく》の顔をいっそう強張らせて、それでも真っすぐに立ってわたしを見下ろしていた。

「あなたが行ってどうするというのです。それもこんな雪の中を、そんな格好で」

もちろん、わたしが行ってどうなるものでもないことはわかっている。わかっているが。

「木戸さん、それで警察は」

「まだ何の動きも。この雪で身動きが取れないというのもあるでしょうが、それよりも山王会の動きを見ているのでしょう。おそらくは報復に動き出すのを待って、敵味方まとめてって腹かと」

「山王会はどう出るかしらね。あの親分さんなら、そのことくらいはわかってるでしょう」

「しかし、だからといってこのままってわけにもいかないでしょうし。何らかの動きはあるはずです」

母はゆっくりと頷いて、わたしのほうへと向き直った。

「まだしばらくの間危険な状態が続くでしょう。向こうのお屋敷の様子がわかったら、必ずあなたにも教えるわ。だから今夜は、上で静かにしていなさい。わかるわね……木戸さん、申し訳ないけど、もう一度お願いします。くれぐれも気をつけて」

木戸さんは「わかりました」と言って頭を下げて、再び背中を向けた。引き戸を閉める際にもう一度だけわたしを振り返り、緊張した表情で小さく頷きかけてきた。大丈夫、と言い聞かせるように。


母に押し切られて、わたしは二階の自室に戻った。明かりの消えた暗い部屋の中で、しかし眠ることなどとてもできないまま、じっとベッドの上で膝を抱いていた。窓の外は静まり返ったままで、それきり銃声もなければ、パトカーのサイレンすら聞こえてはこなかった。

どのくらいそうしていただろうか。つんと耳が痛むほどの静寂の中に、かすかに人の気配がした。ざっざっと雪を踏みしだく足音。それは次第にはっきりしてくる。

木戸さんが戻ってきたのだろうか。そう思いながらわたしはカーテンを少し引いて、シャーベット状に凍りついた結露を拭った。

木戸さんではなかった。もっと大柄で、髪も長い。羽織った上着の肩にも雪を被《かぶ》っていたが、それが黒い学生服であることも見て取れた。わたしは窓を開いて、表通りを見下ろした。ほとんど吹雪と言っていいくらい激しい雪と風が暗い部屋に流れ込んでくる。

「天堂っっっ!」

叫んだ。天堂は歩みを止めてこちらを見上げた。しかしその目が確かにわたしの姿を認めたかと思ったのもつかの間、まるで力尽きたかのように雪の上へ崩れ落ちた。そのときようやく、真っ白な雪の中に残った足跡とともに、点々と赤く血の跡が続いていることに気が付いた。

わたしは再び階段を駆け下りると、やはり眠らずにいたらしい母の制止を振り切って、表へと飛び出した。深い雪に足をとられそうになりながらも、天堂に駆け寄ってその巨体を抱き止める。

「大丈夫だったか。どこをやられた、見せてみろ」

羽織った学生服の下はTシャツ一枚で、それも真っ赤に染まっていた。天堂は喉をひゅうひゅうと鳴らすばかりで何も答えない。その荒い息がやがて噛み殺すような嗚咽《おえつ》に変わり、右手だけでわたしの体を抱きしめる。力なく垂れた左腕にそっと手を伸ばすと、ぬるりとした感触があった。

「綾乃!」母の呼ぶ声がした。「いけません。あなたはこの件に関わってはいけないのです!」

「……なぜ!」わたしも負けずに叫んだ。

「わからないのですか。あなたはただの女じゃない。この人も、ただの男ではないのです」

「どういうこと。こいつはわたしの友達だよ!」

母は目を閉じ、ゆっくりと首を振った。そのどこまでも白い冷たい顔が、涙でぼやけるのがわかった。

「今まではそれでよかったかもしれません。でも、これは違う。今夜の件はあくまでも、山王会のトラブルです。ここでわたしたちがこの人を匿《かくま》えば、わたしたちは中部山王会という組織と深く関わることになる。わたしたちが関わるということは、恩田冬一郎《とういちろう》が関わるということになる。それは決して、あってはならないことなのです」

「……知るかよっ！」ぐったりと力の抜けた天堂の頭を抱き締めて、わたしは負けじと叫んだ。「なんでわたしがあんな男のために、こいつを見捨てなきゃならないんだよっ！」

それでも母の表情は変わらなかった。瞬きもしないその目をわずかに巡らせて、わたしの腕の中の天堂に向ける。

「天堂さん。あなたもわかっていたはずです。ここにだけは、決して来てはならなかったことは。それなのになぜ来たのです」

びくり、と天堂が肩を震わせたのがわかった。母の言葉が、この男にはしっかりと刺さっているようだった。

道の向こうから、雪に慣れた足取りで木戸さんが走ってくる。そのままわたしたちの傍らに駆け寄ると、天堂の顔を見て目を丸くした。「……ぼん」

「木戸さんも、お願いっ！」

狼狽《ろうばい》した様子でわたしと天堂、そして母の間で目を泳がせている。

「いけません、お嬢さん。それに、ぼん。こんなところで……」

「木戸さん！」もう一度呼びかける。

「駅前の店も襲われたようです。あと、事務所にはトラックが突っ込みました。やつら、虱潰《しらみつぶ》しですわ。きっとまだ、ぼんを探して走り回ってる」

わたしはまた母のほうを振り向いた。どんなに冷たく厳しい表情をしていても、母はあくまでも美しかった。思わず気後れしそうになる心を叱りつけ、真っすぐに見つめ返す。今、この目を逸らしてはいけない。それだけはわかっていた。

そして意を決して言った。「いいよ、わたしはもうあなたの娘じゃない。だからあの男とも何の関係もない。縁なんて、こっちから切ってやる。だから今夜だけは、この男を守ってやってくれ」

木戸さんが息を呑んだ。「お嬢さん、そんなことを言っちゃいけません！」

わかってる。ここまで言ってしまえば、あとになって冗談でしたじゃ済まないことくらい。まして、相手はこの人なのだ。それでもわたしには、他に手立てなどなかった。何の力もない十七歳の女ひとりに、自分の身以外に切れる札などありはしない。

「明日の朝になったら、こいつと一緒に出て行く。だからお願いします、赤尾時枝《ときえ》さん」

木戸さんがほとんど泣きそうな声で、まだ何かを叫んでいた。しかしもう、その声は耳に届かない。ただ母の顔だけを見ていた。その唇から、漏れ落ちてくる言葉だけを待っていた。

ほとんど永遠かとも思える長い間。しかし実際のところは、ほんの数秒のことだったろう。母は、ようやく青白い唇を開いた。

「後悔は……しないのですね」

間髪いれずに答えた。「しない」

はじめて、母の表情が崩れた。まるで痛みに耐えるように目をきつく閉じ、顔を俯《うつむ》ける。胸が締めつけられるような罪悪感を覚えたが、一度出した言葉はもう飲み込めない。

「……入りなさい」

そうして母は、消え入りそうなか細い声で言った。しかしひとつ小さく肩を上下させたのち、ついと力強く顔を上げたときには、また元の通りに厳しく、凜《りん》とした面差しに戻っていた。

わたしは天堂の怪我《けが》をしていない右腕の下に体を入れて、担ぐように立ち上がる。

「行くぞ、天堂。立てるか？」

天堂は顔を伏せたまま、かすかに首を動かして頷いた。手順はわかってるわね、と母が確かめてくる。

「うん」ひとつ頷いて、それから思い出して言った。「……ありがとう」

「朝になるまでお医者様は呼べないわよ。厨房《ちゅうぼう》の救急箱に痛み止めならあるから、それで我慢してちょうだい」

「わかってる」

「安心なさい。関西であろうと、この店には手を出せないわ。ここがどういう場所かは、向こうだって知ってるはず」

「しかし……」木戸さんは、まだ不安げな顔で何かを言いかけた。しかしそれを遮るように、母が自信に満ちた口調で続ける。

「それでも来るなら、それはそのときです。鉄砲ややくざが怖くて、政治屋の妾《めかけ》が務まるものですか」

厨房を抜けて中庭に出る。裏木戸の手前に掛けてあった大きな鍵を取ると、降りしきる雪の中へと飛び出していった。

「もう少しだ、頑張れ天堂」

積もった雪を蹴り散らすように中庭を横切って、古い蔵の扉にかかった大きな南京錠を外した。ぶ厚い鉄の扉を押し開いて、わたしたちは抱き合うような格好で蔵の中に転がり込む。

立ち上がって扉を元のように閉めると、天堂の側に戻った。彼は自分でなんとか体を起こし、石造りの壁に背をもたせかけていた。

「見せてみろ」

抱えていた小さな救急箱を開き、上着を脱がしてやる。傷に触れないように気をつけながら、血まみれのTシャツを手で探る。蔵の中は真っ暗で、小窓から差し込むわずかな雪明かりだけが頼りだった。

「そっちは……大丈夫だ。俺の血じゃ、ない」

天堂が苦しげに言った。確かにその言葉の通り、胸や腹に怪我をしている様子はなかった。左の肩口に、細長く肉が抉《えぐ》れたような傷。それとズボンの右腿あたりに明らかに銃で撃ち抜かれたと思われる穴があって、いまだじくじくと血が滲《にじ》み出ていた。

消毒液の壜を開けると、逆さにして傷口に掛けた。それからわたしは着ていたトレーナーを脱ぎ、丸めて押し当てる。刃物のような冷気が肌を刺すが、気にもならなかった。天堂は自分でそれを脚に巻いて、きつく縛り上げた。

手探りで痛み止めの錠剤を掌に出すと、それを天堂の口に押し込んだ。いちいち数なんて数えていられない。なに、この図体だ。少々数が多いくらいでちょうどいいだろう。

天堂はゆっくりと目を開けると、不安げな表情であたりを見回した。唇だけで「ここは？」と尋ねてくる。

「うちの店で物置に使ってる古い蔵だ。安心しろ、ここから向こうの店にも抜けられる。両側に扉があるんだ」

向こう側は、昔から懇意にしてもらっている漬物屋だった。このあたりは以前はひとつの大きなお屋敷だったとのことで、今でもこうして中は繋がっているのである。

「ほれ、うちってこれでも、県の議員やら役人やらがよく会合で使うだろ。表を記者が張ってることも度々でさ。厄介なときはこうして人目につかずに出て行けるルートがあるんだよ。だからもし、やつらが中に入ってきても大丈夫」

天堂は「そうか」とだけ、囁くようなかすれ声で言った。それから深く息をついた。少しは薬が効いてきたのだろうか。焦点の合わない目をぼんやりと暗闇に向けている。

「奥へ行こう。あっちはもう少し広いから、横にもなれる」

立ち上がろうとしたが、天堂は静かに目を閉じて、ずるずるとその場に崩れるように横たわった。「ここでいい」

そんな天堂を見下ろして、わたしはようやく肩の力が抜けた。苦笑いを漏らしながら、狭い棚の間に天堂と並んで横になった。

「……悪かった」絞り出すような声で彼は言った。

「何がだよ?」

「お前のお袋さんが言った通りだよ。俺はここに来ちゃいけなかった。お前だけは、間違っても巻き込んじゃいけなかった」

気にするな、と答えた。むしろ妙なところを見せてしまって、こっちのほうがばつが悪い。

「それでも、気が付いたらお前のところに足が向かっていた。何でだろうな……」

わたしは天堂の茶色がかった癖っ毛を撫《な》でた。すると彼は、無言でわたしの胸に顔を埋めるように体を寄せてきた。大きな背中に両手を回し、わたしは彼を抱き締める。

「俺は……何もできなかった」天堂は言った。その声で、彼が泣いているのがわかった。「お袋が目の前で撃たれた。俺のことを庇《かば》って撃たれたんだ……やつら、殺してやろうって思った。なのに、足が動かなかった」

怖かったんだ。ほとんど声にならないくらいのくぐもった口調で、天堂は言った。

「前原が、逃げろと言ってくれた……あいつだって、血だらけだった。それなのに、お袋に代わって俺の盾になってくれた。あいつは、子供の頃から本当の兄貴みたいな……それなのに。みんな見捨てて、俺だけ逃げてきた……畜生」

　畜生。畜生。何度もそう繰り返し、やがてその声は言葉にならない呻きに変わってゆく。わたしは、彼の背中に回した手に力をこめた。

「お前のお袋さんは幸せだ」天堂の体がびくりと動くのがわかった。わたしはそのまま続ける。「お前を守ることができたんだからな。今ごろどこかで、きっと笑ってるよ」

　すごい人だよ。素直に尊敬の念さえ覚えながら言うと、天堂の震えがいっそう大きくなった。わたしは彼のまるで熊手のように大きな掌を、そっと自分の胸に運んでやった。トレーナーを包帯代わりに脱いでしまって、薄いTシャツ一枚に下着はつけていない。

「天堂……いいんだぞ」

「馬鹿を言え、こんなときに……」

　そう言いながら、天堂は手をわたしの胸にあてたままだ。しかし、それ以上踏み込んでくることはなかった。

「馬鹿はどっちだよ。こんなチャンス、もうないぞ」

　そう言って笑うと、天堂もかすかに喉を鳴らして笑った。

　外は物音ひとつしないまま、雪の降り積もる音さえ聞こえそうなくらいに静まり返っていた。もっとも表で少し騒ぎがあったくらいでは、ここまでその音が届くとも思わなかったが。

　わたしたちもそれきり、もう言葉を交わすこともなかった。静寂と暗闇に身を委《ゆだ》ねて、やがて眠りに落ちていった。

店は無事だった。後で聞いたところでは、天堂を襲った連中はやはりここにもやってきていて、威嚇するように店の周囲を何度も走り回っていたようだ。しかし母の言った通り、直接手を出すような真似はしなかったという。

翌朝わたしたちを迎えにきたのは、驚いたことに天堂が死んだと思っていたはずの前原だった。全身包帯だらけで、両側から若い衆に支えられながらではあったが、それでもちゃんと自分の足で立っていた。そうして天堂の無事な姿を見ると、両目から大粒の涙をぽろぽろと零《こぼ》し、それでも心底安堵したように顔をくしゃくしゃにして笑った。

「ほら、ここから先はひとりで歩け。いつまでもみっともないぞ」

天堂はやけに素直に、小さくこくりと頷いた。それから足を引きずりながら、ゆっくりと彼らのほうへと歩み寄っていった。

その途中でふと足を止め、天堂はわたしを振り返った。その表情は奇妙なほどに邪気がなく、少し眠たげな両目は澄み切っていた。自分の境遇を呪うように暴力を撒き散らしていた臆病な暴れ者は、もうそこにはいなかった。

やがて天堂はまた目を前に向けて、前原たちのほうへと歩き出した。何だか天堂が遠くへ行ってしまうような、もしかしたらもう二度と会うことはできないような予感を覚えながらも、わたしは黙ってその背中を見送った。

6

眩《まぶ》しさに目を覚ますと、細く開いたカーテンの隙間から朝日が差し込んでいた。部屋の中にはわたしひとりだけだった。サイドボードに並んだ酒壜が目に入って、ようやく昨夜の記憶が蘇ってくる。けっこうな深酒をしたような記憶があったが、寝覚めは不思議なほどに爽《さわ》やかだった。

するとまるでわたしが目覚めるのを待っていたかのようなタイミングでベッドサイドの電話が鳴り出した。受話器を取ると、快活な穂波の声が耳に飛び込んでくる。

「おはよ、モーニングコールや。よう眠れたか?」

昨夜会ったばかりだというのに、まるで何年も前からの付き合いであるかのような声だった。わたしは受話器を持ったまま、ベッドの上に再び横になる。

「まあね。おかげさま、なのかな」

「気持ちよさそうに寝てたんでな。起こすに起こせなんだ。ところであんた、今日はなんか予定あるん?」

やりたいと思っていたことは、みな昨日で済ませてしまっていた。しかし、本来の用件はまだ残っている。

「家に顔出さなきゃな。気が重いけど」

「料亭や言うとったな。場所はどこなん?」

実家のある町の名を口にした。蔵造りの古い家が並び、かつての城下町の雰囲気を残した一角だった。不意に風景がありありと目に浮かんできてちょっと驚いた。東京にいた頃、懐かしいなんて思ったことは一度もなかったのに。

「わかった。ほな、下で朝飯でも食いながら待っててや。うちは車取ってくるさかい」

すぐやから、待っててな。早口でそう言うと、穂波はわたしの返事も聞かずに電話を切った。

切れたままの受話器を眺めながら、「強引だなぁ」とつぶやく。しかし、嫌な気分はしなかった。いつものわたしだったら、こんな風に勝手に仕切られるのを鬱陶《うっとう》しいとしか思わなかったはずなのに。

一階の日当たりの良い一角がラウンジになっていて、バイキング形式で朝食がとれるようになっていた。わたしは小さなプールをふたつとコーヒーを持って、窓際の席に座った。

がらんと広い駅前のロータリーは、いかにも晩冬の朝といったか細く柔らかな陽光に照らされていた。これから出勤と思われる背広姿が、ぽつりぽつりと駅舎から吐き出されてくる。しかしその足取りも、東京で見る同じ光景に比べてずいぶんとのんびりしていた。

「ここに座ってもよろしいでしょうか」

不意に、野太い声がした。聞き覚えのある、しかしあまり思い出したくはない声だった。窓の外に目をやったまま答えずにいると、男はそのままテーブルの向かいの椅子を引き、黙って腰を下ろす。華奢な籐椅子がみしりと軋む音が聞こえた。

「帰って来られてるのなら」抑揚のない口調で男が言った。「ご実家に連絡くらいされたらどうですか」

「あんたに指図される覚えはないよ、小宮《こみや》」

そこではじめて、わたしは男の顔に目をやった。上背は天堂ほどではないにせよ、堅苦しいスーツがはち切れそうなほどに筋肉が詰まった巨軀。筋張った太い首の上に載っているのは、月並みな言い方だがいかにも鬼瓦といった風情の四角い顔。

小宮勝弘《かつひろ》。今ではあの男の第一秘書になっていると聞いていた。昔から母とあの男の連絡係のようなものを務めていたせいで、わたしも幾度となく顔を合わせている。

「もしかして、ご実家には顔を見せないで帰られるおつもりだったのではないですか」

「心配するなって。今日、これから行くつもりだから。母さんにはそう伝えておいて」

「それを聞いて安心しました」にこりともせずに小宮は言った。「それでは参りましょう。先生もお待ちです」

コーヒーカップに伸ばしかけた手が止まる。「何だって?」

「ですから、先生もすでに到着されて、お嬢さんをお待ちしています」

「聞いてないよ」わたしは上目遣いに小宮を睨《ね》め付ける。この男が『先生』と呼ぶ相手はひとりしかいない。「あの男が今さらわたしに、いったい何の用だっていうんだよ」

「……大事なお話があるそうです」

「だからその大事な話ってのは何だと訊いてるんだ」

間髪をいれずに言い返してやったが、小宮の表情はぴくりとも動かない。

「それは、先生から直接お聞きください」

ため息をついた。両肩の上に、見えない重いものがのしかかってくるようにも思えた。

「わかった。でも少し時間をくれないかな。人を待っててね。今、車を取りに行ってくれてるんだ」

「車なら」威圧感こそ抱かせないものの、それでも有無を言わせない口調で小宮は言った。「表に待たせてあります」

わたしが同行しない限り、小宮はこの場を動きはしないのだろう。相変わらず、主人にはどこまでも忠実な犬だった。


障子を開けると、小宮はわたしに向かって深々と頭を下げ、中へ入るよう促してきた。それには目を向けずに、上座に座っている男を睨み付ける。

小柄で痩せている上に、極端ななで肩の男だった。わずかにはだけた和服の胸元から、浮いた鎖骨が覗いている。やけに目立つ尖った頬骨に、鉤のような鷲鼻、酷薄そうな薄い唇。縁なしの老眼鏡の奥から覗くやや吊り上がった三白眼は、良く見ると大きさが左右不釣合いだ。狭い額の上の白髪だけは不自然なまでに豊かだった。

これはこれで、人によってはそれなりに威厳を感じ取れる風貌なのかもしれない。しかしわたしの目には、ただの貧相な老人としか映らなかった。

老人は入ってきたわたしに一瞥《いちべつ》をくれただけで、また手に持った書類に目を戻した。小宮が外から静かに障子を閉めた。わたしは席には着かず、明かり取りの障子戸の側に膝を立てて座り、柱に背を凭《もた》せ掛ける。

「ここに座れ。お前の分も用意させた」

「さっき、遅い朝食を済ませてきたばかりでね」

老人は小さな声で「そうか」と答えただけだった。そう言う自分だって、小さな膳の上の料理にはほとんど手を付けていないようだった。

保守党所属の衆議院議員。四十歳で初当選し、以来当選十四回。三十七年にわたって議員を務め、沖縄開発庁長官をはじめとして法務大臣、総務大臣、建設大臣等々を歴任してきた。しかしついに総理の座に就くことはなく、八年前に官房長官の座を降りて以来は、保守党が政権交代によって野党に転落したこともあってか、要職からは遠ざかっていた。それでも党内最大派閥である誠友《せいゆう》会の長として今もなお隠然とした影響力を持ち続けているとも言われている。影の総理、闇将軍、政局の仕掛人。様々な異名を与えられ、与党の実力者を押しのけて週刊誌の政治記事の主役を張ることもしばしばだ。

それがこの、恩田冬一郎という男である。そして認めたくもないが、わたしの生物学上の父親でもあった。

持っていた書類を膳の横に置き、恩田はようやくこちらに目を向けて言った。

「元気そうだな」

「おかげさまで」わたしはぞんざいに答えて、メンソールの煙草を抜いた。「型通りの挨拶《あいさつ》はいらないよ。何やら話があると聞いて仕方なく来たんだ。手早く済ませてくれないかな」

わたしは障子を薄く開け、中庭を覗き見た。料亭とはいっても予約客が五、六組も入れば満席になる小さな店だが、庭だけは立派なものだった。

その中庭を、竹箒《たけぼうき》で掃き清めている痩せた後ろ姿が見えた。木戸さんだった。髪はすっかり白くなり、半纏《はんてん》の袖から覗いた腕はか細く窶《やつ》れていた。

「天堂のところの倅《せがれ》に会ったそうだな」

恩田が言った。昨日の今日で、耳の早いことだ。

「あの男に会うのはもうやめておけ」

遠慮なく火を点けて、煙を吐き出した。さやかな隙間風に押されて、煙はゆらゆらと形を崩しながら流れてゆく。

「お前のために言っていることだ」その声は無機質で抑揚がなく、おかげで押し付けがましさは感じなかった。そのかわり、微塵《みじん》のありがたみもない。「そして、あの男のためでもある」

よくわからないね。思った通りにそう口にした。

「お前の母親を、正式に妻に迎えることにした」

初耳だった。なるほど、それでいきなり三回忌からわたしたちが列席するようになるのか。

「つまり、お前もわたしの娘になる。名がようやく実に伴うというわけだ」

わたしは顔の前で煙草を持ったままの手を振って、迷惑であることを伝えた。

「それはできれば勘弁してくれないかな。まあ、母さんのことはよろしく頼むと言っておくけど」

「お前はわたしのところに戻ってくる」

命令をしている口調ではない。しかし、すでに決定している事柄を事務的に読み上げているようで、耳障りであるという点では何ら変わりはなかった。

「形の上では、私設秘書のひとりということになる。だが、秘書の仕事はしなくてよい。ただ私の側に居て、現場を見ているだけでよい」

「あのさあ」わたしは足を胡座《あぐら》に組んで、わずかに身を乗り出した。「話がよく見えないんだけど。もっと単刀直入に、すぱっと言ってくれないかな。政治屋の話は回りくどいんだよ」

わたしがそう言うと、恩田ははじめて表情を崩した。しかしそれもほんのかすかな変化ではあった。

「実のところ、心臓が良くない」声は相変わらず、感情のこもっていない無機質なままだった。自分の身体《からだ》のことであるにもかかわらず。「一昨年の冬にバイパスの手術をしたのだが、新しい血管も二年と持たなかったようだ。このまま症状が悪化するようなら、もう一度胸を開く必要がある。今度はなかなか難しい手術になるようだ」

それがどうした。言葉には出さず、目だけで答えた。

「そして手術がうまくいっても、もう今までのようには働けないだろう。考えてみれば、もう七十も半ばを過ぎた。そろそろ、引き際を考えてもいい歳だ」

「隠居でもするってわけ」わたしはふふんと鼻を鳴らした。「困るやつもいろいろいるんじゃないの。ほら、あの小宮だって失業だし」

ま、わたしの知ったことじゃないけどさ。小声でそう付け加えたところに、唐突に恩田は言った。

「私の議席はお前が引き継ぐ」

思わず「は?」と間抜けな声が漏れた。何を言っているんだこの男は。

「後援会のほうは大方了解をとってある。形の上ではお前は後妻の連れ子ということになるが、事情はみな知っている。知った上で、それで構わんと言っているのだ。気にすることはない。今の政権はあと一年、来年夏のサミットを成功させれば、それを手土産に解散総選挙だろう。時間がない」

「はは……ははは」力無い笑いが唇から零れてくる。「あんたでも、冗談を言うんだね。知らなかったよ」

しかし恩田はわたしの声など聞こえなかったかのように、勝手に先を続ける。

「お前にはその一年で、政治家として必要なすべてを叩き込まねばならん。こちらでの組織固めは小宮に一任して、お前は東京の事務所に来るんだ。私の側に居て、とにかく現場を見ろ」

「ちょっと待てよ!」

どうやら冗談ではないらしいということは飲み込めて来た。わたしは思わず立ち上がり、恩田の前に歩み寄った。

「あんた、自分が言ってることがわかってるのか。頭、大丈夫かよ？」

恩田はじろりと三白眼を向けただけだった。

「兄さんが死んでも代わりがいるからまあいいかってことか。ふざけるのもたいがいにしろって。わたしも兄さんもあんたの道具じゃないんだ！」

恩田は小さくため息を漏らし、つぶやくように言った。「直樹は線が細すぎた。あれでは政界に入っても続けていけたかどうか。お前は、少なくともあいつよりは図太い」

「褒《ほ》めてくれてありがとう」鼻で笑って見下ろしながら続けた。「でも忘れたのかよ。わたしが東京で、どんな仕事をしているのかを」

「そんなことか」

わたしから目線を外して、まるで取るに足らないことというように小さく首を振る。

「水商売くらいどうということはない。政治家の娘でありながら一切援助を受けず、独力で生きてきた。むしろそのほうが評価される時代だ」

そうして恩田は、じろりと大きな目をこちらに向けた。

「言っただろう。後援会もほぼ了解していると。もちろん、その件も含めての話だ」

なるほど、とだけ口をついて出た。どうかしているのはこの男だけじゃない。みんなおかしい。この男の周りの人間も、そしてこの町も。

これ以上たわ言に耳を傾ける義理はなかった。わたしはくるりと背を向け、部屋を出る。大きな音を立てて障子を閉じ、腹の底で燻《くすぶ》るものを収めきれないまま大きく息を吐くと、廊下の奥の和服姿の小さな影に気が付いた。

間の悪さに思わず目を逸らした。十二年ぶりに会う母は、記憶にある姿よりもずっと小さく見えた。

7

表通りに面した二階の角部屋は、ほとんどわたしが自室として使っていた頃のままで残されていた。まるで十二年間、ここだけ時間が止まっていたように。

「整理しちゃってくれてもよかったんだけどな」

わたしが言うと、母はまた寂しそうに目を伏せる。ちくり、と胸の奥に小さな痛みを感じた。母に対しては、何ひとつわだかまりなどないのだ。

母は言いにくそうに小さな声で言った。「今日は泊まって行くのでしょう?」

「ごめん」と素直に謝る。「ホテルに戻るよ。ちょっと、ひとりでいろいろ考えたいこともあるし」

そう、と母は頷く。それ以上無理強いするようなことはなかった。俯き加減のうなじに、白いものが目立った。確か今年で五十五だったか。当然のことながら、あの美しかった母にも老いは確実に訪れてきていた。

「あなたは反対なのですね」

何のことか、とは訊かなくてもわかった。あの男とのことだ。わたしは母に背を向けて、窓際に歩み寄りながら、そんなことはないと首を振った。本心からだった。そもそもわたしは一度家を捨てた人間だ。母の決めたことに、とやかく口を出せる筋合いもない。

それに母にとってはいいことであることもわかっている。今後のことを考えれば、少しでも経済的に安定していてくれたほうがわたしも安心だ。

「お父様は、あなたのこともちゃんと考えてくださっています。いえ、お父様自身がお寂しいのでしょう。直樹さんのこと以来、お身体の加減もよろしくないようだし、あなたに側にいてほしいのだと思います」

「全然そうは見えなかったけど」わたしは肩を竦めた。

「それは、ずっと離れていたから、あなたとどう接したらいいのかわからないだけです」

もう一度、無言で首を振った。久しぶりに会ったのに、こんな話をしていたくはなかったからだ。これ以上何か言われたら、母にまで当たり散らしてしまいそうだ。

そのまま何も答えずにいると、母は小さくため息をついて部屋を出て行った。かすかな衣擦れの音だけが、だんだんと遠ざかって行く。

「よろしいでしょうか」

代わって、愛想のない低い声がした。小宮だった。

「よろしくない」精一杯の拒絶を示そうと、冷たく乾いた声で返した。「勝手に入るなよ」

「これは失礼しました」両膝をそろえたまま、頭を四十五度の角度で下げる。何だか見ているだけで苛々《いらいら》してくる。

相手をしたくなくて目を逸らすと、ベッドの脇に立て掛けられているものが目に入った。たぶん母がしてくれたのだろう、大きな風呂敷で大事に包まれたそれに手を伸ばす。やはりそうだ。包みを解くと、中から十七歳のわたしが現れた。くさくさしていた心が、ほんの少しだけ潤ってくる。これだけは、残しておいてくれたことを心から感謝した。

両手を膝の上に当てて、やや身を乗り出すように前かがみになって、十七歳のわたしが屈託のない顔で笑っている。何枚も何枚もスケッチに付き合わされた末に、ついに引き出された無防備な姿だった。

日南子に会いたい。無性にそう思った。

「ホテルにお戻りになるなら、車を用意させますが」

わたしはもう一度丁寧に絵を包み直しながら答えた。「要らないよ。ちゃんと二本の足があるんだ」

そうですか、と小宮はまた頭を下げる。それでも、入り口を塞《ふさ》ぐように立ったまま動こうとはしなかった。

「なあ」わたしは苛立ちを抑えながら尋ねた。「あの男は何を考えてる。わたしに議員なんて務まるわけがないだろう?」

「そうは思いませんが」

「大学どころか、高校だってちゃんと卒業してないんだぞ。国会議員なんてそれこそ、東大だの京大だの出たやつらがぞろぞろいるんじゃないのか」

小宮は相変わらず無表情のままで小さく首を振った。「大学など出ていようがいまいが、そんなものは政治の世界では関係ありません。お嬢さんなら立派に責務を果たされるでしょう。願わくはもう少しだけ、思慮深くなっていただければ」

遠回しに馬鹿と言われているようにしか聞こえなかった。

「それなら、最初から思慮深いやつを連れて来たほうが早いだろう。だいたいこの民主主義の世の中で、国会議員が世襲制なんて非常識じゃないか」

「他の者には無理なのです。この土地には、地元企業や銀行、商工会から果てはひとりひとりの支持者たちに至るまで、精緻《せいち》に組み上げられたネットワークがあり、その中心に先生がいらっしゃいます。それは先生のお父上、綾乃お嬢さんのお祖父《じい》様の代から積み上げられてきたものなのです。この役を、赤の他人になど任せられるわけがありません」

わたしが半分聞き流しているのも承知で、小宮は講釈を続ける。

「まして、ことはこの土地のことだけにとどまりません。党との関係、他党の実力者や官庁、財界とのパイプ。いずれも先生が生涯を通じて築き上げてきたものです。信頼関係を築けない相手がその座に就けば、すべてのネットワークはたちまち崩壊してしまいます」

「信頼関係、ね。世間ではそういうのを、利権とか言うんじゃなかったっけ」

「世間が何と呼ぶかは知りませんが」目だけがゆっくりとこちらを向いた。「それが、この国の民主主義というものなのです」

「丁寧な説明、ありがと。でもなおさら、わたしなんかに務まるとは思えなくなった」

「立派に務められると思っています。そしてそれは、他の誰にもできないことです」

「無責任なことを言うな」わたしは立ち上がって、小さく首を振った。「あんただって知ってるんだろう。わたしが東京で、どうやって暮らしてきたか」

一瞬、困ったように眉根に皺《しわ》が寄るのが見えた。それは今日はじめて小宮が見せた表情の変化だった。

「わたしだってそこまで馬鹿じゃないんだよ。こんな田舎では、男相手に媚売って生きてきた女がどんな目で見られるかぐらいわかってる。それが選挙に、国会議員に立候補する。笑っちゃうね、誰が票なんて入れるもんか」

「ですが実際には……」

小宮の言葉を手で遮って見せた。どうせあの男と同じようなことを言うつもりだろう。耳を貸す気にもなれなかった。

「あの爺《じい》さんには、もっとまともな代わりを見つけろと言ってやりな。何なら、あんたが出たっていいだろうし」

「まさか。私などは」小宮は口を引き締めて首を振る。

「いや、今自分で言って気が付いたよ。そうだよ、あんたが立候補すりゃいいんだ」

わたしは小宮の堅苦しいスーツの胸元に指を突き立てる。この男は学生の頃から書生として恩田に仕えて、もう二十年だ。今の秘書たちの中でももっとも長いと聞いている。兄の死んだ今では、ほとんどあの男の息子同然だ。

「あんたがあとを継ぐなら、あの男も喜ぶんじゃないのか。それに、政治屋の仕事もわたしなんかよりよっぽど詳しいだろうし」

「私にそんな資格はありません。その資格があるのは、今となっては綾乃お嬢さんだけです」

「そのわたしが言ってるんだ。よし、あんたがやれ。決まりだ、いいな」

ぽん、と手を叩いて言った。それでわたしも、こんな馬鹿げた話からは解放される。また何かを言いかけた小宮の前で手を広げ、その言葉を遮った。

「しかし、はない。よし、あの男に言ってこよう。まだ居るんだろう?」

強引に小宮の脇を通り過ぎようとすると、腕をがっしりと摑まれた。まるで万力《まんりき》にでも挟まれたように身動きひとつ取れなくなる。

「わかりました。そうおっしゃるなら、引き受けても構いません。ただ、ひとつ条件……というよりお願いがございます」

「なんだよ、お願いって」首だけで小宮を振り返り、訊いた。「言ってみな。ま、多少のことなら聞いてや……」

「私と結婚していただけますか」

言いかけた言葉は喉元で凍りつき、わたしは間抜けに口を開けたまま目の前の鬼瓦をまじまじと見つめた。それは相変わらずの無表情で、冗談を言っているようには到底見えなかった。

「そうすれば私も本当に、先生の息子になれますから」

膝から力が抜け、その場にへなへなとへたり込んだ。駄目だ。わたしには、この男たちが何を考えているのかがまったく理解できない。

8

がらんとしたラウンジに日南子が入ってきたのは、わたしが五杯目のグラスを空にしたのとほとんど同時だった。自分でも、すでにかなり酔いが回ってきているのがわかる。

彼女はあの柔らかい笑顔を見せながら、ちらりと桃色の舌を覗かせた。

「遅れちゃってごめんなさい。仕事が長引いちゃって。人が足りないから、いろいろ大変なの」

時計を見ると、約束の六時を三十分ほど回っていた。彼女は隣の椅子に座ると、「美味しそうね。何飲んでるの」と尋ねてくる。わたしは脚長のカクテルグラスを持ち上げ、半分ほど残ったオレンジ色の液体を揺らしながら言った。

「アラスカ」

ジンとシャルトリューズを三対一でシェイクしたもので、度数は三十度以上ある。女がひとりで飲むものではないのかもしれないが、今日はとにかく酔いたかったのだ。

「じゃあ、同じのを」

ったが。

と、日南子は歩み寄ってきたバーテンに言った。確か彼女はあまり酒には強くなかったはずだ

「大丈夫か。けっこう、きついよ」

「綾乃と同じのが飲みたいの」

ホテルの一階、朝食をとったラウンジの一角に設けられたバーカウンターだった。とはいえまだ時間が早いせいか、十人ほどは座れそうなスペースに客はわたしたちしかいない。

「何だかすっかり出来上がってるみたいね。どうしたの、何か嫌なことでもあった？」

色々ね、とだけ吐き捨てた。騙《だま》し討ちをくって、会いたくもない男の前に連れ出されて選挙に出ろと言われ、とどめに鬼瓦からプロポーズされた。それもあんな下らない理由で。しかしそれを、わざわざ彼女に説明するのも面倒臭かった。

「何があったかは聞かないけど……ほら、元気出して」

早々と目の前に置かれたグラスを持ち上げて、日南子は「乾杯」と歌うような調子で言った。わたしも自分のものを指先で持ち上げ、無言で合わせる。

「帰ってくるべきじゃなかったかな、こんな町に」

「またそんなこと、言う」彼女は軽く頬を膨らませる。

「迷いはしたんだ。素直に懐かしい思い出に浸れるような場所じゃないことはわかってたからね」

「でも、綾乃は帰ってきた」日南子がきっぱりとした口調で言った。「本当は帰ってきたかった。

そうでしょ?」

「弱ってたんだ、わたしは。正直」

口調がついつい愚痴っぽくなるのを承知で、わたしは続けた。

「ずっとひとりで肩肘張ってきて、いい加減疲れちまった。水商売なんていつまでも続けられるわけじゃないのはわかってるし、気が付いたらもうすぐ三十だし。いいことばっかりじゃないし、不景気で大した稼ぎは出ないし」

それと、これは日南子には言えないが、兄のことではわたしにだってショックはあった。それもしばらく経ってから、じわじわと。人はある日突然死ぬ。母も、木戸さんも。もしかしたらわたしや日南子や天堂も。そう考えたら怖くて仕方なくなった。不安でどうしようもなくなった。他にも何やかや、何やかや。とにかく、そう。わたしは弱っていたのだ。

「そんなときに、母から電話をもらった。母の声を聞いたのも、本当にもう久しぶりでさ。で、まあ、何というか……魔が差しちゃったんだ」

「なあんだ」日南子が自分のグラスを傾けながら、拗ねたような声を作って言った。「わたしに会いたくて帰ってきたんじゃないんだ。残念」

「いや、会いたかったよ、もちろん」

私は慌てて答える。母に会いたくて、天堂にも会いたくて、日南子にも会いたかった。その中でもたぶん、日南子がいちばん大きい。

「わたしは会いたかったし、会えて嬉しかった、綾乃に」

うん、まあ。口ごもりながら頷く。「わたしもだよ、もちろん」

「なら、良かったじゃない。帰ってきて」

「うん」そう繰り返して、わたしはカウンターに突っ伏した。額が硬いカウンターにぶつかって、やけに大きな音を立てる。「だからもういいんだ。明日、東京に戻る」

三回忌も当然出ない。兄には申し訳なくも思うが、きっとわかってくれるだろう。要するにわたしが呼ばれたのは、その場で恩田の後継者として顔を売り出す狙いがあったのだろう。天堂たち流に言うならば、事実上の襲名披露のようなものだ。冗談じゃない。そんなものに付き合ってられるか。

「そっか、戻っちゃうのか。もうちょっとこっちにいればいいのに。せっかく帰ってきたのに、まだどこも見てないんでしょう」

ううん、と首を振った。「学校、行ってきた」

「学校って、わたしたちの？」

「そう。夜中に校門乗り越えて、中も見てきちゃった。酔った勢いで、ついつい昔を思い出してさ」

日南子はまた、歌のような調子をつけて「いいなあ」とつぶやいた。「宿直の先生とかに見つからなかったの？」

「そんなへまはしませーん」負けじと変なリズムに乗せて答えてみせる。「美術室から中も覗いてきた。変わってなかったな、あそこだけは」

「そうかぁ……わたしはずいぶん行ってないなあ」

彼女は不意に顔を近づけると、内緒話をするように声を落として言った。

「ね、今から行ってみない？」

「行ってみないって……今から？」

「そう。今から」

「……酔った勢いで？」

「そう」小さく頷いて、日南子はくくっと喉を鳴らすような含み笑いを漏らす。「勢いで」


夜になって急に冷え込んできた。山から吹き下ろしてくる乾いた北風のせいだった。日南子は両手を胸の前で擦り合わせながら、先に立って歩いていた。わたしもジーンズの後ろポケットに手を差し込んで、彼女の脇へ並びかける。道の両側に並んだ街灯が滲んで見えた。空を仰ぐと、雲の隙間から、正円をわずかに欠いた月が覗いている。

昨夜も歩いた道だった。バス通りを渡って西へ。

歩き出してみると、自分で思っていた以上に酔いが回っていた。それでも現金なもので、嫌なことはいつの間にか忘れてしまっている。夢心地に緩やかな坂を上りながら、自然に歌を口ずさんでいた。別に思い出の歌でも何でもない。さっきのラウンジでかかっていた、ひと昔前のバラードだった。日南子もそれに、小声で合わせてくれた。

校門の鉄扉の前までたどり着くと、そのまま地面に座り込んだ。

「疲れた」

「駄目だって。ほら、立って」それからわたしの肩をぽんぽんと叩いて、鉄扉を指差す。「開けて」

「はい？」

「これを開けて。中に入るの」

彼女は顎をついと上げて、わたしを見下ろしている。

「日南子、さてはあんたも酔っ払ってるな？」

「あーけーてっ」黒く塗られた鉄の塊を叩きながら、子供のように言う。「はーやーくー」

「わかりました、女王様っ」

わたしは座ったまま鉄扉を引いた。当然のことながら鍵が締まっていて、がこん、という鈍い金属音がしただけだった。

「駄目です開きません！」

「もういいわ。綾乃の役立たずっ」

言葉とは裏腹にきゃっきゃと笑いながら、日南子は格子状の鉄扉に飛びついた。しかし彼女の跳躍力では、せいぜい中間あたりまでしか届かない。

「日南子、スカートの中見えるってば」

わたしが言っても、彼女はそんなことお構いなしにパンプスの踵《かかと》を鉄格子に叩きつける。かんかんという高い音が、冷たく澄んだ夜の空気に響き渡った。

「ほら。綾乃も見てないで、押してよ」

そういう問題ではないだろう。せめててっぺんに手が掛かるくらいまで行かないと。けれどそこも酔ってる勢いで、わたしは彼女の後ろに回りこんだ。

「日南子、まずそこに足掛けろ。そこ、そこの出っ張り！」

わたしが指差した、蔦《つた》を模した装飾に彼女が足を掛けたその瞬間、パンプスの踵が折れた。きゃあっと可愛らしい声を上げて、日南子はわたしの上に落ちてくる。わたしたちはふたりでもつれ合ったまま、アスファルトに倒れこんだ。

「痛あーーーっ」

受け止めきれずに、日南子は背中と肘を打ちつけたようだ。それでも彼女は笑っていた。

「もう、何やってんだよ」

「あはは、ごめん綾乃。痛かった？」

たぶんわたしのほうが被害は大きいはずだった。ふたりぶんの重さで尻餅をついたし、危うく後頭部まで打って昏倒《こんとう》するところだった。それなのに、つられてこちらも笑い出してしまう。

そうしてわたしたちはいい歳して、ふたりで倒れたまま笑い転げた。可笑しくて楽しくてたまらなかった。

ようやく笑いが収まったとき、日南子がわたしの手を握っていることに気がついた。知らぬ間に体の芯まで冷え切っていて、彼女の掌も同じくらいに冷たくなっていた。

「どうする、もう一回チャレンジする？」

彼女はまだ笑いを嚙み殺すように唇を固く引き締めて、小さく首を振った。

「もういい、疲れちゃった……それより、ねえ綾乃。今日はわたしの家に来ない？」

「家？」裏返った声で訊き返した。「大丈夫なの、急に行って」

「大丈夫だよ。ね、そうしよ。もっと話そう。わたしも明日は仕事、昼からだし」

断る理由は何もなかった。この時間をまだ終わらせたくないのは、わたしも同じだったからだ。


日南子の住まいは職場である美術館からもほど近い町中にある、まだ新しいマンションの四階だった。２ＤＫの室内はよく片付けられていて、家具もカーテンも落ち着いた色合いに統一されているのが彼女らしい。

窓際には小さな鳥籠《とりかご》がぶら下がっていて、中にはジュウシマツが一羽、入れられていた。羽ばたくこともなくじっとブランコに止まっているその姿は、まるで作り物のようだった。

リビングの隅、背の低い戸棚の上にそれだけ古びた仏壇が置かれていて、中にはふたつの位牌《いはい》が並んでいた。それを見てはじめて、彼女はもうここでひとりぼっちであることを知った。

「お母さん……そっか」

日南子は小さく頷いて、「去年、ね」とだけ答える。わたしもそれ以上のことを尋ねる気にはなれなかった。彼女は兄のことと合わせて、二年続けて不幸に見舞われたことになる。その悲しみは、わたしになど想像も及ばないものだったに違いなかった。

「……一周忌は？」

「先週済ませた。ひとりでやるつもりだったけど、母が病院で知り合った人たちも来てくれて、何だか嬉しかったな」

日南子はそう言いながら、鳥籠に歩み寄って行った。そうして引き出し式の餌入れに新しいものを補充してやる。作り物のようだった鳥がようやくぱたぱたと下りてきて、嬉しそうに新しい餌を啄《ついば》みはじめた。

「全然知らなかった」焼香を済ませて、私は訊いた。「大変だったんだな」

「うん……でも綾乃だって、東京でひとりで頑張ってる。そう思ったら、わたしも頑張れた」

言って、日南子は微笑んだ。その表情に暗さはまったく感じられない。

「そんな……」わたしは勢いよく首を振る。「こっちはただ、気楽にやってただけだよ」

その隣に並べられているのは日南子の父親の位牌である。命日は平成六年二月。となると、彼女がこの町に転校してくる前のことだ。母親とふたり暮らしであることは、高校の頃に彼女から聞いていたが、それが死別のためだったことは今はじめて知った。

「ねえ、綾乃。今日は泊まっていくでしょう？」日南子はキッチンのほうへと向かいながら訊いてきた。「まさか、これからホテル戻るなんて言わないよね？」

わたしは肩越しに振り返り、彼女の背中をぼんやりと見つめながら「うん」とだけ答えた。部屋に入ったときは気にならなかった質素な部屋が、なぜだか急にわびしく見えてきた。日南子はこの小さな部屋で、今はもういない人たちの息遣いを聞きながら生きているのだ。

「なあ、日南子。わたしと一緒に東京、来ないか」

言葉は、自然に口をついて出てきたものだった。もちろん、何か当てがあってのものではない。

「どうしたの、急に」くすくすと笑いながら、日南子は答える。「それって、向こうで一緒に暮らそうって、そういうこと？」

「それでもいい。きっと、今より楽しい」

両親がいなくなった今、日南子がこの町に居続ける理由はないはずだ。彼女はどこにでも行ける。別に東京でなくたっていい。ここでなければ、どこだって。どこであろうと、きっとここに居続けるより彼女にとってはいい。

「そうね」夢見るように、視線を上げて宙を見つめて、日南子は言った。「楽しいかもしれない。綾乃と一緒なら」

「だろう？」

「でも無理よ。仕事だってあるし」

「仕事ならどうとでもなるだろ。美術館なら、東京にだっていくつもある」

「そうもいかないわ。今は学芸員なんて働き口はほとんどないの。資格持ってても、それを生かす機会すらない人が大勢いるんだから」

ボトルをテーブルに置き、戸棚から背の高いワイングラスを取り出しながら、日南子は続けた。

「実はね、今の美術館の仕事はあなたのお父さんに口を利いてもらったの」

わたしは「えっ」とつぶやいたきり絶句した。あの男が、日南子のことを。なぜ。

「だから、わたしは綾乃と一緒に行くわけにはいかないの。この町は、わたしの鳥籠。籠の鳥は、外の世界で生きていくことなんてできないのよ」

口調はあくまでも明るく、それでもきっぱりと、日南子は言った。そうしてまたわたしに笑いかけると、ふたつのグラスをちんと鳴らして見せた。

「さあ、飲み直しましょう。貰いもののいいワインがあるのよ」

わたしはちらりと、窓際の鳥籠を振り返った。籠の中のジュウシマツは、またさっきと同じように止まり木に戻って、作り物のようにじっとしていた。

9

それは天堂の一件があったあの雪の日から、二日が過ぎた昼下がりのことだった。わたしは自室で、わずかな手荷物の整理をしていた。

本来なら、天堂と一緒にこの家を出て行かなければならなかったところを、母からは三日の猶予をもらっていた。その間に仕度をしろということだろう。しかし仕度といっても、当面の暮しに必要なものを鞄《かばん》ひとつに収めるだけのことだった。ほとんどのものはここに残して行く。目障りなら捨ててくれればいい。そう思いながらほぼ荷造りを終えた頃、廊下の向こうからぱたぱたと足音が近付いてくるのに気付いた。母のものとも、木戸さんのものとも違った。

やがて扉が勢いよく開いた。顔を上げると、見たことがないほど険しい顔をした日南子が立っていた。足音で何となく予想ができていたので、驚きはなかった。

「よう、日南子。どうした、今日も学校だったろ」

「天堂くんが、退学届出したって」

まだ荒い息のままで、日南子が言った。制服のスカートの裾には、いくつもの泥跳ねがあった。学校でそのことを聞くなり、大急ぎで走ってきたのだろう。今日はいくぶん暖かいとはいえ、雪はまだ解け残っている。道も悪かったに違いない。

わたしはその知らせを、「……そうか」とだけ答えて受け止める。それは、あの日一瞬だけわたしに向けた目を見たときからわかっていたことだった。あの男も、行く道を見定めたということなのだろう。臆病だと自嘲していた少年は、とうとう逃げるのを止《や》めたのだ。

わたしは、どうなのだろう。これは、自分の行くべき道なのか。それともただ逃げるだけなのか。そうではない、と信じるしかなかった。

「綾乃もいなくなるって聞いた。嘘じゃ、ないみたいね」

頷いた。日南子は手に持っていた、駅前にひとつだけある画材店のロゴが入った包みを壁に立てかけて、わたしの前に座る。

「話して」いつになく真剣な表情で、彼女は尋ねてきた。「何があったの」

わたしは二日前の一件を、日南子に話すべきかどうか一瞬迷った。彼女に話すことで、余計なことに巻き込みはしないか。母や、天堂や、他の誰かに迷惑をかけはしないか。

「学校じゃ、天堂くんと綾乃が結婚して、ふたりでやくざになるなんて噂も流れてる」

思わず吹き出した。「まあ、半分は嘘じゃないかな」

「半分って、何。どっちが嘘。どっちが本当。話して」

身を乗り出して、まるで責め立てるように詰問してくる日南子の剣幕に、わたしはとうとう観念した。もとより、彼女に黙って町を出て行くことなど、わたしにはできっこなかったのだ。

日南子は一切口を挟むこともなく、じっとわたしの話に聞き入っていた。そうしてあの夜のことをすべて話し終えると、ぽつりとひと言、「どうして?」と尋ねてくる。

「どうしてって、何が」

「それで、どうして綾乃が出て行かなくちゃいけないの」

「それが約束だったから」

そう答えてみせても、日南子は全然納得したようには見えなかった。

「おばさんも……ひどいよ、そんなの」

「ひどくないよ。あのとき母さんが言ったことだって、今冷静になって考えてみれば、もっともなことだってわかるから」

わたしはただの女じゃない。少なくともこの町にいる限りは、そう見てはもらえない。その面倒臭さはわたし自身が、身をもって思い知らされ続けてきたことだった。わたしが天堂とつるんでいたことだって、まだ『子供』のすることだからと見逃されてきただけだ。しかし、あの夜の一件は違った。

わたしが山王会の抗争という『大人』の事情に関わることで、いったいどれだけの人々に影響を及ぼすか。そして、わたしを見る周囲の目もどのように変化するか。母はそれがわかっていたから、あのときわたしを止めたのだ。母には母の大事な人たちがいて、その人たちを守るために。もちろんその中にはわたしも入っている。

「いいんだよ。どうせ高校卒業したら、この町は出て行くつもりだったんだ。それがちょっと早まっただけさ」

「そんなの……」そう言って、彼女は今度は悲しげに目を細める。「綾乃のおばさんだって、きっと寂しがるよ」

「……かもね」

「おばさんだって、本当は綾乃のこと追い出したくなんてないはずだよ。できれば、引き止めたいって思ってるはずだよ」

「……かもね」

でも、母は決してそれを口に出したりはしないだろう。それもわかっていた。だからこそ、わたしも決して迷いは見せまい。そう心に決めていた。

「綾乃の、意地っ張り」

「意地……なのかな?」

わたしは意地を張っているのだろうか。だとしたら、誰に対して。よくわからなかった。たぶん違う気がした。

「それとも、天堂くんがいなくなったから？」

日南子が一瞬複雑そうに表情を曇らせて、尋ねてきた。

「綾乃は天堂くんが好きだったんだもんね。彼がいないのなら、学校に来る意味もなくなっちゃう。……だから？」

「……かもね」

そう繰り返した。たぶんわたしは、今まで自分で思っていた以上に天堂のことが好きだったのだろう。でも理由は、彼女が考えているほど単純じゃない。彼に会えるか会えないか、なんてことはもう小さな話だった。

たぶんわたしは、天堂に対して誠実でいたいのだ。あの夜、天堂を救うためなら自分はどうなってもいいと思った気持ちに嘘はなかった。それを証明したいのだ。もしも今わたしが迷いを見せて、やっぱりこの町に残りたいと言えば、母はきっと何かしら方策を考えてくれるだろう。でもそうすることは、あの夜彼の前でした誓いを汚すことになるような気がするのだ。

「それで……これから、どうするの。この町を出て、どこに行くの？」

「東京行く。向こうに親戚がいるから、ひとまずはそこにお世話になると思う」

母の従姉《いとこ》にあたる人が東京で美容院を営んでいて、しばらくは家に置いてくれることになっていた。そこまでは、母が話をつけてくれた。

「でも、そこにも長くいるつもりはないんだ。できるだけ早く、ひとりで生きていけるようになりたい。そう思ってる」

母は、向こうの高校に転入できるよう手続きも進めてくれていたのだが、それは断った。援助もいらない。けじめというものだ。

「そんなの……大変だよ。無理だよ」

「そんな顔するなよ」もちろんわたしにだって不安はある。でも今はそれ以上に清々《すがすが》しい気分なのだ。「大丈夫。きっと何とかなるって」

「……で？」と、日南子はまた訊いてくる。「出発は、いつ？」

「明日」

彼女は一瞬驚いたように目を見開いたが、すぐにひとつ小さく息をついて「よかった」とつぶやいた。「今日、来ておいて。わたしがこうして押しかけなきゃ、綾乃は黙って行っちゃうつもりだったでしょう？」

確かに、いちばんの心残りは彼女のことだった。でも会ってしまったら、決心が鈍る。それがわかっていたから、なかなか彼女に伝えることができずにいた。

日南子は背後の壁に立てかけてあった包みを手に取った。ひと抱えはありそうな、大きくて四角くて、平べったい包み。何が入っているのかはもちろんわたしだってわかっていた。

「これだって、まだ渡してなかったのに」

受け取って、丁寧に包み紙を開いた。中から出てきたのは、あの日からずっと彼女が手がけてきた、わたしの絵だった。屈託のない、無邪気な笑みを満面に浮かべたわたしがそこにいた。あの残暑の厳しい日からずっと、彼女が取り組んできた絵だった。

「もらって……いいのか、わたしが？」

「当たり前でしょ」日南子はまた怒った声で言う。「そう思ってたから、中途半端なものじゃ満足できなくて、今日までかかっちゃったんだから」

口の中でもごもごと、ありがとう、とつぶやく。でも、どんな顔をすればいいのかがわからない。わたしはきっと、もうこの絵のようには笑えないんじゃないか。そう思えた。

「それと、わたしも東京の美大行くから。お母さんからは行きなさいって言われてたけど、ずっと迷ってたんだ。でも、今決めた。だから待ってて」

「待ってて、って。そんな大事なこと、勢いで決めるなよ」

「決めたの」

ぴしゃり、と叩きつけるような声。はじめて見る日南子の迫力ある姿に、思わずたじろぐ。

「わたしは綾乃を見てる。ずっと見てるから。あなたが、どんな風に生きていくのかを」

瞬きひとつせず、ひどく真剣な目をわたしにじっと据えて、日南子は言った。

※

夢から醒めても、まだ暗闇の中だった。デジタル時計の数字だけが、ぼんやりと浮かんで見える。午前三時三十分。

頭の中心に、痺れにも似た感覚があった。それでも、記憶は徐々にクリアになってゆく。ここは日南子の部屋。あれからふたりでワインを二本空けて、真夜中過ぎまで喋《しゃべ》り倒して、そのまま服も脱がずにソファに倒れ込んで。

中途半端に酔いが残ったまま目が醒めたら、それきりもう眠れなくなるものだった。だからそのままソファから立ち上がって、暗闇に慣れはじめた目で部屋を見渡した。日南子が寝ているはずのベッドを見た。

ベッドは空だった。斜めに折り畳むように退けられたブランケットから、彼女の体のかたちの窪《くぼ》みが覗いていた。

日南子の名を呼んでも、返事はなかった。部屋はしんと静まり返り、時間さえ止まっているかのようだった。

なぜだろう。胸の中に、じわりと不安が蘇ってきた。杞憂《きゆう》だと思って、忘れかけていた不安が。懐かしい夢の中で見た、日南子の真剣な表情。しかしそれが、どこか不自然なまでに思い詰めたものだったように思えて。その表情が、この町で再会して以来の彼女が笑顔の隙間にたびたび覗かせたものとよく似ていて。

壁のスイッチを入れた。不意に溢れた明かりに驚いたか、鳥籠の中でジュウシマツが羽をぱたつかせる。仏壇に目をやった。奥に並んでいたはずの、日南子の両親の位牌と写真がなかった。間違いない。彼女はこれを持って、すでに部屋をあとにしたのだ。

でも、いったいどこへ。わたしを起こしもせずに、ひとりで。

ソファに掛けてあった上着を羽織ると、玄関へ向かった。鍵を開けたまま外へ出るのは不用心だろうかとも思ったが、ちょっとの間ならかまわないだろう。

夜気は相変わらず冷たかった。しかし風はほとんどなく、おかげでそれほど寒さも感じなかった。一階へ下り、葉を落として枝ばかりになった木々が並ぶ中庭に出て、ぐるりとあたりを見回してみる。動くものは何もなかった。

それでも気配だけは感じた。誰かがわたしを見ている。闇の中で息をひそめて、じっと。もちろんそれも疑心暗鬼からくる思い過ごしかもしれない。しかしその直感は奇妙なまでに確かな手触りを伴って、わたしの肌をざわつかせたのもまた事実だった。

ただし、害意は感じなかった。ただわたしを見ている。その挙動のひとつひとつを観察するように。日南子だろうか。もしそうなら、なぜ声も掛けてくれないのか。そう不服にも思いながら、わたしは夜の中へとゆっくりと歩み入って行った。

虫の声ひとつない静寂の中を、自分の足が砂利を踏みしめる音だけを聞きながら進んだ。やがてがらんとした駐車場に差しかかったとき、不意に「ここや」と囁くような声が耳に届いた。それは小声でありながら、まるで耳元に息がかかるほど近くに感じた。

首を巡らすと、ひっそりと駐車場の隅に寄せて佇《たたず》んでいるワゴンRが目に入った。運転席に人影が見えた。歩み寄ってゆくと静かにドアが開き、運転席から小さな人影が降り立った。

穂波だった。昨夜の艶やかなドレスからうって変わって、ジーンズに派手なロゴの入ったスタジャンというラフな格好だったが、すぐに彼女とわかった。茶色がかった長い髪は無造作に斜めに纏めている。

「何してるんだ、こんなところで」

尋ねても、彼女は何も答えなかった。ずいぶん長いこと車の中にいたのだろう。強張った腰を伸ばすように、手を当てて体を反らしている。

「見張られてるみたいで気分が悪いな」

わたしはその人の良さげな丸顔を睨みつける。いきなり日南子が消えてしまった不安から、ついつい疑り深くなってしまっただけだと承知していても、棘のある言葉をぶつけずにはいられなかった。

「勝手におらんようなったんはそっちやないか。待ってろ言うたのに……」

穂波も拗ねたような声で言い返してきた。どうやら朝からずっと、私のことを捜していたらしい。確かに彼女を待たずにホテルを出たのは悪かったが、それも小宮に無理やり連れ出されたようなもので仕方のないことだった。

「それにしたって、これはやりすぎじゃないのか。刑事の張り込みの真似か？」

「心配したんや。あんたの実家のほう行ってみてももう帰った言われるし、せやかてホテルも一度戻ってすぐに出てったようやし……たぶんここやろ思たけど、まさか乗り込んでいくわけにもいかんしな」

声音は相変わらずだったが、顔は真面目そのものだった。どうやら心配させたのは本当のことらしい。

「あんたは天堂はんの大事な客人やさかい、もしものことがあったらあかん。勝手に歩き回るなら、せめてひとこと連絡入れてくれたらよかったんや」

わたしは小さく首を振って、「わかったよ」とだけ答えた。まだ釈然とはしないが、今はもっと大事なことがある。

「それより日南子はどうしたんだよ。まさかあんたたちが……」

「あんたの友達か?」穂波は首を振った。「それなら、さっきひとりでそこから出て行きよったで」

彼女は、わたしが今出てきたばかりのマンションのエントランスを顎でしゃくって見せた。

「出て行ったって……どこへ?」

「そんなん知らんわ。あとを尾行《つけ》るか迷ったんやけどな。誰か連れて来とったらよかった」

出て行った。こんな真夜中に、いったいどこへ。わたしが目覚める前に戻ってくるつもりなのか、それとも。

「何やえらく怖い顔しとったで、あんたの友達。喧嘩でもしたんか?」

「別に何も……喧嘩なんて」

「ほんまか?」疑わしげにそう尋ねながら、彼女は夜闇に目をやった。「なーんの感情も浮かんどらん、真っ白な能面みたいな顔やった。いつだったか、飛ばされる前に景気付けで店に来た鉄砲玉の兄ちゃんを思い出したわ」

「ちょっと待てよ。それっていったい……」

そう訊き返そうとした次の瞬間、背後で何かが光った。凍《い》てついた夜の空気が膨れ上がり、一瞬で弾ける。

音はわずかに遅れてきた。それはまるで波のように背中に襲い掛かってきて、耐えきれずに数歩よろけてしまうほどだった。

「……なっ、何……！」

「伏せや！」

振り返る間もなく、穂波に肩を摑まれた。そのまま横倒しに、駐車場の砂利の上に引き倒される。何かひどく熱いものが髪の先をかすめ、地面に突き刺さるのがわかった。

倒れたまま体を捻って仰ぎ見ると、歪《いびつ》に反った剣のようなものが砂利に突き立っているのが目に入った。それが、千切れひしゃげた窓のサッシであることに気付くまで、しばしの時間を要した。

そうして、再び低い爆発音が響いた。あたりが赤く、そして明るく照らし出される。マンションを振り仰ぐと、窓を突き破って激しく噴き出してくる炎が見えた。それはちょうど、日南子の部屋があった五階のあたりからだった。

「ガスに引火したか。こらあかんわ」

穂波が諦め声でつぶやいた。わたしはまだ状況が飲み込めないままながらも立ち上がり、マンションへと近付いて行った。暴れ狂う炎の先から無数の火の粉が吐き出され、まるで蛍のように舞い踊りながら落ちてくる。驚いた住人たちが次々に中庭へ飛び出してきた。遠くに、消防車のサイレンが聞こえた。

何かに躓《つまず》きかけて、足元へと目を落とした。そこにあったのは、爆発の衝撃かあるいは熱のせいか、無残に変形した鳥籠だった。中は空っぽだった。鮮やかな色の羽が一枚だけ、格子に半ば焦げて張り付いているだけだった。

もう一度、炎を見上げた。その向こうに、夜空へ向かって羽ばたいて行く一羽の小鳥が見えたように思えた。炎に翼を焼かれながらも、最後の力を振り絞って、高く高く飛んでゆく小さな姿を。もちろん、気のせいであることはわかっている。

「行くで」穂波がわたしの腕を掴んで、耳を寄せてくる。「厄介なことになる前に、ここは離れたほうがええ」

厄介なことって、何だよ。そうは思ったものの、まだ正常な判断力が働かなかった。だから言われるがままに、「ああ」とだけ答えた。

サイレンはどんどん近付いてきていた。わたしは穂波に腕を引かれながら助手席に乗り込んだ。そうして彼女はシートベルトも着けずに、ワゴンRを勢いよく発進させた。

10

診察を終えて病院を出ると、正面玄関の前で穂波が待っていた。軽く手を上げ、「どやった、怪我の具合は」と尋ねてくる。

「この通り」

わたしは右目の上のガーゼと絆創膏《ばんそうこう》を指差して答えた。怪我といっても、砂利の上に伏せた際にここと肘を軽く擦り剝いただけだ。

「そか。けど、綺麗《きれい》な顔に傷つけて悪かったな」

どうやら彼女は、わたしに怪我をさせたことをずいぶんと気にしているようだった。しかしあのときああしてくれなかったら、こんな怪我では済まなかっただろう。

「にしても、顔色はあんま良かないな」

それには、黙って肩をすくめただけで返した。そう、悪いのは体じゃない。

「で、これからどうする?」

「とりあえず、ホテルに戻る。まだチェックアウトを済ませてなかったからね。それから先のことは、いったん家に帰ってゆっくり考えようって思ってる」

「そか。ほな送るわ。乗ってき」

昨夜までは、今日にも東京に戻るつもりだった。しかし今となっては。

「日南子はどうなったんだ」

「わからん」穂波は首を振った。「行方不明のままや。職場のほうにも何の連絡もないらしいわ」

病院のロビーで見たニュースによれば、火は夜明け前に鎮まったらしい。通報が早かったためか、被害はせいぜい日南子の部屋と隣室の一部を焼いた程度で、住人たちもみな無事が確認されたという。ただひとり、彼女を除いて。

しかし焼け跡からは焼死体などひとつも見つからなかった。ということはやはり、あのとき穂波が言っていた通り、彼女は先にマンションをあとにしていたわけだ。

「それにしても、あれは何だったんだ？」

車に乗り込み、走り出してしばらくしたところで、わたしはぽつりと尋ねた。

「ただのガス爆発じゃなかったんだろう。二度目の爆発はそうかもしれないけど、最初のは火も出てなかった」

「まだ、警察のほうでもはっきりとはわかってないようや」

片手で巧みにハンドルを操りながら、彼女は困ったように鼻の頭を掻いた。

「ただ、何らかの爆発物が使われたことは間違いないみたいやな。起爆装置の破片らしいもんも見つかってるそうやし。けどそれがどないな種類の爆発物で、どないな仕掛けで起爆させたのかまでわかるには、もう少し時間がかかるみたいやわ」

「爆発物……って、要は爆弾ってことか。でもまさか、日南子が……？」

「そうやろな。あんたの友達が仕掛けて、爆発させた。そう考えるのがいっちゃん自然や」

「そんな……何のために！」

穂波はちらりと、気の毒がるような目をこちらに向けて、そして言った。

「あんたを殺すためやろ。それ以外に何がある」

わからない。どうして、日南子がわたしを。そもそも彼女はどうやって、爆弾なんて手に入れたのか。わからないことばかりだった。

「……でも、だとしたら」ようやくそれだけ、言葉にできた。「大して被害が出なかったってのは、よかった」

「消防の到着が早かったからな」

そう言われて思い出した。確か、最初の爆発のあと数秒とおかずに二度目のガスによる爆発が起こり、驚いた住人たちが出てくる頃にはもうサイレンが聞こえていた。ものの一、二分と経ってはいないだろう。いくら町の中心近くで消防署からも距離がないとはいえ、住人の誰かが通報したにしては早すぎる。

「……やっぱ、これも言うとくか」

ばつが悪そうに眉を寄せ、それでも穂波は言った。

「どうも、匿名の通報があったらしいんや。それも、爆発の前にな」

「爆発の……前に？」

それがどういうことか、理解するまでしばしかかった。つまりは、電話の主はその前に爆発が起こることを知っていたということだ。なら、まずは十中八九、仕掛けた当人によるものだと考えていい。

「女だったそうや」

言葉に詰まり、わたしは俯いた。もちろん、それが日南子であったとは限らない。それでもわたしは、まるで完全に退路を塞がれたかのような絶望感に襲われた。

ホテルに着くと、ロビーに穂波を待たせてまずは部屋へ向かった。手早く荷物をまとめ、真っすぐにフロントに降りる。宿泊代は昨夜の分まで先払いしてあったので、あとは手続きだけのはずだった。しかし部屋のキーと、宿帳に記載されたわたしの名前を見て、四十半ばと見えるフロント係の男性が丁寧な口調で言った。

「402号室の赤尾様ですね。お届物を預かっておりますが……」

「お届物?」思わず顔が強張った。

「はい。こちらでございます」

そう言ってフロント係が差し出してきたのは、ひと抱えはありそうな大きな花束だった。

「こんなの貰う心当たりはないんだけど……いったい誰から」

「送り主様は、確かそちらにお名刺が……」

「これやな」

いつの間にか現れた穂波がわたしの肩越しに手を伸ばして、花束の中から一枚の紙片を摘み出した。そこに書かれていた名前を一瞥し、彼女はどこかうんざりしたような顔でふんと鼻を鳴らした。

「誰?」

「あんたの知らんでいい相手や。ほっとけ」

穂波は手の中でくしゃりと握り潰した名刺を、無造作にカウンター脇の屑籠《くずかご》に放り込んだ。しかしそんな言われかたをすれば、かえって気になるものだ。わたしは花束をフロントに押し返して、屑籠の中から紙片を拾い上げた。

「エレクションコーディネーター、掛井《かけい》紅陽《こうよう》」知らない名前だった。「何なの、これ」

「俗に言う、フリーの選挙参謀ってやつや。選挙になると候補者の事務所に現れて、あれこれ仕切っていく連中のことやな」

はあ、と間の抜けた声を返すしかできなかった。確かにそうした稼業が存在することは知っている。でもそれならそれで、ちゃんとわかるよう選挙参謀と名乗ればいいものを、どうしてわざわざ馴染《なじ》みのないカタカナを並べなきゃならないのか。そこがどうにも。

「……胡散《うさん》臭っ」

「せやな。中にはたちの悪いのも多い。とにかく勝ちゃええ、そのためにはどんなえげつない手でも平気で使うゆう手合いもな」

なるほど。やはり国政選挙ともなれば、そうしたいかがわしい輩も跋扈するものなのだろう。しかしわたしの立候補など、まだ恩田が勝手に内輪で根回ししているだけだというのに、いったいどこで嗅ぎ付けてきたのやら。

「気になるんか、こいつが?」

「まあ……ね」

日南子のことがあって疑心暗鬼に囚《とら》われているのは自覚している。それでも、タイミングがタイミングだけに気にせずにはいられなかった。

「そか。ほな、こいつのことはこっちで調べとくわ」

穂波はわたしの手から折れ曲がった名刺を抜き取り、スタジャンのポケットに乱暴に突っ込んだ。そうしてくるりと踵を返し、早足で歩き出す。

「けどこの先あんたには、この手のやつらがわらわらと群がってくるさかいな。いちいち気にしとったらキリないで」

彼女は面倒臭そうに言って、ひらひらと掌を振って見せた。わたしは慌てて彼女の背中を追いかけながら尋ねる。

「知ってるんだね……その」

「あんたの立候補の話をか。そら、な」

彼女が知っているということは、やはり。「じゃあ、天堂も?」

「当たり前や。そのことは別に秘密でも何でもあらへん。あんたはもうこの町じゃ、ただの人やないんや」

振り返ると、先ほどのフロント係がこちらに向かって深々と頭を下げていた。わたしはぶるりと体を震わせて、逃げるように足を速める。まったく、たまったもんじゃない。

11

家に着くと、門の前で木戸さんが迎えてくれた。

送ってもらった礼を言って穂波と別れると、案内されるままに勝手口から中に入り、居間に通される。母が、明らかに憔悴《しょうすい》した顔で待っていた。

「ああ、これはね……ちょっと」

わたしは右目の上の絆創膏に軽く触れながら、曖昧に言葉を濁して笑った。母はしばらく険しい目でわたしを見つめたあと、肩を落として小さく息をついた。

「お食事は」

「……まだ」

「用意します。待っていなさい」

それだけ言って立ち上がる。その仕草も、どこか疲れたように重たげだった。

ひとりになって足を崩したところへ、木戸さんが静かに入ってきた。

「女将《おかみ》さんはひどくご心配されていました」

「もしかして、昨夜何があったか知ってる？」

と訊くと、彼は硬い表情のまま頷いた。飛び出して来た住人たちが炎に気を取られている隙に、気付かれることなく現場を立ち去れたものだと思っていたのだが。

胸の内に、痛みにも似たものが広がってゆく。叱責《しっせき》されるより何倍も辛かった。

「……ごめん」

木戸さんに言っても仕方ないことだとはわかっていても、つい言葉が口をついて出た。わたしが東京に出て行ってから、母にはずっとあんな顔をさせていたのかもしれない。そうも思った。

「お部屋に、お友達が描かれたというお嬢さんの絵がありますね」

「……うん」

「女将さんはときおりお嬢さんのお部屋で、あの絵をじっと眺めてらっしゃいました」

そう、と小声で答えた。出て行くときにできるだけ荷物を少なくしたくて、泣く泣く置いて行かざるを得なかったあの絵。あとで送って貰おうと思いつつも、なかなか言い出せずにわたしの部屋に置かれたままだった。果たしてそれはよかったのかどうか。

十七歳のわたしの、日南子の手で引き出された無防備な素顔。それはもしかしたら、母に対しては決して見せなかった顔かもしれなかった。母はそれを見てどう思ったろう。

卓に並べられた食事は店の賄いと同じ質素なものだったが、どれも懐かしい母の味だった。食欲はなかったはずなのに、いざ箸を動かしはじめると止まらなくなる。こんなときに現金なものだと我ながら呆れた。

そこへ、背後で障子が開く気配があった。母も木戸さんも夜の宴席の準備に戻って行ったはずだった。誰だろうかと振り返ると、両膝を揃えて慇懃《いんぎん》に頭を下げている小宮の巨体があった。なんとなく現れそうな気はしていたので、驚きはなかった。

「少し、お話をよろしいでしょうか」

「食べながらでいいなら」

構いません。小宮はそう言って向かいに座った。わたしも今ばかりはそれを無理に拒絶するつもりはなかった。確かに、一緒に卓を囲んで食事が美味《うま》くなるような顔ではない。しかしこちらにも訊きたいことがあったからだ。

「お怪我が大したことなくて、何よりでした」

「……おかげさまで」

「先生も大層ご心配されておりました。落ち着かれましたら、ひと言無事なお声を聞かせて差し上げてはいかがでしょうか」

わたしは大げさにふん、と鼻を鳴らしてみせた。冗談じゃない。

「だからあんたに指図される覚えはないっての。声が聞きたきゃ自分で来い。そう伝えな」

「先生はそうお望みでしたが、私がお止めしました」わたしの悪態にも気分を害した様子を見せず、平板な声で答えてくる。「それでなくともこのところ、お加減もすぐれないご様子です。どうかこれ以上のご心労をおかけしないよう願います」

そりゃあ心配といえば心配なのだろう。あの男にとっては、わたしは大事な後継者なのだから。しかしそれにしたって、所詮は手駒のひとつでしかない。いなくなればまた、誰か代わりを据えればいいだけだ。兄の代わりにわたしを据えたように、また別の誰かを。

「それで、これからどうなさるおつもりですか。昨日はあのまま東京にお戻りになるのではないかと思っていましたが」

「そのつもりだったんだけどね。でももう少しだけ、こっちにいることにした」

言って、ちらりと向かいの小宮の表情を覗き込んだ。反対されるとも思わなかった。日南子の行方がわからない以上、どこにいたって危険なのは同じだ。だったらこのまま東京に戻られるより、目の届くところに置いたほうがまだ安心なはずだ。

「そうですか……ではせめて、お宿のほうは引き払っていただきたく思います」

「もうチェックアウトしてきたよ。しばらくはこの家にいる」

「それがよろしかろうと」ようやく安堵したのか、彼は太い首でこくりと頷いた。「何と言いましても、ここはお嬢さんのお宅なのですから」

気まずいっちゃ気まずいんだけどね。声に出さずにそっとつぶやいた。しかし数日ならともかく、いつまでいることになるかわからないのに、ずっとホテル暮らしを続けられるほどの金持ちでもなかった。

「で、それは直樹さんの三回忌にもご列席いただけると受け取ってよろしいのでしょうか」

しばし思案する。たとえ実家とはいえ、一度は出て行った人間がまた厄介になるからには、それなりの筋も通さなければならないだろう。ただでさえ、母には心配をかけている。罪滅ぼしに、ひとつくらいは言うことも聞いておくべきか。

「わかった、出るよ」たっぷりの間を置いて、わたしは頷いた。「でも勘違いするなよ。兄には何の恨みもない。だからちゃんと、法事で手ぐらい合わせてあげようって思った。それ以上の意味はないからね」

「わかりました。お召し物はこちらでご用意します」

「……よろしく」

ぞんざいに言って、箸を置いた。そうしてまた大きく足を崩し、煙草に火を点ける。

「またご滞在の間は、事務所のほうからこちらに人を寄越します。私もできるだけ顔を出すようにいたしますので、何なりとお申し付けください」

ふん、と鼻を鳴らして煙を吐いた。「別にいいんだよ。自分の家なんだ、困ることなんてない」どうせ、体のいい監視役といったところだろう。何しろ大事な手駒だ。ことが片付くまで、なるべく大人しく引き籠もっていてもらいたいはずだ。

「そう仰《おつしや》らずに。どうぞ、何なりと」

有無を言わさぬ押しの強さを声に滲ませて、小宮はまた深く頭を下げた。わたしは小さく肩をすくめ、「わかったよ」と答える。ここでしつこく断っても、かえって警戒させるだけだとわかっていた。

「話はそれで終わり？」

小宮は低い声で「はい」と答える。それでも席を立つ様子はなかった。わたしのほうにも話があることを察しているようだった。

「じゃあ、今度はこっちから訊いてもいいかな」

「何でしょうか」

「兄のことだ」

日南子の身に何が起こっているのか。もしも本当に彼女がわたしの命を狙ったのだとしたら、いったい何のためなのか。彼女があそこまでのことをしでかすなど、理由はよほどのことに違いなかった。となるとやはり、兄のことしか思い当たらない。

「兄はあんたから見て、どんな人間だったか。それを聞きたい」

大男は仮面のように無表情な顔のまま、しばらく黙りこんだ。たっぷり一分近くの長い沈黙のあとで、ようやく口を開く。

「優秀なかたでした。あのかたならばきっと、先生のあとを継いで議員となられても、立派にお務めを果たされたことでしょう」

「そんな型通りの言葉は要らない」

強い調子で言い返してやると、小宮はまた黙り込んだ。わたしはそのごつごつとした岩肌のような顔に向き直り、じっと見つめる。

「あんたの主観でいいんだよ。正直に、感じていたことを言ってくれないかな。わたしの周りにいる人間で、日南子を除けばもっとも兄に近かったのはあんたなんだ」

無機質なガラス玉のようだった両目に、わずかに怯《ひる》むような色が浮かんだのを見逃さなかった。この男だって機械じゃない。そう思えた。

「兄は、政治家の秘書として本当に有能だった？」

「それは確かに」ゆっくりと、しかし大きく頷いて、小宮は答えた。「地元の後援会の皆様からも、非常に好意的に受け入れられていました。快活で驕ったところもなく、自然に人を惹きつける魅力をお持ちでした。また、大らかに見えてその実細かな機微を読み取る聡明さも。三年前の選挙、あの逆風の中でも先生がトップで議席を確保できたのも、直樹さんの力があってのことかもしれません。肩書こそ一介の私設秘書でしたが、こちらの組織を実質的に統括していたのはあのかたでしたから」

淡々とした口調ではあったが、おためごかしを並べているようにも聞こえなかった。どうやら兄が、あの男の秘書たちの中でも抜きん出ていたのは確かなようだ。

「しかし、同時に危うさもありました。頭の切れるかたにはありがちなことですが、完璧主義で潔癖に過ぎました。もちろん、理想をお持ちになるのは結構なことなのですが」

言わんとしていることはわかった。それは、数度会っただけのわたしも感じていたことだった。

「政治とは、十を求めてようやく二か三を得るというものです。または、互いに十を求め合っている者たちを、それぞれ五ずつで折り合いをつけさせる、というような。折れるべきところは折れ、流されるべきところは流され、汚れるべきところは汚れる。そんな妥協が不可欠なものなのです。けれどあのかたには、その妥協をひどく嫌うところがありました。地元で様々な陳情を処理しながら、その理想と現実をすり合わせる作業に、大きなストレスを溜め込んでいるようにも見えました。ある意味、繊細すぎたのかもしれません」

「繊細なのは悪いことかな？」

「ときと場合によっては。こと政治の場において、繊細さは弱さともなりえます。その危惧は、先生も同じように感じていたようです。『政治に携わる者は、もっと鈍感なほうがいいのだが』などとも仰っていました」

わたしは温《ぬる》くなりはじめた茶を啜《すす》り、ひとつ小さな息をついた。

「それは、あの男も兄を見限りはじめてたということか？」

「見限る、というのではありません。直樹さんにとって、もしかしたら政治の場は過酷に過ぎるのではないかとご心配されていただけです。先生のあとなど継がず、いち私人として過ごされたほうが幸せなのではないかと。それも親心というものでございましょう」

親心、ね。あの男にはまったく似合わない言葉だった。

「先生は今でも後悔されていると思います。もっと早く、直樹さんを政治から引き離しておけば……と」

「とてもそうは見えないけどね。だったら、どうして今度はわたしをそこに引きずり込もうとしてるんだ」

「お嬢さんは違います。直樹さんとは違って……図太さがあるかと」

「あの男と同じことを言うなって。これでも女なんだよ」

「存じ上げております」

そこで小宮は、分厚い唇をわずかに歪めた。どうやら笑ったらしいのだが、とてもじゃないが笑顔には見えなかった。

「まあ、今はそれよりも兄のことだ。あの人がそうした弱さを抱えていたことはわかった。そんな性格のおかげで、色んなストレスを溜め込んでいたことも。でも、自分で死を選ぶにはそれだけじゃなくて、何かきっかけになるようなことがあったんじゃないかな？」

「きっかけ、ですか」

小宮はそうぽつりと言って、視線を卓の上に落とした。そうしてしばらく思案した末に、ゆっくりと首を振る。

「遺書とか、そういったものは本当に残してなかったんだよね」

「はい、何も。確かに政権が交代して以来状況も変わり、与党の切り崩し工作もあって地元の支持固めも難しくなり、直樹さんも大変忙しくされていました。お疲れもあったかと思います。しかしだからといって……」

「思い当たる節はない、か。じゃああんたは、兄はどうして死んだんだと思ってるんだ？」

「特別なきっかけなどは、なかったのではないのでしょうか」

小さな目をいっそう細めて、小宮は言った。

「ひとつひとつはそう大きなものではなくとも、長い間に少しずつ溜め込んできたものが、あるときついに限界を超えて弾けてしまう。人にはそういったこともあるかと思います」

わたしはその目をじっと覗き込む。しかしこの男が何かを隠しているにしても、それを読み取ることはできそうになかった。

「答えは、直樹さんの心の中にしかない。だからもう、それをあれこれと詮索することは虚しいだけではないでしょうか」

「……三上日南子のことは」

わたしは意を決してその名前を口にした。その件こそが本題なのだ。

「もちろん、存じ上げておりました」

「あの男……恩田冬一郎は彼女を嫌ってたんだよな。だから兄とのことも認めてはいなかった。それで何かプレッシャーを掛けられていたってことはないのか」

小宮はまたしばし間を置いたあとで、慎重に言葉を選ぶようにゆっくりと話しはじめた。

「それについても誤解があるようです。まず、先生は決してあの女性を嫌ってなどいませんでした。むしろ逆です」

「逆、と言うと?」

「先生はずっと、あのかたの行く末を案じておられました。事情が事情ですので表立って援助することはかないませんが、それでも陰ながらできる限りのことをなさっていたはずです」

ならやはり、昨夜日南子が言っていたことは本当だったというのか。彼女が県立美術館で働くにあたって、あの男が口を利いていたというのは。

「あのかたのお父君……三上崇広《たかひろ》氏について、お嬢さんはどこまでご存じですか」

日南子の父親。確か県庁の役人だったが、日南子が高校生のとき不祥事を起こして退職したと聞いていた。そのために、彼女もこの町の高校に転校してきたのだと。しかし実際のところ、知っているのはそれくらいだ。

彼女の父親が何をしようと、そんなことはわたしたちには何の関わりもないこと。だからあえて知ろうとも思わなかった。そんなことに興味を持つこと自体が、日南子に対する裏切りのようにも感じられたからだ。

「三上氏は県庁の道路局長でした。県内の公共事業、主に道路工事を仕切るポジションです。それで十二年前、第二県央道の入札を巡る談合を主導したとの疑いを掛けられました。氏はそのすべてを認める遺書を残し、自ら命を絶ったのです」

「そんな……日南子の親父さんも、自殺だったのか？」

昨夜日南子の家で見た小さな位牌を思い出す。そこに刻まれていた命日は、確かに十二年前、彼女がこの町にやってくる直前だった。それがまさか。

「捜査が進めば、政界にも波及する可能性も取り沙汰されていた事件でした。もちろん選挙区内でのことですから、先生の身にも捜査は及んだかもしれません。しかしそれも、三上氏の死によって打ち切りとなりました」

「つまり、日南子の親父さんはあの男の恩人ってことか」

「おふたりは三上氏がまだ道路整備課長だった頃から昵懇《じっこん》で、ともに県内の幹線整備のために駆け回ってきた間柄でもありました。ですから氏が亡くなったことを聞いて先生もひどく心を痛めていたご様子で……それだけに、ご息女のことも気にかけておられたのだと思います」

わたしはわずかに身を乗り出して、言った。

「だったら、兄とのことだって認めてやってもよかったじゃないか」

「そうはいかないのです」小宮は眉の間に皺を寄せて、陰鬱に首を振る。「政治家の妻となるような女性には、一点の瑕《きず》もあってはならないのです。直樹さんのように、巷間《こうかん》言われる『世襲』議員の場合は特に。心ないマスメディアの連中に目をつけられたら、どのように書き立てられるか……それは、おふたかたどちらにとっても不幸なことでありましょう」

確かに、それはそうだろう。政治家というものは、一般人では想像もできないところまで詮索されるものだ。本人はもちろん、親や兄弟、あるいはもっと遠い親族の素性、素行まで。親は親、自分は自分で別の人格であるなどという常識は通用しない世界だと、わたしだって理解できていた。ましてや日南子の父親は、恩田の関与も疑われていた談合事件の中心人物なのだ。そのことまで蒸し返される恐れもある。

「ただもちろん、それも直樹さんが先生の地盤を継いで立候補された場合の話です。もしも政治の世界を選ばず、民間で生きて行かれようとするならば、ことさらに反対するつもりもない。先生はそうお考えのようでした」

「つまり兄は、政治家の道を選ぶか日南子を選ぶか、ふたつにひとつだったたってわけか。その板ばさみに苦しんで、死を選んでしまったたってことは?」

「それはどうでしょう」小宮は言葉を濁した。「多くのストレスのうちのひとつではあったかと思います。けれどそれも、急いで結論を出さねばならないことでもありませんでした。先生も、直樹さんの資質についても含めて、じっくり時間をかけて見極めてゆくおつもりのようでしたし」

わたしは曖昧に頷いて、空になった湯飲みを置いた。どうやら、小宮が兄の死の理由についてはっきりとしたことを知らないのは確かなようだった。

12

翌朝はまだ暗いうちから起き出して、足音を忍ばせながら階下へ降りていった。厨房のほうではすでに仕込みがはじまっているようで、忙しげに立ち働く物音が聞こえてくるが、それ以外に人の気配は感じられなかった。小宮が寄越すと言っていた事務所の人間も、当然まだだろう。

小声で母に詫《わ》びながら、こっそりと勝手口から外に出た。今日も寒い一日になりそうで、ひどく冷たい風が吹き抜けてゆく。思わずぶるりと体を震わせるのと同時に、背後から短い空咳にも似たクラクションが聞こえた。

観念して振り返ると案の定、穂波のワゴンRが停まっていた。黒塗りの板塀をバックに、抜けるような青空の色にも似たアクアブルーが鮮やかだった。

「おはよ。ずいぶん早いな」

頭を掻きながら歩み寄ると、彼女が呆れたような笑みを浮かべながら顔を出した。

「帰るんやったら駅まで送ったろ思たんやけど……どうも帰り支度には見えんな」

「もう少しこっちにいることにしたんだ。久しぶりの実家だし、そんなに急いで帰ることもないかなって思って」

「だったら、どこに行く気や。こんな時間に」

「……ちょっとね」と口を濁して、まだ白みはじめたばかりの空を見上げる。「朝飯前に、懐かしい町を散歩でも、と思って」

もちろん、そんな嘘が通じるはずもない。穂波は大げさにため息をついてみせると、「夜逃げならぬ、朝逃げかい」とぼやくようにつぶやいた。

「まったく、昨日の今日で大人しゅうしとることもできんのか。手のかかるお嬢さまや」

「あんたのほうこそ、何してるんだよ。いつまでわたしなんかに構ってる気?」

わたしはようやく開き直って、もう一歩車に近付いた。彼女はただ黙って、唇から細く白い息をたなびかせているだけだった。

「でも、ちょうどよかった。もう一度天堂に会いたい。連れて行ってくれないか」

恩田はもう会うなとか言っていたが、わたしの知ったことじゃなかった。結局、この町でわたしが頼りにできそうなのは彼だけだった。それに日南子のことは、あの男にとってもまったくの他人事《ひとごと》ではないはずだ。知らない仲でもないのだし。

「会うて、どうするつもりや」

「どうするつもりって……」

思わず言葉に詰まった。穂波はそんなわたしから目を逸らし、小さく首を振った。

「あの人は今、こっちにおらん。昨日から名古屋の本家のほうに行っとる」

そうか、とつぶやいて肩を落とした。確かに自由な立場のわたしと違って、天堂は今や一家を束ねる立場だ。色々と忙しいのも仕方ない。

「あの人にはあの人の稼業があるんや。それに、立場っちゅうもんもある。せやから、もしこっちにおったとしても、もうあんたに会うつもりはないはずや」

「会うつもりはない、って。それはどういう……」

わたしのその問いに対する答えはなく、わかってるはずだとでも言いたげな苦々しげな目を返してきただけだった。

「それでも、あんたのことはほんまに心配しとった。例の件伝えたときはそら大騒ぎだったわ。電話口でやが、あないにみっともなく取り乱した天堂はんははじめてや」

そこまで言って穂波は窓から顔を引っ込め、運転席のシートに背を沈めた。

「ただでさえ面倒なシノギの最中や。できたらそっちに集中させてやりたい。そのためにも、しばらくは大人しゅうしとってくれんかの」

わかっている。母にしろ、天堂にしろ、本気で私のことを思ってくれている相手を心配させるのは、やはり心苦しい。

「でも、そういうわけにいかないんだよ」わたしは身を屈め、車の中を覗き込みながら言った。「他のことならいいさ。いくらでも言うこと聞いてやる。でも、日南子のことだけは別なんだ」

穂波は横目でじっと見返してくる。わずかに眇《すが》めた目は鋭く、こちらの決意のほどを推し量ろうとするようだった。そうして長い無言の間のあとで、ぽつりとつぶやくように尋ねてきた。

「どうしても、か？」

「ああ。だったらどうする。縛り上げて蔵にでも放り込むか？」

「いよいよてなったら、それもアリや」

彼女はそう言って身を起こし、助手席のドアを開けた。

「ひとまず、乗れや。このまんまじゃ寒いやろ」

確かに寒かった。外に出てわずか数分で、すでに体の芯まで凍え切っている。しかし穂波のほうは、今日もラフに引っ掛けたスタジャンの下にタンクトップ一枚といういで立ちだった。そんな薄着でよく寒くないものだ。

わたしは素直に頷いて、車を回り込んで助手席のシートに身を滑り込ませた。彼女は無言のまま全開だった窓を閉め、エアコンの温度を上げる。

「あの人もな、あんたの気持ちはわかっとるんや。せやからそんな無体なことはしたくない。できるなら、力になりたい思てる。けど板挟みなんや。今は自分の稼業で手一杯や。それに自分らが組として下手に関われば、あんたを汚してまうて思てる」

「汚すなんて……そんなこと」

「『俺は一度、あいつを汚してしまってる』てなことも言うとった。何のことやかは知らんがな」

またも言葉に詰まり、顔を俯けた。あのときの一件は、天堂にとってもいまだに重石となっているのだろう。もしかしたら、わたしなどよりはるかに重く。

「もしかしたら、一昨日会いに行ったのも迷惑だったのかな」

「そやな。あれは前原はんも悪い。あの人は天堂はんに甘々やさかい、どうしても一度会わしてやりたかったんやろけど、おかげで周りが大変やったらしいわ。何とか人目はシャットアウトしたようやがな」

穂波はふっと短く息をつき、顔をこちらに向けた。しかしそこには、先ほどまでの厳しい表情はもう浮かんでいなかった。

「ま、過ぎたことはええ。問題はこれからや」

「うん。そうだね……」

天堂は頼れない。頼ってはいけない。それは理解した。しかしそのことが、どうしようもなく心細かった。十二年間留守にしていたこの町で、他に頼れる相手など誰もいない。

俯いたままのわたしの頭を、穂波が軽く小突いた。そうしてまた元の明るい口調に戻して、言った。

「ほんで、ぎりぎりの妥協案や。歩き回るんはええ。けどひとりで、は駄目や」

わたしは顔を上げ、どういう意味かを目で尋ねる。

「うちも連れてけ。それが条件や」そう言って、彼女は凍てついていたものが解けるように笑った。「うちは別に組から杯を貰てるわけやない。せやから問題はなかろ」

「穂波、あんたが……それだけでいいの?」

「そうや。どこへでも行きたいところへエスコートしたる。うちが知っとることも、できる限り教えたる。そう言うとんのや」

要するに彼女もまた、監視役というわけだ。それでも条件を飲みさえすれば、あとは自由にさせてくれるというならこちらも異存はない。何だか話がうますぎる感はあるが、向こうにしても下手に逃げられでもするくらいなら、そのほうがよっぽどましということだろう。

「それも嫌っちゅうなら、蔵や。どっちがええ?」

「選択の余地があるようにも思えないけど?」

「ほか。なら決まりや」

穂波は大きく頷いて、右手を差し出してくる。同じように手を向けると、彼女はそれを意外なほどに強い力で握り返してくる。

「よろしくな。途中で逃げたら承知せんで」

「わかったよ」

痛みに顔を顰めながら、わたしは手を離した。穂波はすぐに前に向き直り、いそいそとシートベルトを締めた。

「ほなら、まずは腹ごしらえや。三食きっちり美味いもん食うんが、いっちゃんの美容の秘訣やからな」

何が嬉しいのか、やけに浮き浮きとしている。ついさっきまでとはえらい変わりようだ。わたしは半分呆れながら、その横顔を見つめる。

「ところで天堂は、何て言ってあんたを送ってきたんだ?」

「ん」ちらとこちらに目を向けて、彼女は答える。「よろしく、やて」

「それだけか?」

「ああ。『綾乃をよろしく頼む』って、それだけや。今にも泣きそうな声でな。うちみたいな犬っコロ、ふんぞり返って命令すればええだけやのに、それなのに『頼む』やて。そう言われちゃ、よっしゃまかせとき、以外の返事はあらへんわ」

ワゴンRは静かに走り出した。細い小道だけにほとんど自転車ほどのスピードでしかなかったが、彼女の口調のせいかそれさえも軽やかだった。

「せやから気ぃつけや。何をどうよろしゅうするかは、うちの胸三寸さかいな」

つまり彼女の考え次第で、本当に蔵に放り込まれもするというわけだ。なるほど、心しておこう。それにしても。

「天堂は、ずいぶんあんたのことを信頼してるんだな」

「他におらんっちゅうだけや。何しろうちは、こういうときのために飼われとる便利な女やさかいな。今までも組が表に立てないようなときは、こないな風に役に立たせて貰てるんよ。まあ便利使いされすぎて、ときどき女やいうことを忘れられることもあるんが痛し痒《かゆ》しや」

穂波は言って、またからからと笑った。見上げると、フロントガラスの向こうの空もすっかり青みを増している。今日もよい天気になりそうだった。

この美術館を訪れるのは二度目だったが、やはり同じように閑散としていた。開館時刻を過ぎたばかりということもあるのだろう。目に入るのは、職員と思われる制服姿と、正面入り口の警備員。他はベンチで寛《くつろ》いでいる老婦人に、そして壁際のポスターに見入っている中年男くらいだった。

受付で名を告げて、三上日南子のことを聞きたいと申し出ると、ロビーの隅のベンチに腰を下ろして待った。さほどの時間はかかるまい。

「それにしても、顔色はだいぶ良うなったな。ちゃんと眠れたんか？」

隣に座った穂波が尋ねてきた。わたしは「まあね」とだけ答える。昨夜はほとんど夢も見ずにぐっすりと眠った。久しぶりの懐かしい部屋ということもあったのだろう。おかげでだいぶ落ち着きが戻ってきたように感じる。

「そらよかったわ。あないな様子じゃ、ものもまともに考えられんやろ」

「そうだね。おかげで、ちゃんと現実は現実として受け止められるような気もしてきた」

わたしがそう言うと、少し驚いたような顔で穂波がこちらを見た。

「別に深い意味はないよ。ただわたしは、日南子のことをあまり理解していなかったんだなって思っただけさ。わかったつもりで、その実あの子の悲しみをちゃんとわかってあげてなかった」

大切な人間をふたりも、それも父親と恋人を、自殺というかたちで失ってしまった日南子の悲しみはどれほどのものだったろう。わたしはそれを中途半端にわかった振りをして、本当は想像しようとすらしてこなかったのではないか。

「だから、今からでもわかりたいって思ったんだ。そのためにも日南子を捜す。彼女がわたしを殺したいというのなら、その理由をちゃんと知りたい。殺されるだけの理由がわたしにあるのなら、ちゃんと受け止めたいんだよ」

「受け止めるて、じゃあ何か。もしそれがもっともな理由なら、黙って殺されてやるっちゅうことかいな」

「もちろん、そこまでは言わないけど……」穂波のきつい口調に、わたしは一瞬口ごもる。「何となく、ね。日南子は本気でわたしを殺す気はなかったんじゃないかとも思えるんだ。実はさ……昨日、あのマンションを出たときに、誰かに見られてるような気配がしたんだ」

「気配？」

「うん。闇の中で息を潜めて、じっとこっちを見てる気配。でも特に敵意とか悪意とか感じなかった。ただ注意深く、わたしの行動を窺ってる……みたいな」

そのあとで、すぐに駐車場で穂波に会った。だからあれは彼女の気配だったと思い込んでいた。しかし今になって考えると何かが違うのだ。何が違うと問われても、うまく答えられないのだが。

「それが、あんたの友達やった言うんか？」

信じてもらえるとは思ってなかったが、穂波は意外にも妙に真剣な目をちらりと向けてきた。

「わたしにはそう思えてならないんだよね。あのとき、日南子はまだ近くにいた。そうしてわたしがマンションを出るのを確認してから消防に通報し、爆弾を爆発させた」

根拠はないけれど、奇妙な確信はあった。それほど、あのとき感じたものははっきりとした手触りのある気配だったのだ。

「変なやつだって思ってるか?」

「そやない。ただ、損する性格やな」

やはり自分はお人好しなのだろうか。しかしだからといって、こうなった今も日南子に対する怒りなどまるで湧いてこないのも事実だった。恐怖もなかった。

ただ悔しさだけがあった。他でもない日南子のことが、まったくわからないということに対する悔しさだ。彼女があそこまでのことをする前に、わたしに向かって何かメッセージを送ってはいなかったか。あるいは昨日のあれこそが彼女のメッセージだというのなら、その意味するところは何なのか。それを読み取ることができない自分が腹立たしくて仕方ないのだ。

「せやけど……ま、嫌いじゃないわ、そういうんも」

彼女はそう言うと、何かに気付いたように受付の向こうへ顔を向けた。見ると五十歳前後と見える女性が、若い女性職員をひとり伴って歩いてくるのが見えた。

「お待たせしました。当美術館館長の西村《にしむら》です」

わたしは少し恐縮しながら頭を下げる。まさかいきなり館長が現れるとは思っていなかったからだ。

「な?」穂波が小声で言った。「言うたやろ。あんたはただの女やないんや」

なるほど、どうやらわたしの名前は恩田冬一郎の後継者としてすっかりひとり歩きしているらしい。しかし今は、これはこれで好都合と考えるべきか。

「三上さんのことは、私どもも心配しています。いったい何があったのか……」

「こちらにも、まったく連絡がないということは聞いています。それでその、日南……三上さんの行き先に、何か心当たりはないかと思いまして」

「申し訳ありませんが、それも」

西村館長は、そう言って深く頭を下げた。わたしが慌てて頭を上げてくださいと言うと、館長は少しほっとしたような表情で姿勢を戻した。

「それで、あなたは？」

館長の後ろに控えていた若い女性に目をやる。すると彼女は思い出したように一枚の名刺を差し出してきた。

「若林《わかばやし》です。三上さんには、入館以来ずっとお世話になってまして……」

「おそらく、当館の職員たちの中では彼女がもっとも三上さんと親しかったと思いまして。こちらに入館して以来、ずっと一緒に働いていましたから」

歳はまだ二十代前半と見えた。なら日南子の後輩というわけだ。渡された名刺には、若林真希《まき》という名前の横に、学芸員補という肩書が書かれていた。

「では、失礼ですが私はこれで。私がいないほうが、彼女も話し易《やす》いでしょうから」

そう言って、館長は立ち去って行った。その背中がロビーの向こうに消えると、若林真希は少しほっとしたように肩の力を抜いて向き直る。

「立ったままではなんですので、こちらに」

そう案内されたのは、受付奥の事務室だった。ファイルがいっぱいに並んだ書棚の前には、まだ封の切られていないパンフレットやダイレクトメールの束が山と積まれ、ずいぶんと雑然とした印象を受ける。

「どうぞ」と促されて、入り口脇の応接ソファに腰を下ろした。背後を振り返ると、穂波はどこか険しい表情でまだロビーに目をやっている。

「どうした？」

「うちは外でぶらぶらしとるわ。終わったら声掛けてや」

そう言って、彼女は事務室を出て行った。その様子が少し気にはなったものの、今は若林真希の話が先だった。

「お待たせしました」

コーヒーの入ったプラスチックカップを手に、真希は戻ってきた。そうして向かいのソファに座ると、小さくため息をついて肩を落とす。

「日南子がいなくなって、大変？」

わたしが尋ねると、彼女は途方に暮れたような表情でゆっくりと頷いた。

「わたしの仕事はここで、三上さんのお手伝いをすることでしたから。わたしに代わりが務まるわけもありませんし……もう、どうしたらいいのか」

「日南子の様子はどうだった。このところ、何か変わったところはなかったかな？」

そう訊くと、真希はしばし思案したあとで首を振って見せた。

「……特に思い当たることは。確かに昨年お母様を亡くされて、目に見えて沈んでいた時期もありましたが、それもほんのいっときのことで。この数日はむしろ表情も明るく見えました。その……」

彼女はそこで言葉を切って、わたしの顔をちらりと見た。

「お友達が帰ってくるからと、それを心待ちにしているようにも見えました」

そうか、と小声でつぶやいた。母親の前に、日南子は恋人であった兄に自殺されているのだが、ここに来てまださほど経っていない真希はそのときのことは知らないだろうと思われた。

「それ以外に、何か変わったことはなかったかな。例えば、誰かが訪ねてきたとか」

「訪ねてきた人、ですか……」

必死で記憶を手繰り寄せるように、彼女は宙に視線を泳がせた。しかしそれでもなかなか思い当たることがないようだった。

「取材などで地方紙の記者さんが訪ねてくることはありましたが、三上さんの個人的な知り合いが来られるようなことは……それこそ、赤尾さんがはじめてだったように思います。しいて言えば……」

「しいて言えば？」

「はい、去年の夏頃でしょうか、週刊誌の記者さんが東京からわざわざ訪ねてこられたことがあって。でもそのときも、新しく入れたジャコメッティの彫刻についていくつか訊かれただけだと言っていましたが」

去年の夏、ね。口の中でつぶやいた。しかしそんな以前のことを覚えていたということは、真希もその訪問に何か不審なものを感じていたのか。それとも単にこんな地方の美術館にとっては、東京から記者が取材に来ることなど珍しいというだけのことか。

「いえ、たまたま思い出しただけです。そのかたが、昨日もいらっしゃってたものですから」

「昨日も？」ということは、もちろん日南子が姿を消したあとだ。

「はい。三上さんのお宅の火事のこともご存じなかったようで、不在をお伝えするとひどく落胆した様子で帰っていかれましたが」

「それで、用件とかは。何か聞かなかった？」

「いえ……何も。また来るとだけおっしゃって。それだけです」

なるほど。確かにちょっと気になる話だ。彼女がわざわざ『ひどく落胆した様子で』などと付け加えたのも、男の振舞いが奇異で印象に残っていたということだろう。

「確か、週刊潮流のオザキ様とか……オゼキ様だったかもしれません。たぶん三上さんのデスクに名刺があるかと思うので、あとで探してみます」

わたしは手近にあったメモに自分の携帯電話の番号を書き記して、真希に渡した。そうして日南子のことが何かわかれば知らせると約束し、事務室をあとにした。

13

穂波はすでに駐車場の車に戻って来ていた。どことなく不機嫌そうに唇を引き結び、じっと窓の外を見つめている。

「何か怒ってる?」

「別に、あんたにやない」

それだけ答えると、穂波は乱暴にキーを回してエンジンをかける。それでもまだ、目は窓の外に向けたままだ。

「それで、どやった。収穫はあったか?」

「どうかな。収穫、って言うほどのことじゃないかもしれないけど」

穂波の問いに、わたしは曖昧に頷いた。そうして、若林真希から聞いた週刊誌記者の話を伝える。

「確かに嫌な感じやな。そら総合誌やし、文化芸術関係の取材が来てもおかしゅうないけど」

うん、と頷いた。彼女の言いたいことはわかる。週刊潮流といえば数ある週刊誌の中でも発行部数で一、二を争う人気雑誌だ。しかしその誌面の目玉は何といっても、政治や事件絡みのスクープである。

「記者の名前はオザキとかオゼキとか、そんな名前だったみたいだ。できればその記者に会って話を聞いてみたいんだけど、難しいかな」

「そうでもないんやないかな。ただ、そいつがほんまに潮流社の社員かどうかはわからんで。ああいう雑誌に寄稿しとる外部のフリーランスの中には、一回か二回ちっちゃい記事載っけてもらっただけでもう大手雑誌の記者を自称する連中もおる。そのほうが取材もし易いさかいな」

なるほど。となると、まず潮流社に問い合わせてそのオザキだかオゼキとかいう記者が本当にいるのかを確認しないとならないか。

「でもそれは、さっきの真希ちゃんの連絡待ちかな。名刺、見つかるといいけど」

「そやな。次はどこ行こか」

車はさっきから駅周辺の大通りをぐるぐると回っているだけだった。片側二車線の道は空《す》いていて、流れもスムーズだ。

「そうだなぁ……どこ行ったらいいと思う?」

「何や、考えとらんかったんかい。頼りない探偵さんやなぁ」

「素人なんだから大目に見てよ……それに穂波、これ、どっか行き先が決まってて走らせてたんじゃなかったのか?」

「別にそういうわけやない。ただどこ行くにしても、うしろの鬱陶しいやつを何とかしてからのほうがええかと思てな」

「うしろって……まさか、尾行されてるってことか?」

驚いて背後を振り向こうとして、とっさに思い止《とど》まる。こういうときは、しばらく気づいていない振りをするべきだろうか。

「見てもええよ。二十メートルくらいうしろにいる、真っ黄っ黄の平べったいやつや」

そう言われて、あらためてシート越しに背後を見やった。彼女の言う通り、やや車間を空けて派手な色の車が付いて来ていた。やたらと車高が低く、角ばっている。エンジン音もまるでバスドラムを連打するようなやかましさだ。ナンバーを見るまでもなく、この土地の者ではないことはわかる。ただフロントガラスに太陽が反射して、運転席は見えなかった。

「尾行にしちゃ、あまりにあからさまや。むしろ、気付いてほしがっとるみたいやな」

「気付いてって……いったい誰が？」

「警戒はせんでええ。相手はわかっとる。でもどうしたもんやろな。撒くのは簡単やけど、それで諦めるとも思えん」

穂波はちらと目を上げ、ミラー越しにうしろの車を見やった。それから大袈裟にため息を漏らし、面倒臭そうな口調で言う。

「一度、がつんと言うてやるかね」


ホテルの地下駐車場に車を駐《と》め、わたしたちはエレベーターで一階のロビーに向かった。しかしそこでいったん別れ、わたしはひとりでフロント近くに立っていた。観光名所のパンフレットが並んだ棚を眺めながらちらちらと奥を窺っていると、やがて地下から上がってくるエレベーターの扉が開き、ひとりの男が現れた。

年齢は四十前後、わたしたちよりもだいぶ年上だろう。しかしまともな勤め人には見えなかった。出で立ちは黒の革ジャンとアーミーパンツというラフなもので、癖のある髪を肩のあたりまで伸ばし、大きなサングラスも掛けたままだった。

男もすぐにこちらを見つけたはずだった。そのように、なるべく目立つよう、立っていたのだから。しかしそんな素振りは見せずに、ラウンジ入口近くに貼られたポスターに見入る振りをしている。名前を聞いたこともない演歌歌手のディナーショーの告知だった。なんともわざとらしい限りだ。

おそらくサングラスの奥の目でじっとこちらを窺っていたのだろう、背後に音もなく近付いて行く穂波に気付いた様子もなかった。そうして次の瞬間、男の姿が消えた。いや実際、そうとしか思えないほどの早業だった。

男は穂波の足元に這いつくばるように倒れていた。腕は逆に極《き》められ、動くこともできないようだ。しかしずれたサングラスから覗く目はきょとんとしていて、何が起きたのかも理解できていないと見えた。

「凄いね。今のいったい、何。柔道、合気道?」

駆け寄って尋ねたわたしに、穂波は「ま、色々や」とだけ答えて自慢げに鼻を鳴らした。見た目からは想像もできないが、どうやら何かしら武道の心得もあるらしい。天堂が彼女をわたしにつけたのは、もしかしたらボディガードとしてでもあったのか。

「そんなことより、ほれ。こいつに話があるんやろ?」

そう急かされて思い出し、わたしは男に向き直る。「掛井紅陽さん、ですよね」

「何だ、バレてたのか」

こんな有り様でも軽薄な声でへらへらと笑い、掛井は言った。どこか齧歯類《げっしるい》を思わせる細面。

見ようによっては知性的に見えなくもないのだが、口元に浮かべただらしない笑みが台無しにしている。

その顔を間近で見て、ふと思った。わたしはこの男に、どこかで会ったことがあるかもしれない。しかしそれがどこでなのかは、すぐには思い出せなかった。

「バレてたのか、やない」

穂波が後ろ手に固めていた腕をわずかに捻った。それだけで、掛井はとたんに顔を歪めて声にならない悲鳴を上げる。

「……んんんあっ！」

「待ってたんやろ、こうやって声掛けてもらうんを」

「そりゃあそうだが……いきなりコイツはないだろうが……！」

「うるさい。女付け回して喜ぶような変態が文句言うな。へし折られへんだけありがたく思えや」

それだけ言って、彼女はようやく男の腕を放した。わたしはそこへ身を屈《かが》めて、水商売で鍛えたとびっきりの笑顔を浮かべて見せる。

「そういえば、お花。どうもありがとうございました」

「ああ、いや」煙草で黄ばんだ歯を剝き出して、掛井は笑う。「そんなの気にしないで。ほんの気持ちだから」

速攻でポイしたけどな。穂波がそっぽを向いたままつぶやいたが、彼には聞こえなかったようだ。

「ただ、まずお断りしておかなければなりません。何だか、本人の与《あずか》り知らぬところで色々な話が出回ってるみたいですけど……わたしは選挙に立候補したりするつもりはありません。ですから、わたしなんかに付きまとったところであなたには何の得もありません」

「ふむ」と小さく唸るような声。今の言葉がこちらの本意なのかどうか、疑っている様子だった。

「まあ、みんな最初はそう言うんだ」

「そうかもしれませんね。でもわたしはポーズじゃありません。本心からです」

ゆっくりと頷いて、また真っすぐに掛井を見つめた。そうして言葉を続けた。

「それをわかっていただいた上で、あなたの力をお借りしたいのですが」

訝しげに細められていた掛井の目が、驚きで丸く見開かれた。

14

掛井紅陽、四十四歳。職業、フリーの選挙参謀。国政、地方問わずあらゆる選挙の際に、立候補者から依頼を受けて選挙事務所に詰め、選挙戦における戦術指導に当たるのが仕事であるという。

この男はその中でもなかなか名の通った存在ではあるらしい。まずは十二年前の富山市長選挙において、三期続いていた現職を破って無名の候補を当選させたことで頭角を現すと、以来与野党問わず数々の選挙戦で多くの番狂わせを仕掛けてきた。しかし反面、その手法に対する悪評は極めて高い。

　特にこの男は俗に空中戦とも呼ばれる、マスコミを利用したイメージ戦略を得意としている。それもただ単に自陣営の候補者のイメージアップだけでなく、怪文書と言われる匿名のチラシやインターネットの掲示板を使って対立候補の悪評を撒き散らす。ときにはそれでは収まらず、相手陣営にボランティアを送り込んでスパイまがいのことをさせたり、あるいは露骨な妨害工作を働いたりと。なるほど穂波から話を聞く限りでは、相当に問題のある人物であるようだった。

「どういうことだ?」

　場所をラウンジに移して席に着くなり、掛井は身を乗り出して、わたしの真意を探るように顔を覗き込んでくる。

「俺は選挙屋だぜ。金で雇われて、そいつを当選させるのが仕事だ。だが、あんたは選挙には出ないと言う」

「はい」わたしは大きく頷いた。

「なのに力を貸せ、と。わけがわからんな。自分は出ないが、代わりに出る候補者を手伝ってやってくれ、っていうことか?」

　そういうわけでもない、とゆっくり首を振って見せた。恩田の引退のあと誰が出馬しようが、そしてそいつが当選しようがしまいが、そんなこと知ったことじゃない。

「あなたは三年前もここで選挙を戦った。民和党の候補者の事務所を仕切って、現職の恩田冬一郎にわずか八千票差まで迫ったんでしたね」

「まあ、負けは負けだけどね。あっちの組織票をまったく崩せなかった。実際は票差以上の完敗さ。あそこまで迫れたのも、別に俺の力じゃない。単に追い風のおかげだ」

確かに、追い風は民和党に吹いていた。彼らはその選挙で三百を超える議席を獲得し、悲願の政権交代を成し遂げたのだから。しかしそんな中でもこの選挙区だけは、恩田の圧勝間違いなしと予測されていた。それほどあの男の地盤は固かった。民和党が立てた候補者も、公募で選ばれた無名の新人だった。おそらくまず勝てる見込みはないと判断して、単に捨て駒として擁立した候補だったのだろう。それで八千票差なら、大健闘と言っていい。

「そや。こんなもんまでばら撒いて、負けてりゃ世話ないわ」

穂波が意地悪そうに笑って、折り畳んだ紙片をスタジャンから取り出してテーブルの上に放り投げてきた。

「何？」

「いいから見てみ」

言われて、わたしはそれを広げてみる。紙はＡ４ほどの大きさで、そこへワープロで細かい文字が印刷されていた。しかしまず目に入って来たのは、文章に添えられている数枚の写真だった。

天井から下がったシャンデリア。半円形になったビロードのソファ。見覚えがあるはずだ。それは半年ほど前までわたしが勤めていた店の内装だった。するとこの写真の中で、背広姿の客を追い回し、太腿まで露《あらわ》にして豪快な飛び蹴りを食らわせているのはもしかして。

「もしかしなくても、あんたや」

思い出した。確か三年くらい前のこと、何度注意しても尻を触るのを止《や》めようとしなかった客にぶち切れて、店内で大暴れしたときのものだ。しまいにはこの客、ガラステーブルに頭から突っ込んで救急車で運ばれる騒ぎになったのだった。

「それがいわゆる『怪文書』なんて言われるやつや。もちろん作って配らせたのはこいつやで」

文書の中ではその他にも、わたしがどんな出鱈目《でたらめ》な人間か、東京でいかに乱れた生活をしているかなどが延々と並べ立てられていた。しかしそのほとんどが嘘八百、まったく身に覚えのない話ばかりだ。

ちなみにこの客は翌日頭に包帯を巻いたまま、大きな花束を抱えて再び来店し、盛大に散財していった。なんでもどこかの会社の若社長だとかで、むしろわたしのことを気に入ったようだった。迷惑をかけた詫びのしるしとして贈り物まで用意して。わたしの誕生石、ブラッドストーンをあしらったペンダント。もちろん後日わたしや店を訴えるようなこともなく、おかげでわたしも首にならずに済んだ。

そのときの客の顔を、記憶の奥底から引きずり出して脳裏に浮かべる。四十前後で髪は七三。黒縁の眼鏡にくすんだ灰色のスーツ。鼠《ねずみ》のように貧相な細面。そこから眼鏡を取り、髪形と服装を無視すると、目の前の男とだんだん重なってきて……。

「あ！」わたしは思わず立ち上がり、声を上げた。「あんた、あのときの！」

穂波が目を丸くして、何ごとかとわたしを見上げている。掛井のほうは悪びれた様子も見せず、相変わらずにやけたままだ。やっと思い出したか、とでも言わんばかりに。

「つまり何か。あれは全部、この写真撮るために仕組んだことだったわけか？」

「まあ、な。しかしまさか、あそこまで派手に暴れてくれるとは思わなかったが」

おそらくあの場には、この男の他にもカメラを持った手下を客として潜り込ませていたのだろう。そうしてわたしを怒らせ、絵になる瞬間を待っていた。わたしはまんまと罠《わな》に嵌《は》まって、格好の場面を提供してしまったというわけだ。

「この……何が若社長だ。出鱈目並べやがってっ！」

「あ、それは嘘じゃない。ほら見てみな」

掛井はそう言って、昨日花束に添えてあったのとはまた別の名刺を出してみせた。そこには確かに、『株式会社掛井企画・代表取締役社長』とある。

「まあ、会社といっても俺の他には経理のおばちゃんと、あとは若いのが三人いるだけなんだけどさ」

「ところであのときのプレゼントはどうした。まだ持っててくれてると嬉しいんだが」

「あんなもん、速攻で質屋に叩き売ったわ！」

あの前日にはじめて来店したばかりの客が、わたしの誕生日まで知っていた理由もようやくわかった。同僚の誰かが教えたのかもと思っていたが何のことはない、わたしのことなど徹底的に調べ上げた上での行動だったわけだ。おそらくは、わたしのこういう瞬間湯沸かし機のような性格まで。それでまんまと罠にかけた。

しかしとなると、ここでまた熱くなってもこの男の思う壺かもしれない。そう気付いて、わたしは必死で怒りを押し殺す。

穂波が半分呆れ顔で、宥《なだ》めるように言った。

「落ちつけや。せやけどこれでわかったやろ。こいつはこういう男や」

「まあ、これも選挙のいわば風物詩みたいなもんでね。これなんか、まだまだ可愛いもんだろ」

「そやな。あんたがやってることの中じゃまだ上品なほうか。下手すりゃ名誉棄損どころか、夜道で刺されても不思議やないレベルのもんまであるしな。それもあとで見せたるわ」

わたしは勢いよく首を振って遠慮する。ただこれで、よく耳にする『怪文書』というものがどんな代物なのかは理解できた。

「でも正直なところ、これは半分失敗ってところでね。うちの陣営の女の子たちの中には、『格好いい』とか言ってあんたのファンになっちまうのも出る始末だ」

掛井はまだへらへらと笑っている。わたしはひとつ深呼吸をして腰を下ろし、紙片を元の通りに小さく折り畳んだ。落ち着け、わたし。ここで腹立ちに負けて席を立ってしまっては、それこそ尻の触られ損だ。

「まあ……昔のことはいいです。要するにあなたは敵陣営だったとはいえ、この選挙区のことを裏側まで知悉《ちしつ》している人物ということ」

小宮あたりを問い詰めたところで、しょせん建前しか聞き出せまい。ならば、それを知るにはやはりこの男が適任のように思えた。

「さあ……それはどうかな」

「ところであなたは、恩田直樹という人のことはご存じですか」

「冬一郎の息子だろ。別に事情通でなくても、みんな知ってるさ。あんたの兄貴でもあるよな」

「ではその人が二年前、自ら命を絶ったことも?」

「もちろんだ」掛井はまた身を乗り出して言った。「もしかして、あんたらの知りたいのはそのことについてか?」

わたしは頷いた。「兄が死んでから、間もなく二年になります。理由を誰も知らないままに。わたしにはやはり、それをそのままにしておいていいとは思えないんです」

彼はうって変わって渋い表情になり、髪を掻いた。かまわずわたしは続ける。

「兄の様子がおかしくなったのは、あの選挙の直後からだったという話もあります。となると、やはりそこで何かがあったと考えるのが自然でしょう」

「そんなことを、今さらほじくり返してどうしようっていうんだ。そもそもあんたら、兄妹とはいえそんなに親しかったわけでもないんだろ?」

「それは確かに。でもだからといって、あなたが思うような諍《いさか》いがあったわけでもありません。時間さえあれば、きっと親しくなれた。少なくともわたしは、そう望んでいました」

しかし顔の前の虫でも払うかのように投げやりに手を振って、掛井は言った。

「だったらなおさら、そっとしておいてやれ。世の中には、わからないならわからないままにしておいたほうがいいことってのがあるんだよ。だいいち本当の理由なんて、死んじまった本人にしかわからんことだしな」

天堂に言われたのとほぼ同じ台詞《せりふ》だった。確かに、そう言われるのも無理はない、と自分でもわかっていた。

「何や、けったいやな」それまで興味なさそうに顔を背けていた穂波が言った。「何か知っとるけど、言いたない。そうも聞こえる台詞や」

「そんなことはない」

即座に苛立った声が返ってきた。しかしその反応の仕方も、言われてみれば確かにおかしい。

「相手陣営のスタッフひとりひとり、ボランティアのおばちゃんまで徹底的に調べ上げて、弱点見つけて徹底的にほじくり返す。それがあんたのやりかたやろ。ならこの子の兄貴のことも、根こそぎ調べ上げてて不思議はないわな。言いや、何を知っとる？」

「お願いします」癪《しゃく》なのを抑えて、わたしは頭を下げた。「兄の自殺と、直接関係ないと思われる話でも結構です。もしも兄について知っていることがあるのならば教えてください」

ふう、と長いため息の音が聞こえた。それでも、掛井はなかなか口を開こうとはしなかった。

15

小走りに道路を横切ってきた穂波が、「お待たせ」と言いながら運転席に滑り込んできた。手には、東京でもよく見かけるサンドイッチチェーンの紙袋。彼女はその中から、黄色い包みを取り出してわたしに差し出してきた。

「ありがと」

手にしていた紙束を脇に置いて、わたしはそれを受け取った。まださほど食欲はなかったが、とりあえずいったん休憩するにはいい時間だ。

駅から伸びる大通りをしばらく走ったあたりで、左に折れればわたしの通った高校へと続く場所だった。記憶ではここに、天堂とよく買い食いをしたパン屋があったはずなのだが、町並みはすっかり様変わりしていた。

「昼飯ぐらい、ちゃんととったらええのに」

穂波が自分のぶんの包みを開いて、大口を開けてかぶりつく。彼女のほうは、だいぶ空腹だったらしい。

「予定より長居することになったからね。宿代はかからないにしても、なるべく切り詰めないと」

そう言って、わたしもサンドイッチの包みを開け、彼女に倣《なら》って一気にかぶりついた。最初はツナサンドかと思ったが、何だか食感が違う。

「鮎《あゆ》サンドや。けっこういけるやろ」

まずいというわけではなかったが、何だか微妙な味だった。鮎は鮎で、普通に塩焼きにするのが一番美味いはずだ。

「何て言うか、邪道だ」

「そう言うなや。今はチェーン店とはいえ、どこも地方色出そ思って必死なんや。ま、口に合わんなら残りはもらうで」

自分のぶんをあっと言う間に平らげようとしている穂波が、もごもごと言った。そのさまを半分呆れながら見やると、言い訳するように続ける。

「早飯早糞が命って職場に、長く居たさかいな」

どんな職場だったんだか。確か、以前はお堅い役所勤めだったとか言っていたはずだが。それとも役所って、場所によっては色々と大変なものなのだろうか。

「それより、これ」いったん脇に置いておいた紙束を再び手にとって、わたしは言った。「何て言うか、こう……えぐいっていうか、セコいっていうか」

「せやろ?」とまた穂波が笑う。

これもみんな、三年前の選挙のときに掛井たちの陣営がばら撒いた『怪文書』のコピーだった。全部で三十~四十枚はあるだろうか。内容はどれも、恩田の陣営を露骨な罵倒語を交えて糾弾するものばかりだった。もちろん恩田本人を批判するものもあったが、それ以外には支持団体の幹部たち、あるいは小宮たち秘書や事務所スタッフたちに関するものも多い。

兄のことを書いたものもあった。わざとおどろおどろしいフォントで大きく、『イラク特措法強行採決の陰で、御曹司《おんぞうし》はキャバクラ豪遊&お持ち帰り!!』とある。その下には、夜の街を派手なドレス姿の女と並んで歩く兄の写真。しかし。

「ああ、これもわたしだ」

黒く目に線が入れられてはいても、服装でわかった。以前働いていた店で、気に入ってよく借りていたドレスだったからだ。確か一度だけ、都議選の応援で上京したついでにと、兄がわたしの様子を見に店まで来てくれたことがあった。そのときのものだろう。誰の目があるかわからないのだから、迂闊《うかつ》に来るものじゃない。わたしはそう窘めてすぐに帰したものだったが、表に出て車まで送るわずかな間にこんな写真を撮られていたわけだ。まったく、だから言わんこっちゃない。

「要は、他のもこの調子で嘘八百並べてあるわけね」

「まあな」穂波も呆れた様子で肩をすくめる。「出鱈目書かれた選挙ボランティアたちが、なんとか告訴できないかって思って集めていたのを、頼んでコピーさせてもらってきたんや。誰も彼も、あの男には恨み骨髄や。せやからみんな喜んで提供してくれたで」

「告訴ね。できるんじゃないの、ここまでひどけりゃ」

「そうは言うてもな、これをばら撒いたのがあいつらやっちゅう証拠があらへん。そこは何とも周到でな。作成したPCやプリンターも中古もの使《つこ》うてすぐに処分しとるし、実際に配らせるんは事務所から完全に切り離した外部の連中にやらせとる。そういう連中のことを、俗に『裏選対』呼んどるんやけどな」

なるほど、それを駆使するのがあの男の得意技というわけだ。しかしこんな嘘丸出しのチラシにどれほどの効果があるものか。

「せやけどこれはこれで効果あるねんで。嘘やわかっとっても、ネガティブなイメージだけはべったりと貼り付けることができるしな」

確かに議員なんて選挙に落ちればただの人だ。だから勝つためなら何でもやる。そういう者たちには、掛井のような男は重宝するのだろう。

「せやからあんたは、あんな男に関わったらあかん。そう言お思て、貫てきたんや。さっきかて、結局は無駄骨だったやないか」

「そうでもなかったよ」

彼女が言うこともよくわかっている。しかしそんな男だからこそ知っていることというのもあるはずだった。

それに、これだけ恩田や兄のことを悪しざまに書き立てながらも、日南子とその父親の件について書かれたものはひとつもなかった。もちろん単に攻撃のネタにはなりそうにないと判断しただけかもしれないが、あの男はあの男なりに、触れていいことといけないことの区別はついているようにも思えた。その点だけは、信用してもいいのではないだろうか。

そのとき、ジーンズの尻ポケットに入れてあった携帯電話が震え出した。開いてみると、さっき美術館で会った若林真希からだった。

「どうしたの?」

「それが……」真希はわずかの間言い淀んで、それからいっそう声を落として続けた。「先ほどお話ししました、雑誌記者のかたのことですが……」

オゼキだかオザキだか言った、週刊潮流の記者のことだろう。何かわかったのだろうか。

「つい今しがたなんですが、また来館されまして」

「また?」

わたしは運転席の穂波を見やった。彼女はすでにサンドイッチの最後のひと切れを口に押し込み、サイドブレーキを解除している。

「それで、まだそこにいるの?」

「いえ。今日もお休みだと伝えると、すぐに帰って行かれました。でもその様子がなんだか前にも増して苛立ってるというか、焦ってるというか……ちょっとおかしかったので」

「わかった。これからすぐにそっちに行くから……そうだ。名刺は?」

「あらためていただきました。前にもらったものは、どうしても見つからなかったもので……」

電話の向こうで、声がまた小さくなった。どうやら誰かの耳を気にしている様子だ。

「それと、もし来られるのでしたら、美術館じゃなくて別の場所でお会いできませんか……?」

そう言って彼女が口にしたのは、美術館のある公園の反対側にある喫茶店だった。電話を切ると同時にがくんと大きく揺れて、背中がシートに押し付けられた。穂波が車を発進させたのだ。

わたしは電話を耳にあてたまま、片手でシートベルトを引き出した。それを体に手早く回しながら、早口で行き先を告げた。


指定された喫茶店はやや古びた建物で、それでも懐かしい趣きがあった。おそらくわたしがいた頃からあった店なのだろうが、記憶にはない。通学路からは外れていて、あまり足が向かない界隈《かいわい》だったからだろう。

席に着いてそれぞれコーヒーを注文して間もなく、小走りに公園の緑地を横切ってくる若林真希の姿が窓越しに見えた。彼女は息を切らしながら店に飛び込んでくると、すぐにわたしたちを見つけて頭を下げる。

「すみません。なかなか、抜け出せなくて……」

「いや、こっちこそ仕事中に、ごめん」

彼女は「いえ……」とだけ曖昧に答えて首を振る。しかしすぐに、助け船を出すように穂波が言った。

「あの館長の目が光っとるんやろ。あんたも大変やな」

わたしは驚いて、穂波と若林真希の顔を見比べる。「どういうこと？」

「館長さんはあんたの友達をあまり良く思ってへん。できればあまりゴタゴタさせずに、さっさと追い払いたい。そうやないか？」

真希は申し訳なさそうに頷いて、答えた。

「三上さんはとても優秀な人ですけど……でも、やっぱり縁故採用ですから。それも恩田先生の」

「何それ。館長さんがそんなやっかみで日南子を追い出そうってこと？」

「……いえ。あの館長も、保守党の県議の肝入りで就任されたかたです。ですから、色々と立場が微妙で……」

　ますます話がわからない。いったいどういうことなのか。

「就任された当時は、保守党は県議会でも与党でした。でも今は……その、そういうことです」

「つまり、あの館長もいつ首が飛んでもおかしゅうないいうことや」穂波はそう言って、小さく肩をすくめて見せた。「それでもまだ今は、あんたのお父《と》んの影響力がある。でもそれも今だけで、次はわからん。せやから今のうちに保守党絡みの縁故採用を整理して、民和党の縁故を受け入れられるよう枠を空けとこ。できるだけ媚売って、自分だけは生き残ろ。そんなとこやろ」

　そう説明されて、ようやく少し理解できてきた。なんともややこしい話だ。

「だから館長は、本心では三上さんのことなんてどうでもいいんです。いっそこのままいなくなってくれればいいとさえ思ってるかも……だからこうして、わたしが赤尾さんとお話しすることも面白くないようで……」

「そうか、ごめんね。わざわざありがとう」

　彼女だって館長の機嫌を損ねれば、いつ職を失っても不思議ではない立場だろう。そんな中を抜け出して来てくれたのだ。

「いえ」今度はいくらか力強く、真希は首を振った。「今はそれ以上に、三上さんのことが心配ですから。すぐに戻ってきてくれて、また一緒に働けたらって……わたしはそう思っていますから」

　そう言って、真っすぐにわたしを見つめ返してくる。きっと本心からの言葉なのだろう。

「ありがとう」そう繰り返して、わたしは話題を変えた。「ところで、例の雑誌記者のことなんだけど……」

真希は慌てたように「そうでした」と言って、傍らの小さなポーチに手を伸ばした。

「これがいただいた名刺です。オザキでもオゼキでもなくて、小月《おづき》というお名前のかたでした」

「オヅキ……小月武安《たけやす》、か」

穂波がつぶやくような小声で、その名前を口にした。わたしはテーブルの上の名刺を手にとり、彼女に見せる。

「知ってるのか?」

「何となく、や。聞いたことがあるようなないような……」

珍しくはっきりしない様子で、穂波は言葉を濁した。わたしは「ふうん」とだけ返して、手の中の名刺に目を落とす。確かに右上に週刊潮流のマークも入っているが、部署名も住所も書かれておらず、番号も携帯のものだけだった。やはりどこか怪しい。

「それで、どんな人だった。歳とか、見た目とか」

「そうですね……たぶん、五十前後か、もう少し上かもしれません。身長は百七十くらいで、どちらかといえば痩せていらっしゃるほうかと。髪はだいぶ白くて……すみません。そのくらいしか」

つまり、あまり特徴のない年配の男、ということか。その容姿を頭の中にイメージしてみようとしても、なかなか難しいものがあった。

「ただ さっきも言いましたが、なんだかひどく焦ってる様子で。三上さんの行き先に心当たりはないかとか、しつこく訊かれました。何かわかったらすぐに知らせてほしいとも。それで、この名刺を」

「理由については何も?」

「はい。尋ねても、言えないの一点張りで。それで何だか嫌な感じがして……」

なるほど、と頷いた。それで急いでわたしに知らせてくれたのだ。


若林真希と別れて車に戻ると、穂波は携帯電話を取り出して、慣れた手つきで番号を呼び出した。

「うちや。前原のおっちゃんはおるか?」

電話が繋がるなり、低い声でそう尋ねた。どうやら相手は高天神組の事務所らしい。そうしてしばし待ったのち、電話口にやってきた前原に向かって彼女はいきなり本題に入った。

「ああ、おっちゃん。忙しいとこ悪いけど、ちょいと調べてほしいことがあるんや。小月武安いう雑誌記者なんやけどな、どんな記事書いてるやつか知りたいんや……そう」

そこまで言ったところで、彼女の表情が変わった。そうして、ちらとこちらに視線を送ってくる。

ややあって、彼女は自分の携帯電話をわたしに差し出してきた。完全防水が売りのごつい機種で、ストラップの先に薄い金属板がぶら下がっている。映画なんかで見る、軍人が身に着けるドッグタグとかいうやつだろう。何だか微妙な趣味だ。

「前原はんが、あんたに替われ言うとる。例の記者、知っとるらしい」

手を伸ばしかけて、「いいの?」と尋ねる。組の人たちと、わたしは関わらないほうがいいのではなかったのか。

「うちの携帯や。あんたに記録は残らん。こんくらいはええやろ」

「何か、ずいぶんとアバウトな話だね」

「それもそうやが……天堂はんからも、話せる範囲のことは話したれって指示が回ってるらしいわ。それが約束やって」

あの夜に交わした言葉を、天堂も律儀に守ってくれようとしているようだった。迷惑をかけたのはこっちなのだから、そんなの反故にされたって文句も言えないのに。

恐縮しながら電話を受け取り、「もしもし?」と問いかけると、すぐに耳に心地よい前原のだみ声が返ってくる。

「ああ、お嬢さん。色々と大変だったそうで。お怪我は本当に大したことなかったんで?」

「それはもうおかげさまで。前原さんにも心配をかけちゃったみたいで、ごめん」

「いえ、私なんかにそんな……」

そう口ごもりながらも、彼が本心から気にかけてくれているのは口調で十分伝わってくる。

「それよりお気持ちはわかりますが、あまり無茶はされないでくださいよ。私や若だけでなく、みんな心配してます」

「うん、気を付ける。大丈夫だからって、天堂にも伝えて」

「それから、そこにいる穂波は使える女ですから。どうぞ安心して、遠慮なく頼ってやってください」

言われて、ちらりと運転席を見やった。どうやら彼女、天堂だけでなく前原たちからもえらく信頼されているようだ。いったい何者なのだろう、この女は。

「わかった、そうする。それで……小月とかいう雑誌記者のことなんだけど」

わたしが切り出すと、前原は小さく咳払いを漏らして本題に入った。

「知ってるも何も。そいつ、いっちょ前にジャーナリストなんて名乗ってますけど、正体は鼻つまみの売文屋ですわ。取材もろくにせずに、飲み屋の噂話を繋ぎ合わせただけで適当な記事でっち上げて、何度も名誉毀損で訴えられてるような輩です。ちょいと前に、ツルんでた関西の総会屋とトラブって大阪湾に沈められたとか聞いてたんですが……まだ生きてたんですねぇ」

やくざにまでこう言われるとは、その男も相当なものだ。思わず苦笑が漏れる。

「名刺には、週刊潮流の名前が入ってるけど？」

「昔、何度か記事載っけてもらっただけですよ。やつが潮流社に身を置いていたことなんてなかったと思います」

やはりそういうことらしい。連絡先が携帯の番号しか書かれていない時点でそれはバレバレだった。騙されるやつもそうはいまい。

「そうか……でも前原さんは、どうしてそいつのこと知ってたの？」

尋ねると、前原が電話の向こうで気まずそうに口ごもるのがわかった。こうして気安く話してくれているとはいえ、向こうはやくざだ。わたしには言えないことも多いのだろう。あまり詮索はしないでおくべきか。しかしそう思って話題を変えようとしたところへ、前原は小さくため息をついて切り出してきた。

「やっぱり言っておいたほうがいいでしょうね。要は先生絡みですわ」

どこの『先生』かは訊くまでもなかった。この町の人間にとって『先生』といえば、恩田冬一郎のことに他ならない。

「小月は一時期先生をやけに目の敵にしてましてね。特に先生と山王会の関係に目をつけて、あちこち嗅ぎ回るわ憶測でいい加減な記事を書き散らすわ。雑魚《ざこ》が一匹跳ねたところでどうってことないと、本家も最初は静観していたんですけどね。ちょうど万博がらみの事業が動き出した頃で、自然保護団体なんかにいらんこと吹き込んで反対運動を焚きつけはじめたものですから、さすがにもう泳がせてもおけなくなりまして。それで、ちときつく懲らしめて追い払ったとのことです。以来、長いこと名前を聞くこともなかったんですが」

「どうやって懲らしめたのかまでは……聞かないほうがよさそうね」

「ええ、勘弁してください」前原はそう言って、乾いた声で笑った。

「でも、『先生』を目の敵にしてたって……何かきっかけはあったの？」

「元々全共闘崩れの左翼どもから可愛がられてたような男ですから、最初は単なる反権力気取りからだったんでしょうけど……度を越したのは例の件が原因でしょう」

例の件って。そう問いを重ねると、彼はわずかな間を置いて続ける。

「十二年前の、県央道の入札に絡んだ談合事件ですよ。やつが十二年前に週刊潮流に書いた記事ってのが、あの件に関してのシリーズでした。一連の談合は先生が主導していたと告発するものです」

わたしは言葉を返すことができなかった。それは日南子が父親を失うことになる事件でもあった。その記事を書いた男が、今頃になってなぜ。日南子の失踪には兄の自殺だけでなく、彼女の父親の死も絡んでいるということなのか。

16

日暮れとともに家に戻ると、夕食はすでに用意されていた。黙って出て行ったことを責める者は誰もいなかった。小宮が遣わしてきたと思われる背広姿の若い男も、わたしの姿を見てもただ慇懃に頭を下げるだけで、何も言わなかった。そのことが余計に気まずかった。

卓に着くと間もなく、音もなく襖が開き、木戸さんが顔を出した。

「今朝はごめん」素直に謝った。「母さんも怒ってた？」

「呆れていらっしゃいます」

彼はゆっくりと首を振った。心配してくれているのはこの人だって同じだ。

「ですが、もう好きにさせろともおっしゃっていました。いくら言ったところで、大人しく箱に収まる娘じゃないことはとっくに知ってる、と」

ごめん、ともう一度繰り返した。木戸さんはまた小さく首を振り、数枚の紙を畳の上に置いた。

「店あてにファックスが届きました。お嬢さんへのものかと思いまして」

用心深く駅前のコンビニから送信されていたが、前原からのものだとすぐにわかった。小月が書いた十二年前の記事のコピーだった。

「ありがとう」

それではどうぞごゆっくり。木戸さんはそう言って頭を下げた。そうして居間をあとにしようとしたところを呼び止めて、わたしは訊いた。

「ねえ。わたしもお店手伝おうか。なんか、何もしないのも心苦しいって言うか」

一応東京でも客商売をしていたのだから、仲居くらいはできる。実際、高校の頃は忙しいときに何度か手伝ったこともあった。今朝のお詫びもかねて、少しでも罪滅ぼしをしておきたい気持ちもある。

「いえ。今日は予約も一件だけですし、どうぞお気遣いなく」

皺だらけの顔にようやく柔らかな笑みを浮かべて、木戸さんは下がっていった。

それにしても。せいぜい座敷が五、六間しかない小さな店ではあるが、以前は毎日予約でいっぱいで、賑わっていたはずだった。いつの間に、こんなに寂しくなってしまったのだろう。

それに木戸さんも板長もけっこうな歳である。この店もいつまで続けられるのか。そんな不安は決して口には出せなかったが。

再びひとりになると、手早く食事を済ませて、プリントアウトされた十二年前の記事を手に取った。事件の概略はすでに聞いていたので、経緯についてはおざなりに読み飛ばす。しかしそうすると、ページ数のわりに中身のない記事であることがわかってきた。

記事のタイトルや小見出しにはセンセーショナルな言葉を並べてはいるものの、肝心の恩田の関与については匿名の『関係筋』なる人物の証言しかない。その証言にしたって、直接のやり取りを聞いたというものではなく又聞きの又聞きというレベルだった。あとは書き手の憶測と決めつけだけで、政界や財界まで巻き込んだ大疑獄であると断じている。先入観を抜きにして読んでも、さすがに大袈裟すぎると思わざるを得なかった。

しかしこの記事がきっかけになって事件は全国的に知れ渡り、新聞や週刊誌、あるいはテレビの報道番組もこぞって取り上げたという。だがそれも、日南子の父親である三上崇広氏の自殺を境に沈静化していった。

小月にしてみれば、そのときに恩田を仕留め切れなかったことが悔しくて仕方なかったのだろう。以後もずっと事件のことを追及し続けながらも核心には迫れず、ついには山王会の虎の尾を踏んで関西へと追いやられた。

その小月が、今になって日南子に近付いてきたのはなぜか。十二年前の屈辱を晴らそうというのなら、なぜ今なのか。

自室に戻ってもなかなか落ち着かなかった。ベッドに体を横たえ、昼間穂波から貰った『怪文書』のコピーにもう一度目を通す。しかし読み返したところで、特に新しい発見はなかった。

明日からはどうしよう。確かに今日一日で、いくつかの収穫はあった。しかしそれが、現在の日南子の居場所に繋がるものなのかどうか。まったく見当違いの方向に進んでいるのではないかという不安も拭えなかった。

そのとき、壁に掛けたジャケットに入れっ放しだった携帯電話が震え出した。わたしは身を起こし、ジャケットのポケットへと手を伸ばす。折りたたみ式の小さな機械を開き、その発信元を見て、ぼやけはじめていた意識がぴりりと緊張した。

日南子からだった。

「もしもし。綾乃?」まるでさっき別れたばかりのような気安い声で、日南子が言った。「無事だったのね。嬉しいわ」

「ああ。おかげさまで」

こちらも普通に声が出た。なぜだろう。最初の驚きが過ぎると、湧き上がってきた感情は安堵《あんど》だった。

「そっちはどうだ。元気でやってるか?」

「ええ、特に変わりないわ」

「それならよかった」その言葉も本心からのものだった。「それで、今はどこにいるんだ?」

「それは言えない。事情はわかってくれるでしょう?」

そう言われても、彼女にどんな事情があるのかなどわたしにはわからない。けれど、無理に重ねて尋ねようとは思わなかった。

「そうか。でも無事ならいい。それがわかっただけで、わたしも嬉しいよ」

「変なの」日南子がくすくすと笑った。それでもどこか、寂しげに響く声で。「わたしは確か、あなたを殺そうとしたはずなのに」

「やっぱりそうだったのか」

苦笑とともに言った。実際、彼女の口からはっきりとその言葉を聞いても、意外なほどにショックはなかった。

日南子の笑い声が大きくなった。「馬鹿ね、綾乃は」

「ああ、そうだよ。今まで知らなかったのか?」

わたしも笑った。しばらくそうして、か細い電波の線を通して、わたしたちは互いの笑い声に耳を傾けていた。

それがようやく途切れた頃に、わたしは訊いた。「わたしのことが憎かったのか?」

「……そうね」

しばらく思案するように黙り込んだあとで、日南子はぽつりと答えた。

「たぶん、憎かったんだと思う。あなたのことも」

「ことも、ってことは。他にも憎いやつがいるのか」

「いるわよ、そりゃあ。もう、いっぱいね」

「いっぱい？」

「ええ。全部憎い。わたしを取り巻く全部、消えてしまえって思ってる」

言葉とは裏腹に、日南子の声は変わらず夢見るように穏やかだった。

「鳥籠、か」わたしはひとり言のようにつぶやいた。「日南子はそれを壊したかったんだな。壊して、外に出たかったんだろ。そう言ってくれりゃ、わたしだって手伝ってやるのに。一緒に壊してやるのに」

またくすくすと笑う声がした。「違うわよ。綾乃はやっぱりわかってない」

「どう違うんだ？」

「わたしは外に出たいなんて思ってないのよ。ただ壊したいだけ。ねえ綾乃、知ってる？」

日南子は楽しげにそう問いかけてきた。

「鳥籠の鳥はね、生まれつき空なんて知らないの。だから外に出たいなんて、思ったこともないのよ」

そのとき不意に頭に浮かんだのは、あの夜マンションの駐車場に転がっていた、焼けてひしゃげた鳥籠の残骸だった。そして燃え盛る炎の中に見た、燃えながら羽ばたく小さな翼の幻影。あの鳥は鳥籠を出て、本当に炎を逃れることができたのだろうか。もしもそうなら、はじめて飛び立った無限の夜空にいったい何を思っただろうか。

「だから綾乃、あなたは運良く助かったんだから、もうこの町から出て行って。でないとわたしは、今度こそあなたのことを壊さなきゃならない」

「壊して、どうするんだ」わたしは尋ねた。「全部壊して、そのあと日南子はどうするんだ」

答えはなかった。しばしの沈黙ののちに、電話は切れた。それでもわたしは彼女の声の名残を探すように、無機質な電子音にじっと耳を傾けていた。

17

「鳥籠、ね。ま、そう言いたなる気分はわかるわ」

ハンドルを握ったまま握り飯を頬張って、穂波は言った。握り飯とはいえ山菜や茸《きのこ》が炊き込んであって、なかなか豪勢だ。

人が食べているのを見るとつられて空腹を覚えるもので、わたしも握り飯のひとつを手に取った。口に含むと、ご飯と海苔《のり》の間に味噌《みそ》を塗ってあるのがわかった。味噌は塩気を抑えて甘味が強いこの地方独特のもので、わたしにとっても舌に馴染んだ味だった。

今朝もまたこっそりと勝手口から出ようとすると、板の間の隅にひっそりと包みが置かれてあるのを見つけた。その中身がこの握り飯だった。包みには、見覚えのある達者な筆で、『お昼にどうぞ』とだけあった。書道の師範代の免状も持ち、店の品書きもすべて手がけている木戸さんの字だった。

わたしが起き出すよりも早くに、わざわざ用意してくれたものらしかった。わたしはそのありがたみをしっかりと噛み締める。

フロントガラスの向こうは、今日も良く晴れ上がっている。しかし陽光に照らしだされた町並みはどこか眠たげで、淀んでいるようにさえ見えた。それはただ単に東京のせわしなさと比べてのことなのか、それともこの町に活気がないせいなのか。

「まあね。わたしも、わからないでもないけどさ」

何しろ小さな町だ。そのぶん人との距離も密接で、まるで始終監視されているかのような息苦しさを覚えることも多いだろう。しかししばらく町を離れていたわたしにすれば、その密接さはむしろ安心を与えてくれるものにも思えていた。

「それに考えてもみい。あんたも別に、言うほど自由いうわけやなかったやろ?」

言われて、確かにその通りだと思った。自由気ままにふらふらと生きてきたつもりでも、決して楽ではなかった。金のため、生きて行くために望まない仕事もしたし、納得のいかないことでも従わざるを得なかったこともある。

「それもまた、鳥籠や。みんな鳥籠の中や。あんたの友達だけと違う」穂波がわたしの頭の中を見透かしたように言った。「けどそれでええんや。人間なんてみんな、何かしらの制約の中でないと生きて行かれへん。閉じ込められて、同時に守られてもおる。せやからあとは、その鳥籠が自分に合うとるかどうかや」

「穂波、あんたは?」

ちょっと驚いたように眉を上げて、「うちか?」と穂波が答える。

「ああ。あんたの鳥籠は、居心地いいか？」

彼女は前方に目を戻して、どうやろなぁとつぶやくように言った。

「今はまだ、自分の鳥籠を探しとる最中やな。そら天堂はんはよくしてくれるけど、ここもまだ借り物いう気がしてならん」

うちはまあ、いちばん合《お》うとった鳥籠を追い出されちまったもんやから。小声でそう付け加えて、穂波は寂しげに笑う。彼女は彼女で、これまでに色々あったのだろう。しかし今は、それを詮索するつもりはなかった。

「なら、わたしも似たような感じかな」

この町がひとつの鳥籠なら、わたしはそれを捨てて飛び出していった鳥だった。しかし十二年経って再び戻ってきて、それが自分にとってどれほど大事なものだったかに気付かされていた。家があって母がいて、天堂がいて日南子がいる。わたしがいなくなったあとも、この鳥籠はいつまでも変わらず、そのままであってほしいのだ。そう願っているわたしは勝手だろうか。

「でも、あんたの友達はまだ何かするつもりなんやろ、昨夜の話じゃ」

「うん。たぶんそうなんだと思う。もちろん何をするのかはわからないけれど」

そう答えつつも、内心では何となくの想像はついていた。十二年前の父親の自殺。そして二年前の恋人の自殺。そのふたつが原点なら、日南子の憎しみの中心にいるのは。

「やっぱ、あんたのお父んやろな」

頷いた。問題は、日南子があの男をどうやって『壊そう』としているのかだった。それを知るためにも、やはり兄の死の原因を突き止める必要がある。

車は昨日と同じように、お城を見ながら中央公園を横切って、美術館の駐車場に入ってゆく。しかし今日は、若林真希に会いに来たわけではなかった。日南子の無事がわかったことを彼女に伝えるべきなのかもしれないが、そうすれば当然会話の内容も教えなければならない。それは決して、彼女にとっても喜ばしい報告ではないだろう。

では何のためにここに来たか。その目的は、まだ穂波にも話してはいない。

「けど、ほんまに大丈夫か？」

気が付くと、穂波がわたしの横顔を窺うように覗き込んでいた。

「あんたは、大事な友達に殺されかけたんやで。昨夜のその電話で、いよいよそれがはっきりしたんやないか」

普通はショックを受けるものなのかもしれない。それはわかっていた。しかし今はそれよりも、日南子がまだ無事でいることの安堵のほうが大きかった。自分でも不思議だが、実際そうなのだから仕方がない。

「わたしはさ、兄とは数えるほどしか会っていないんだ」

それは聞いた。小さな声が聞こえた。

「だからちゃんと兄妹になれなかった。そりゃ、この歳になって今さらそんなもんになれないのはわかってたけど、でも友達くらいにはなれるんじゃないかって思ってたんだよね。日南子と三人で、ゆっくり、うまくやっていけるかって」

「ああ」穂波が言う。「ええかもな、そういうんも」

「でもできなかった。ちゃんと友達にもなれないまま、兄は死んでしまった」

ふう、と息を吐き出した。そのため息のせいで、一面の青の中にぽつんと浮かんだ小さな雲がわずかに動いたような気がした。もちろん気のせいだ。

「死んでしまったら、もう何もできない。何にもなれない。死ぬって、そういうことなんだなって思った」

「……そうやな」

「だけど、日南子はまだ生きてるんだ。そしてまだ繋がってる。そのことにほっとしたんだよ、わたしは」

時が経てば、どんなものでも変わってゆくものだ。でもだからといって、自分の大事なものが目の前で壊れてゆくのをただぼんやり見ていることなどできはしない。

「でもどうするんや。あんた、彼女に憎まれとるんやろ。そうはっきり言われたんやろ」

「うん。でもまだあの子は生きてる。だから大丈夫。生きてさえいてくれたら、心はきっと取り戻せる」

そこまで言ってから、ちょっと恥ずかしくなってきた。わたしはたぶん、ものすごく臭いことを言っている。その上実に楽観的だ。

でも、それが偽らざる心境だ。わたしはちらりと運転席を見やって、穂波の様子を窺った。しかし彼女は、そんなわたしを笑うでもなく、妙に晴れやかな表情で答えてきた。

「そか。ほな、うちらは今やれることをやりますか」

「うん」と頷いた。

「とりあえず、もう一度あの美術館の若い子に会いに行くんやろ？」

「いや。あの子に用があったわけじゃなくて」

そう答えると、穂波は訝しげな顔でこちらを向いた。「そやったら、何でまたここに来たん？」

「ちょっと、待ち合わせを」

「待ち合わせって……誰とや」

「来るまで内緒。絶対嫌な顔するだろうから」

そう答えた次の瞬間、駐車場の敷地内に蛍光色の平べったい車が、例のバスドラ連打にも似たエンジン音を響かせながら入ってきて停まった。降りてきたのはもちろん掛井だった。やはり昨日と同じ革のジャンパーにアーミーパンツ。その下に着ているシャツの色だけは違ったが、趣味の悪い柄であることは一緒だ。

すぐに私たちにも気付いたようで、陽射しに目を細めながら気だるげな足取りで近付いてくる。そうして何も言わずにドアを開け、リアシートに乗り込んだ。

「わざわざありがとうございます」

わたしが言うと、首を振って「いや」と答えてきた。「どうせ今は暇だ。当分選挙もないしな」

やろな。穂波が不機嫌そうにぶすっと言った。どうやらこの男に対する警戒はまだ解いていないらしい。昨日の印象だってお世辞にも良いとは言えなかったし、それも無理ないことだった。

「昨日お話しした三上日南子のことです。彼女の父親、三上崇広氏の自殺の件。彼が主導したと言われている談合事件について、やっぱりあなたから教えていただきたいと思って」

言って、バックミラーの中の掛井の表情を窺う。驚いた様子はなく、ますます渋い顔をして見せただけだった。

「そんなことだろうと思ったよ。でもどうして俺に。聞く相手なら他にもいるだろうが」

「生憎《あいにく》と、私の周りには恩田冬一郎に近しい者しかいないので。むしろ敵方にいたあなたのほうが、率直なところを話していただけるかと思って」

たとえ逆方向にバイアスのかかった話であっても、そのほうがむしろ日南子の視点にも近いはずだった。

「昨日あなたとお会いしたあと、あなたが作ってばら撒いたという所謂《いわゆる》『怪文書』の数々を見せてもらいました。しかしその中に、十二年前のあの事件について書かれたものはひとつもなかった。恩田を攻撃するなら、今なお格好のネタであるにもかかわらず、です。それは何故《なぜ》なんでしょう」

掛井は大きくため息をついた。そのため息には、仕方ないなとでも言いたげな諦めの響きがあった。

「あんなネタをほじくり返したところで、反感しか買わないのがわかり切ってるからさ。理由はそれだけだ」

「どういうことですか」わたしはまだ意味がわからず、問いを重ねた。「だって、談合は悪いことでしょう。恩田がそれに関わっていたのなら、批判されて然《しか》るべきことです。もしも業者からなんらかの対価を受け取っていたのなら汚職でもあります」

掛井は馬鹿にするように鼻を鳴らして、運転席の穂波に向かって言った。

「なあ、おたくのお嬢さんのこれは天然か？」

「そ、天然や」小さく肩をすくめて、彼女は答える。「けどあんま言うなや。そこが可愛いところやさかいな」

「何それ」思わず口を尖らせる。何か間違ったことでも言ったか、わたしは。

「まあ、説明すりゃ長くなる。この土地にいりゃ、おいおいわかってくることさ」そう言って、掛井は窓の外へ目をやった。「それより、今日は行くところがあると言ったろう。そろそろ出掛けるとするか」

確かに、昨夜の電話では誰かに会わせるようなことを言っていた。しかしそれが誰であるかまでは、まだ聞いていない。

「ちょっと遠出になる。今津まで行ってくれ」

「今津？」穂波が訝しげに眉をひそめた。「あないなところに誰がおるんや」

「門崎宗吉《とざきそうきち》」

ぼそり、と掛井が名を口にした。どことなく聞き覚えがある名前だった。『トザキ』と聞いて、門崎という字がすぐに頭に浮かんでくる程度には。

「おたくの先生の第二秘書だった男さ。三年前の選挙ではこっちの事務所に詰めて、恩田の息子を補佐してた。というより、指導係みたいな立場だったらしいな」

そう言われて、ぼんやりと面影も浮かんできた。確か小宮らと一緒に、実家の店にも何度か訪ねてきたこともあった。年齢的には小宮より、むしろ恩田のほうに近いベテランの秘書だ。

「つまり、恩田の事務所の中じゃあんたの兄貴にもっとも近かった男だよ」

「でも小宮は、その人のことなんて何も言ってなかったけど……」

「今じゃ秘書も辞めて、そこで療養中だからな。だからもう、そっとしておこうって配慮だろうよ」

掛井はぶっきらぼうに言って、シートにどっかと背を預けた。なんだか偉そうだ。

「療養中？」わたしは不安になって訊き返した。「だったらその……いきなり行って、面会できるものなの？」

「許可は取ってある。心配するな」

サイドブレーキを解除しながら、穂波は疑わしげにうしろを見やった。「そんなん、あんたみたいのがどうやって」

「おたくの堅物秘書の名前を借りた。『恩田事務所の小宮です』ってな」

小宮の声真似を交えて言ってみせた。一瞬、あの鬼瓦が突然現れたかと思うほど似ていた。

「声帯模写か。また、変な芸をお持ちで。悪巧みにはさぞ役立つやろな」

「まあね」掛井はそう、さらりと流す。「このところ状態も落ち着いてるとかで、そう難しくもなかったぜ」

運転席に目をやると、穂波は小声で「どないする?」と尋ねてきた。わたしはしばし迷ったのち、それでもゆっくりと頷く。門崎氏が本当に掛井が言うような人物なら、死の直前の兄の様子について、もっと詳しい話が聞けるかもしれない。

「わかった。で、うちが運転して行くんか?」

「そうなるだろ。それともお前ら、そんなに俺のディアブロ乗りたいのか?」

前方に駐めてある平べったい外車に向かって顎をしゃくってみせた。この田舎であんな派手派手しい車は、いくらなんでも悪目立ちしすぎる。

「しゃあない。ほな天気もいいことやし、ちょっくらドライブと洒落《しゃれ》こむか」

言葉とは裏腹に、どこか気の進まない口調で言って、穂波は車を発進させた。

18

着いたのは琵琶湖畔に立つ病院だった。葉を落とした木々からなる静かな森に囲まれて、古びたクリーム色の建物が静かに佇んでいる。

穂波と掛井をロビーに待たせて、わたしはひとりで病棟へと上がって行った。途中のナースステーションで名前を告げると、年配の看護師が恭《うやうや》しく現れて病室へと案内してくれる。

門崎氏がここに入院して、もう二年近くになるという。病名は鬱病。それとアルツハイマーも併発しているらしい。原因はやはり、兄の自殺のようだった。

真面目で責任感の強い人だったのだろう。兄の死を背負い込んで恩田の事務所も辞め、ついにはあとを追うように自殺も試みたとのことだった。しかし失敗し、以来ここで入院生活を送っているという。

「このところはずいぶんと具合もよろしいようですから、きっとお喜びになりますよ」

そう言って、年配の看護師は扉を開けた。わたしは彼女に一礼して、病室へと入って行く。

中は予想していた以上に明るかった。カーテンの開け広げられた大きな窓からは、陽光を受けてきらきらと輝く琵琶湖の湖面が一望できた。しかしその窓には、景色を台無しにするように無粋な鉄格子が嵌まっている。

ここも鳥籠だ。そんな思いがふと胸を過った。

その窓際のベッドに、小柄な男性がひとり横たわっている。髪は真っ白で、頬も痩せこけていた。

「こ……これは時枝さん。ようこそお越しくださいました。相変わらずお綺麗だ」

ゆっくりと身を起こしながら、門崎氏が母の名を呼んだ。わたしはにっこりと笑いながら、ベッドの脇のスツールに腰を下ろす。

「いえ、綾乃です。お久しぶりです、門崎の小父《おじ》さま」

幼い頃この人をそう呼んでいたことを、顔を見て思い出していた。

「そうか、綾乃お嬢さんか……大きくなったねぇ。もう高校生かい？」

もうすぐ三十です。言おうと思って、言葉を飲み込んだ。もしかしたらこの人の時間は、十数年前に巻き戻ってしまっているのかもしれない。

「お加減はいかがですか」

わたしは尋ねて、彼の痩せこけた横顔をじっと見つめた。年齢は六十半ばと聞いたが、それよりも十以上は老けこんで見えた。

門崎宗吉氏が政治の世界に身を投じたのは二十五のときだったという。やはり政治家秘書を長年務めていた父親の仲介で三津谷要の秘書となり、以来二十年にわたってその活動を支えた。総理となり、辞したあとも党の重鎮として権力をふるい続けた男の右腕として。やがて三津谷が病に倒れて政界を引退すると、その手腕を見込まれて恩田のもとへとやってきた。

しかし今のその姿に『昭和最後の妖怪』を支えた敏腕秘書の面影はまったくなかった。ただ疲れ果て、ゆっくりと枯れゆこうとしている老人にしか見えなかった。

そんな門崎氏に、兄のことを尋ねていいものかどうか。しばし迷った。それはおそらく氏にとって、もっとも辛い記憶に違いなかった。できれば思い出させるべきではないのだろう。小宮たちも、そう思ってわたしに氏のことを秘したのだ。

しかしそれでも、わたしは知らなければならなかった。でなければ、日南子を止めることはできない。彼女の悲しみを理解することはできない。

しばらく当たり障りのない昔話を続けたあとで、わたしは思い切って切り出した。背筋を伸ばして、真っすぐに氏に向き直って。

「ところで小父さま。今日は、ひとつ教えていただきたいことがあって来たんです」

門崎氏は、まだにこやかな笑みを浮かべたまま言った。

「何ですか?」

「わたしの兄、恩田直樹のことです。小父さまは、兄のことをよくご存じでしたよね。確か、兄が秘書になって以来ずっとお世話になったと」

背後に足音が近づいてくるのがわかった。さっきわたしを案内して、そのまま入り口近くでこちらのやり取りを窺っていた年配の看護師だろう。

「赤尾さん、その件については、ちょっと……」

彼女はわたしの肩に手をやって、やんわりと制止しようとする。しかしわたしはそちらを振り向きはせず、じっと門崎氏に視線を注いでいた。

最初は何を問われたのか理解できないようにきょとんとしていた老人は、しばらくして何かを思い出したのかゆっくりと目を細めた。そして元々血色の良くなかった顔がいっそう青ざめてゆく。

「門崎さん?」看護師が慌ててベッドに近付いた。「どうしました、門崎さん?」

老人はベッドの上で背を丸め、両手で口元を押さえた。その手もぷるぷると小刻みに震えている。

「教えてください、小父さま」わたしはなおも詰め寄った。「兄に何があったんですか。小父さまは何を知ってるんですか?」

申し訳ありません。小さなつぶやきが聞こえた。申し訳ありません、先生。申し訳ありません

申し訳ありませんもうしわけありません。

「もうやめてください！」

看護師が叫んで、わたしを押しのけた。そうして何事かと覗き込んできていたもうひとりの若い看護師に、「先生を呼んで。急いで！」と指示を送る。

わたしはもうそれ以上何かを尋ねることはできずに、ただ呆然と老人の豹変《ひょうへん》振りを見つめていた。やはり来てはいけなかったか。そんな罪悪感が胸の内にじわじわと広がってゆく。

そこへ、背後のドアが勢いよく開いた。医師が駆けつけて来たのかと思ったが、どうやら違うようだった。お待ちください、という若い女の声。しかしそれに構いもせずに、ずかずかと大股に歩み寄ってくる気配。

掛井だった。しかしさっきまでの革のジャンパーの代わりにくすんだ焦げ茶色の上着を羽織り、長い髪をうしろになでつけている。それだけでだいぶ印象が変わっていた。

彼は「あんたは黙ってろ」と唇だけで言うと、ベッドにどっかと座って門崎氏の肩を抱いた。そうして氏の耳に口を寄せ、低い声で囁きかける。

「落ち着け、宗吉」

門崎氏の体がぴくりと跳ね上がった。しかしそれとともに、両手の震えが収まってゆく。

「……先生」

何かを言いかけた看護師に、掛井はひとつ頷きかける。大丈夫、とでも言うように。そうしてまた老人に身を寄せ、耳元に口を寄せる。

「そうだよ、俺だ。わかるか、宗吉？」

それはひび割れたしゃがれ声だったが、不思議と耳には優しく響いた。

「先生……先生。申し訳ありません……わたしは、取り返しのつかないことを……」

「謝ることなんかねえ。宗吉、お前はよくやってくれてるじゃねえか。俺は心底、お前を頼りにしてるんだぜ」

「でもわたしは……直樹さんを。……ああ、あの人をお護《まも》りすることができなくて……あんな」

わたしは立ち尽くしたまま、それでも門崎氏のか細い声に耳をすませた。その言葉を、わずかな息遣いすら聞き逃すまいと。

「わたしは直樹さんを止められませんでした……やはりあの件には触れてはいけなかったんです……先生、わたしは……とんでもない裏切りを」

「違うよ。お前は秘書として、やるべきことをやっただけだ。気に病むな」

掛井がそう言って、細い肩に回していた腕に力を込めた。しかし門崎氏はなおも首を振り、両目から大粒の涙をぼろぼろと零す。

わたしはベッドに歩み寄り、身を屈めた。何だ。いったい兄は何に『触れた』のだ。大声で問い質《ただ》したい思いを必死で抑えながら、門崎氏の俯けた顔を覗き込む。

そうして老人の唇がかすかに動き、囁きほどのつぶやきを漏らした。

「……チルドレン」

確かにそう言った。掛井の顔に目を向けると、まるで痛みを堪えるかのように歪んでいた。

「もういい」彼は首を振り、絞り出すように言った。「もう何も考えるな。お前のせいじゃねえ」

ようやく顔を上げた老人に、掛井は優しく笑いかけた。

「今は体を治すことだけ考えろ。いいな?」

それはとうてい演技には見えず、彼の心からの言葉に思えた。それほど掛井の言葉は温かく、力強かった。

「そして早く戻ってこい。ほら、俺は宗吉がいねえとなあんにもできねえからよ……」

門崎氏はゆっくりと頷いた。動きは緩慢ではあったが、それでも口元にはほっとしたような笑みが浮かんでいた。

「はい……申し訳ありません」

また小声で、その言葉をつぶやいた。しかしその声には、さっきまでのような悲痛な響きはなかった。


駆けつけて来た医師と看護師に何度も謝罪してから病室をあとにすると、掛井の背中を追いかけた。彼は着ていた上着を脱いでナースステーションに放り投げ、なおも足早に薄暗い廊下を進んで行く。

「待って」

わたしが呼びかけても、振り返りすらしなかった。ようやく追いついて、その隣に並びかけ、わたしは尋ねる。

「さっきのは何だったの」

なぜ、この男はいきなり現れたのか。どうして自分なら、発作を起こしたように取り乱している老人を宥められると思ったのか。あの声真似は、いったい誰のものだったのか。門崎氏が『先生』と呼んでいたからには恩田かとも思ったが、あの男の声とは似ても似つかない悪声だった。

他にも尋ねたいことはいくつもあった。老人が漏らした『チルドレン』とは何のことか。数年前の衆院選で保守党が大勝した際に誕生した多くの一年生議員が、当時の首相であった小橋洋一《こはしよういち》郎《ろう》の名を取って『小橋チルドレン』と呼ばれたものだが、それとも違うだろう。では。

駐車場の隅に駐めた車の前で待っていた穂波が、わたしたちに気付いて歩み寄ってくる。

「どやった。話、できたんか?」

わたしは曖昧に「まあ……少しは」とだけ頷いた。掛井はというと、相変わらず不機嫌そうな仏頂面のままさっさとリアシートにもぐりこんでしまう。

「何や、あれ」

わたしは小さく肩をすくめ、車に乗り込んだ。そうして手短に門崎氏の話の内容を穂波に伝える。とはいえ、話せることはほとんどない。当たり障りのない雑談。兄のことを切り出してからの狼狽ぶり。そして掛井の登場、『チルドレン』というひと言。

「さっきのこと、教えていただいていいですか?」

わたしはバックミラーで掛井の顔を窺い、再び尋ねた。しかし彼はわたしにではなく、穂波のほうを向いて言う。

「この様子だと、お嬢さんに例のモノは見せていないんだな」

彼女は黙ったままだった。わたしはわけもわからぬまま、ふたりの顔を見比べる。

「知らなかったとは言わせねえぜ。人の悪行は散々暴露しておいて、それはちとアンフェアってもんじゃないのかね」

「関係ないと思たんや」ようやく重い口を開いて、穂波が言った。「話して、これ以上あんたに変な興味を持たれても困るしな。こっちは、あんたみたいないかがわしい輩からこの子を護るんが仕事なんや」

「だが本当にこのお嬢さんに協力するつもりなら、手札はすべて明かすのが筋だろう。関係あるかないかは、あんたが判断することじゃない」

ふん、と鼻を鳴らして穂波はまた黙った。そんな態度も、どこか虚勢じみて見える。

「穂波」わたしは静かに言った。「何か知っているなら教えてくれないか?」

しばしの間を置いて、彼女はダッシュボードから一枚の紙を取り出した。それを助手席のわたしに向けて差し出してくる。

「隠してたわけやない」

「わかってる。別に怒ってないよ」

本心からそう言って、わたしは受け取った紙片を広げた。昨日見せられた『怪文書』と同じく、A4サイズの紙にパソコンで打ち出された文字が並んでいる。しかし内容は逆で、恩田の対抗馬となった民和党候補、諸橋貴久《もろはしたかひさ》の陣営を攻撃するものだった。文章のタイトルには、『諸橋候補の側近に、あの「三津谷チルドレン」が！』とある。

「何、これ？」

「三年前の選挙で、あんたの兄貴がこいつに対抗してばら撒いた『怪文書』や」

「兄が？」

驚いて、再び文面に目を落とした。確かにこれは恩田の対立候補を攻撃するもののようだから、掛井が書いたはずはない。

「あんたの兄貴は、こいつの『怪文書』に相当ご立腹やったようでな。それで意趣返しとしてこれを書いた。周りは止めたがもう聞く耳も持たんかったらしい」

しかし、ざっと内容を流し読みしてみたもののよくわからない。どうやらこの民和党の諸橋という候補者の陣営に問題のある人物がいるということらしいのだが、何が問題なのかがはっきりと書かれていないのだ。ただ、その人物が『三津谷チルドレン』なるもののひとりであるとだけ。だがそれがいったい何だというのか。

「もしかして、門崎さんが言ってたのはこれのこと？」

おそらくは元総理の三津谷要のことだろうが、その『チルドレン』というなら、きっと子飼いの部下や後輩議員たちのことか。そう憶測してはみたが、だからといってそれの何が問題なのかは見当もつかなかった。

「小橋のとは違う。『三津谷チルドレン』いうんは、文字通り三津谷要の子供たちゅう意味や」

嫌悪感を滲ませた声で、穂波は言った。しかしそう聞いても、まだ意味はわからない。

「三津谷は総理の座を退いたのちも、党内で隠然と権力を振るい続けた。最大派閥の長として、あるいはキングメーカーとしてな。せやけど人間、権力を手にしたら最後にどんな夢を見るやろか。その権力を、自分の子供たちに引き継がせたい。そう思うもんやないか」

曖昧に頷いた。それを横目でちらりと見て、穂波は続ける。

「もちろん、三津谷にも後継者となる子供はおった。自分のもとで秘書として経験を積ませたのち、県議会議員も二期務め、いずれは国会の議席を継がせるつもりやった。けどそんだけでは満足でけんかったんや。せやから他の子供らを養子として子飼いの議員たちに押し付け、自分の引退後は議席を継がせる確約をさせた。あるいは身籠もった愛人を彼らの息子たちに嫁がせて、生まれた子供を後継者として育てさせた。子飼いの議員たちも従うしかなかった。三津谷に逆らえば、政治家として終わりやからな」

「……何のために、そんなことを？」

「決まっとるやろ。この国のトップを、自分の子供たちで固めるためや。自分と、自分の子供たちの王国を作り出すためや」

わたしはゆっくりと首を振った。もしも本気でそんなことを考えていたとしたら、三津谷という男は狂っていたとしか思えない。

「しかしその王国の完成を見ることなく、三津谷は死んだ。するとそれまで大人しくしとった子飼いたちも叛旗《はんき》を翻《ひるがえ》した。チルドレンたちは次々と後継者から外されて追放されていった。すでに議員になっていた者たちも、ありもしない不祥事をでっちあげられ、政治生命を断たれた。それでもまだ幾人かは生き残っていて、いつそのことが露見するかと怯《おび》えながら暮らしとる……とのことや」

なるほど。それなら確かに追放された元『チルドレン』が、恩田の対抗馬の陣営に入り込んでいても不思議はない。保守党に対する恨みもあるだろう。

「でも兄は、どこでそんな話を知ったんだ？」

「まあ、どこで聞いたんかは知らんけどな。それでも政治家の秘書なんかやってれば、自然に耳に入ってくるやろ」

つまり、その程度には知れ渡っている話なのだ。政治とは縁遠いはずのこの穂波ですら、ここまで詳しく説明できるくらいに。そもそもそうでなければ、この告発で諸橋陣営にダメージを与えられると兄が考えるはずもない。

わたしの視線の意味を読み取ってか、彼女はなおも続けた。

「地方いうんは、東京や大阪の人間が思てる以上に政治との距離が近いんや。特にこの土地は、長いこと土建王国でやってきた。目を引く観光資源もなく、全国に知られた特産もなく。それでもそこそこ潤ってきたんは、あんたのお父んらが引っ張ってきた公共事業のおかげや。そら嫌でも動向は気になるわな」

「それは天堂たちも？」

「もちろんや。あんたと天堂はん、それぞれのお父んが同じ町から成り上がっていったのも偶然やないんやで。人足の手配に砂利の運搬、果ては土地の切り取りとそのあと始末まで、山王会も色んな形でそうした工事から利益を上げてきた。まさに先生様々や。それはあちこちで公共事業費削減が叫ばれるようになってきた今かて大して変わらん。せやからうちが呼ばれる宴席でも、おっちゃんどもは興が乗ってくればすぐに政治談議をはじめよる。おかげで真面目な話からえげつない噂話まで、すっかり詳しゅうなってしもうたわ」

何となく納得した。彼女の言う東京と地方の空気の違いは、わたしが身をもって感じてきたことでもある。何しろ向こうではただのキャバクラ嬢に過ぎなかったわたしが、帰ってきたとたんにどこへ行っても大騒ぎなのだから。おそらくはそうした土壌が、あの政権交代の風の中でも恩田の議席を盤石なものにしてきたのだろう。

「でも……」とわたしは、再び手の中の『怪文書』に目を落とした。「いったい誰なんだ。その諸橋陣営にいた『チルドレン』ってのは」

穂波はかすかに笑い、リアシートに向かって顎をしゃくった。「こいつや」

わたしは驚いて振り返った。掛井はそれに対しても、不機嫌そうに眉をひそめただけだった。

「こいつの父親は元総理大臣、それも『昭和最後の妖怪』言われた三津谷要。掛井いうんは母方の姓やったな」

「本当なの？」

「まあ、な」彼はそっぽを向いたまま、ぶすっと答えた。「それは事実だ」

「じゃあさっき、病室でやった声真似も……」

「お袋によれば、どうも俺はあいつの若い頃によく似てるらしい」

門崎氏は、恩田の事務所に入る前は三津谷の秘書をしていたという。ならば氏にとって、三津谷もまた『先生』に違いなかった。しかし。

「でも……だったらなぜ、門崎さんは兄のことをあなたに謝ってたの」

「さあな。たぶんあの爺さんも混乱してて、三津谷とあんたの親父さんとがごっちゃになってたんじゃないか。あれなら変な演出なしで、声だけでも十分だったかもしれないな」

そう言って、掛井は後味悪そうに顔を顰めた。わたしはまだ釈然としないまま、それでも何となく頷いた。

「といっても、あんたと同じで正妻の子やない。母親はこいつを産んだあと、三津谷の秘書だった村上一洋《むらかみかずひろ》と結婚して、こいつもその息子として家に入った」

一洋氏はその後三津谷のバックアップを受けて衆院選に立候補し、議員となったという。以後三十五年間議員を務め、数々の閣僚も歴任する。息子となった紅陽も大学卒業後父親の秘書となったが、その三年後に三津谷が死んだ。そして彼も秘書を辞め、村上の家を出た。つまりは追放されたということか。

それならば彼が政治の世界を去らず、母親の旧姓である掛井の名を名乗りながらフリーの選挙参謀という仕事を選んだ理由は。自分を追い出した保守党の議員をひとりでも多く落としてやる。そんな復讐心からなのか。

ならば兄の死は。兄は、その禁忌に触れてしまったから死んだのか。門崎氏が止めたにもかかわらず、ただ私的な怒りに駆られて。ならば本当は自殺ではなく、何者かに。

「おい」背後からせせら笑うような声がした。「まさかあんた、こんな話を本気にしてんのか。まったくおめでたい人だな」

言われて、また掛井に目をやった。しかし彼はそれ以上は何も言わず、ただ意地悪そうにひひっと喉を鳴らしただけだった。

「もちろん、全部ただの噂や。根も葉もない、な」

「噂って……じゃあ、全部作り話ってこと？」

「常識で考えてみろっての。まあ、三津谷がとんでもない助平爺だったことは事実だがな。あっちこっちで女に手を出し、子供まで作ってたことも。でもそこまでさ。俺が村上の親父の事務所を辞めたのも、別に追い出されたわけじゃない」

穂波は呆気に取られたわたしに向かって、どこか済まなそうに両手を広げて見せた。

「この話を知ってるもんも、みんな本気にはしとらんやろ。ただ三津谷いう男もけっこう強烈なキャラクターしとったからな。あの爺さんならちょっとはありうるかもしれんいうて、勝手にひとり歩きしとるだけや。ま、一種の都市伝説みたいなもんか」

でも、とわたしは口を挟んだ。兄はどうなんだ。あんな『怪文書』を作ったからには、兄だけはその話を本気で信じていたということではないのか。

「あんたの兄貴かて同じや。こんな与太話本気にするような馬鹿に秘書が務まるかいな。けどこいつの『怪文書』と同じで、信じる信じないはともかくネガティブなイメージだけはべったり塗り付けられるからな。効果は十分にある」

わたしはあらためて考え込んでしまった。なら、これは兄の死とはやっぱり無関係ということなのか。それならなぜ、掛井はわたしをここに連れてきた。

19

車は長浜の手前でインターを降り、来たときとは別のルートを走っていた。しばらく市内を走ったのち、やがてまだ新しい幹線道路に入る。

穂波は一度だけ、何か意味ありげに「こっちでええんやろ」と掛井に確認した。答えは「ああ」と短く一度。どういう意味なのか尋ねても、彼女は曖昧に笑うだけだった。

やがて道は市街地を離れ、両側はさっきの病院の周囲と同じような、葉を落とした木々がただ並ぶばかりになった。その中を、舗装もまだ真新しい道路が山の斜面に沿って続いている。

しかし両側二車線の道路は、すれ違う車もほとんどない。一度だけ工事用の資材を積んだものと思われる大型トラックを見かけたが、あとはそれっきりだ。

信号もない道を十分ほど走ったあたりで、わたしはぽつりと漏らした。「変な道路」

「……やろ?」と、穂波が返してくる。

「だって、こんなに広くて綺麗で、それなのに誰も使ってない」

運転席に目を向けると、彼女が訊いてきた。「この道、何かわかるか?」

「……うーん、何？」

「第二県央道」穂波は答えた。「あんたの友達のお父んが、命張って通そうとした道や」

わたしははっとして、再び窓の外へと目をやった。しかしそれと同時に車はトンネルへと差しかかり、あたりが暗くなった。

「計画通りなら、彦根と岐阜羽島《はしま》のインターをそれぞれ繋いでバイパスの役目も果たすはずやった。けど着工から十年経ってまだ半分も開通しとらん」

北西から南東に向かって、途中いくつかの都市をかすめながら県を斜めに貫いてゆく格好だ。そう聞けばけっこうな距離にも思える。

「そやな。確かに県だけじゃこんな大掛かりな計画はでけん。米原《まいはら》ジャンクションの渋滞緩和を名分に、国からも結構な金が出とる。せやから三上はんも必死で実現させよとしとったらしいわ」

トンネルもかなり長いようで、出口はなかなか見えてこなかった。トンネル内を照らす明かりだけが、次々と窓の外を流れて行く。これじゃ電気代だって相当なものだろうに、なんてこともぼんやりと思った。

バックミラーにも、ぽつんと小さな光。どうやら後続車のヘッドライトのようだ。しかしふたつの光がほとんどひとつになるくらい距離は離れていた。

「無駄な公共事業の典型ってやつだね」

「あんたも、そう思うクチか」

またせせら笑うような声で、掛井が言った。わたしはむっとして振り返る。

「違うっての？」

「この道だって、全線開通しさえすればそれなりの利用が見込める。沿線の町もいくらかは潤う。工場や企業だって誘致できたかもしれん。途中の邪魔な山をぶち抜いてる分、下を走ってる国道よりもよっぽど便利だからな。だが、どうしてこうなったか」

どうしてだって言いたいのか。わたしは掛井のやや頬のこけた横顔を見つめ、先を促した。

「道路局長が死んでしばらく経って、入札は第三者の監視団も入れて再度行われた。実に二十社以上が参加し、結局は大手ゼネコンを中心とするＪＶ（共同企業体）が全区間を独占する形で落札した。どう考えたって利益が出るとは思えないような安値でな。今よりまだましだったとはいえ、その当時でもどこも業績は思わしくなかった。大手だって、そこまでしてでも仕事が欲しかったんだろう。

そして仕事を取ったからには、そんな予算でも何とか利益を出そうとした。低賃金で外国人労働者をこき使い、工期も無理やり短縮し……結果、事故は起こるわ手抜きは発覚するわ、しまいにはＪＶに参加していた中堅ゼネコンのうちふたつが経営破綻し、工事は中断された。さらに折からの公共事業費削減の流れを受けて、追加の予算も見送られた。そうして残ったのがこの、誰も使わない中途半端な道路ってわけさ」

掛井はそこまで言って、また苦々しげに唇を歪めた。

「こんな話は、全国どこにも転がってる。でもどいつもこいつも、結果だけ見て無駄だ無駄だと騒ぐだけで、どうしてこうなったのかはまるで考えようともしない。まあ、自由競争ってやつを全否定するつもりはないが、行きすぎれば揃って共倒れするだけさ。だから、ほどほどのところで調整する者が必要になる。それが政治であり、行政の役目ってもんだ。この道に関してだって、当初はそうだった。ちゃんと利益が出る予算で、地元のゼネコン持ち回りで建設することになっていた。こんな土地を通すだけに、橋梁《きょうりょう》は橋梁を得意にする業者に、トンネルはトンネルが得意な業者にってな具合に、それぞれの得意分野まで考慮してな。そのまま進んでいれば、もっと早く全線が開通していたはずさ。

しかしそうはならなかった。世間じゃそれは、談合と呼ばれるらしいからな。確かに元は税金だ。競争を排除し、それを不当に吸い上げてるってなら問題もあったろう。しかし当初の予算だって、取り立てて高かったわけでもない。むしろ、他県の同規模の工事と比べても、単価で見れば安かったぐらいだ。

しかし正義気取りの馬鹿どもにゃ、そんな数字なんてどうでもいいのさ。ただ工事の入札が全線一括自由参入でなかったことを突き、業者と癒着してたと決めつけて騒ぎ立てた。ひとたび騒ぎになっちまったら、それがいくら必要なことだと説明しようと、もう誰ひとり耳を傾ける者などいない。あとは誰かが悪者になって吊るし上げられないかぎり、世間ってやつは納得しないのさ」

「そうして吊るし上げられたのが、日南子の親父さんだったってわけ？」

掛井は長いため息をついた。それからしばしの間を置いて、低い声で続ける。

「騒いでた連中の本当の狙いは、あんたの父親、恩田冬一郎だったはずだ。建設省に働きかけて、この工事に国の金を引っ張ってきたのも、やっぱりあの男だからな。道路局長はその盾になったんだ。すべてをひとりで背負って、生贄《いけにえ》になって死んだ」

それによって騒ぎは沈静化し、恩田は守られた。しかしそれは、あの男が日南子の父親を見殺しにしたということじゃないのか。いやむしろ、すべてを三上氏に押し付けて殺したも同然ではないのか。

「これは、前原のおっちゃんから聞いた話やけどな」

わたしの表情を見て、まるでその内心を読み取ったかのように穂波が口を開いた。

「恩田の先生は、全部認める覚悟を固めてたそうや。日が明けたら会見を開いて、談合を主導したことを認めて、その上でことの是非を問いかけるつもりやった。あんたのお父んはそういう人や。誰かが泥被らなあかんのなら、自分が被る。それが政治家ってもんやと。でもそういう人やからこそ、守りたかったんやろうな……三上はんは」

ハンドルを握ったまま、彼女は目を細めた。

「葬儀のあとで、身内だけになって……先生はずっと号泣されてたそうや。すまん、すまんってな。せやからいうて、もう自分が出て行くわけにもいかんかった。そんなことしたら、三上はんは犬死にやもんな」

それは、一昨日小宮から聞いた話とも一致する。恩田はその償いのために、以後三上氏の家族を陰ながら支援してきたということか。

「それが、あんたの知りたがってた十二年前の事件の真相だよ。満足したか？」

穂波が車のスピードを落とした。前を見ると、二、三百メートルほど先で唐突に道路は終わっている。その手前で、工事用車両が利用すると思われる砂利道が細い枝のように分岐していたが、雑草が生い茂ってあまり利用されているようにも見えなかった。

「魔女狩り、みたいなものか」

誰に言うともなくつぶやいてみる。それを聞いた穂波が小さく頷いて、静かな声で言った。

「そやな。不景気が続いて、みんな苛立っとる。こういうとき、世間はわかりやすい悪者を欲しがるんや」

その声は、奇妙にじわりと体に染み込んでくる。まるで自分の心根を見透かされているような、そんな居心地の悪ささえ覚えた。

「自分らの商売がうまくいかんのは、誰かがこっそりズルしとるせい。どこかにきっと、悪いことしてええ思いしとるやつがおるはずや、て。そう考えたほうが楽やもんな」

「さらにその僻《ひが》み根性を煽《あお》って、義憤であるかのように勘違いさせる連中もいる。そいつらも所詮金儲けのためにやってるだけなのに、わけもわからず乗せられて騒ぎ立てて、溜飲を下げた結果がこの始末さ。おかげで国は痩せ細り、巡り巡って自分たちの食い扶持《ぶち》もさらに減っていくのにな」

わたしは再び窓の外へと目をやって、まだ真新しく黒々としたアスファルトを眺め渡した。何が正しいのか。話を聞くうちに、自分のこれまでの認識があやふやになって来る。

「しかしあんたもそう言いながら、公共事業費削減を叫ぶ民和党の候補を応援しとるやないか。やつらもまた、土地の事情なんざお構いなしに騒ぎ立てとる側やで」

「そこはこっちも商売だしな」

卑屈に肩をすくめて、掛井はぼそりと答える。しかし彼は選挙の際に、そのことを蒸し返そうとはしなかった。

「騒いでたのは、この土地とは関係ない他所《よそ》の連中ばかりだ。土地の人間はみんなわかってた。だから、逆効果にしかならんと思った。それだけさ」

車が停まった。枝分かれした砂利道の入り口近く。この先には、工事の中断によって無人のまま放置されたプレハブが立っているだけらしい。

「日南子も……そういう事情は知ってたのかな」

「まあ、母親やら周囲の人間から聞かされててもおかしくはないがな。けど事情はわかってても、当事者はそうそう納得できるもんでもなかろ。誰も悪ないいうたって、現に父親はおらんようになってしもうたんやからな」

そう言いながら穂波はハンドルを切って、広い道幅いっぱいを使ってUターンをした。窓の外の殺風景な景色がぐるりと半回転する。

「いくら生活や学費、それから仕事まで世話してもらったかて、清算できるもんでもあらへん。憎める相手がおるんならそのほうが絶対楽なんや。わかりやすい悪者が必要だったんは、あんたの友達かて同じじゃや」

十七歳の頃の日南子を思い出す。人懐っこくて、無防備で、見ているこちらまで温かくなってくるようなあの笑顔を。あの笑顔の裏に、彼女はそんな鬱憤《うっぷん》を隠していたというのか。

そのとき不意に、穂波のスタジャンの中からくぐもった音楽が流れ出てきた。彼女は片手で携帯電話を取り出して、表示されている番号を見もせずに耳にあてる。

「……さよか。動き出したか」

低い声で短く答えて、すぐに通話を終える。

「どうしたの？」

「ま、ちょっとしたお遊びの時間や」

彼女はそう言って、不敵に唇を歪めて見せた。

20

前方に、さっき通過したトンネルが近づいてくる。そのぽっかりと開いた口の中に、きらりと何かが光るのが見えた。やがて、一台の大型トラックが陽光の中に走り出てくる。

この先には何もない。それはさっき自分の目で確認したばかりだった。ならいったい、あのトラックは何をしに来たのだろう。

穂波が顔を前方に向けたまま、リアシートの掛井に言った。

「あんたもベルト締めとき。ちょい揺れるで」

トラックが近づいて来た。距離はもう百メートルほどだろうか。速度もかなり出ている。六、七十キロは出しているだろうか。窓を閉め切った車内にも、低い唸りのような重低音が伝わってきていた。

そしておよそ三、四十メートルほどまで迫ったところで、トラックはいきなり頭を振り、こちらの車線へとはみ出してきた。

「来たで！」

穂波が楽しげにすら聞こえる声を上げ、大きくステアリングを切った。ワゴンRはタイヤを鳴らしながら横滑りし、トラックが空けた反対車線に飛び込んで行った。リアシートで掛井がのけぞるように倒れ、シートから転がり落ちるのがわかった。

トラックは再び頭をこちらに向けようとしてきたが、軽自動車の小回りについてこられるわけもない。私たちの車はそのままトラックの脇をすり抜けてゆく。すれ違ってみれば、遠目に見たよりもはるかに大きい。ぶつけられたらひとたまりもないだろう。

そのまま数十メートル走ったところで、穂波は今度は逆にステアリングを切った。車はほとんど反転した状態で車道の真ん中に停まった。フロントガラスの向こうに、黒煙を吐きながら走り去ってゆくトラックの後ろ姿が見えた。

「おい！」掛井が怒ったように言ったが、その声はくぐもっていた。「いったい何だ。いきなりどうしたってんだ！」

「だからベルト締めとき言うたんや」

へへっ、と穂波が笑った。やはり、さっきまでと比べて明らかに声が弾んでいる。

「何なの、あのトラックは」

「ここの下で乗り換えたらしいな。病院で見たときは黒のシビックやった」

病院というのはさっきの、門崎氏が入院していた施設のことだろう。では、彼女はそのときからすでに尾行に気付いていたわけだ。

「わかってたなら、どうして……」

「とっ捕まえて締め上げるなら、仕掛けて来るの待ったほうが話が早いやろ」

こともなげに答える。しかし捕まえるも何も、彼女は車を動かそうともしない。

トラックはしばらく逃走したあとで、ブレーキランプを赤く灯《とも》してスピードを落とした。それからゆっくりと、道幅いっぱいを使って切り返しをはじめる。もう一度来るのか。窓の上の手摺を摑んでいた掌に、じわりと汗が滲んでくる。

「さて、と。どこまでの覚悟があるか、見せてもらおか」

穂波はまた不敵に笑って、ハンドルを握り直した。そうして態勢を立て直したトラックが再び前進をはじめるのに合わせてアクセルを踏む。止まっていた景色が、息を吹き返したように流れ出した。

「おいあんた……何考えてる。やめろって……」

ワゴンRは速度を上げながら、真っすぐにトラックに向かって行く。獰猛《どうもう》な獣の顔にも見えるフロントが、見る見る近付いてきた。

「やめろってんだ、おい！」

ほとんど悲鳴のような声で掛井が叫んだ。しかしほぼ同時に、トラックが進路を変える。巨大な鉄の塊が、ミラーをかすめて通り過ぎて行った。それを確認して、穂波も反対側へとステアリングを切り、空っぽの荷台を避けてすり抜ける。

「やっぱ虚仮脅しかい。つまらんやつや」

今度は大きく運転席のほうへ体が振られた。ほとんど片輪を浮かすようにして横滑りし、再びトラックへと向き直る。それと同時に黒塗りのメルセデスベンツが一台、トラックの脇を抜けて来て私たちの隣に急停車した。

「姐《ねえ》さん！」

スモークのかかったウィンドウが開いて、男が身を乗り出してきた。確か新井とか呼ばれてた、天堂のところの若衆だ。

「お前らだけかい。残りは？」

「トンネルの出口で待機してます。どうしますか？」

穂波はふん、と鼻を鳴らして前方に目を戻した。トラックはまだ大きな体を持て余すように蛇行しながらも、スピードを上げて走り去ろうとしていた。

「訊くまでもないわな。狩るで」

言うが早いか、彼女はアクセルを踏み込んだ。バックミラーの中で、ベンツが慌てて切り返しをはじめるのが見えた。

狩るといったって、いったいどうやって。図体の大きさはまるでウサギと象ほどの違いがある。体当たりしたって吹き飛ばされるのがオチだ。

「いいから黙っとき。うちの獲物や、楽しませえ」

切り返したベンツがようやくこちらに追い付いて、運転席の側に並びかけてきた。新井はまた大きく半身を乗り出して、何かをこちらに差し出してくる。見ると、それは黒光りする拳銃だった。穂波の手にはあまりに大きくて、武骨だ。

「P220かい。豆鉄砲やないか」不満げに唇を尖らせて、彼女は言う。「ま、ないよりゃましかいな」

新井はウィンドウから体を引っ込めて、助手席に収まった。しかしまだ並走したまま、指示を仰ぐようにこちらを見ている。

トンネルの入り口が近付いてきていた。トラックはなおもスピードを上げながら、ぽっかりと開いた暗い穴に飛び込んで行く。

「アルファ、ブラボーはカモの前に出て、六十キロを維持して先導せい。チャーリーはバックアップ。うちらについてこい。ええな?」

「何すか、そのアルファだなんだってのは」

「気分や。こういうんはノっとけ」

新井が苦笑いしながら、携帯電話を取り出した。そんな表情をすると、年相応の無邪気さが覗く。

ベンツがわずかに速度を落とし、わたしたちのうしろに下がっていった。次の瞬間、わたしたちの車もトンネルへと吸い込まれた。なだらかにカーブした先に、トラックのテールランプがちらちらと見え隠れしている。距離はそれほど離れていない。

穂波は手の甲で器用にハンドルを押さえながら、拳銃の弾倉を開いて中身を確認していた。それを見ながら、わたしは大声で尋ねた。

「あんた、そんなもの使えるの？」

「どうやろ。久しぶりやさかいなぁ……」

なんて言いながらも、弾倉を元のように収めてスライドを引く動作は手慣れている。そもそも久しぶりってことは、前に使ったことがあるってことじゃないか。そりゃあ、以前店で一緒に働いていた同僚たちの中に、馴染みの客と一緒に韓国まで射撃ツアーに行ってきたなんて子もいたが、そんな付け焼き刃とも違うようだった。

再び明るい陽の中に飛び出すと、トラックがスピードを落とした。その向こうに、後続と同じような黒塗りのベンツが見える。さっきの穂波の指示通り、二台で進路を塞いでいるのだろう。

ほんの十メートルほどまで接近したところで、穂波は拳銃を持った手だけを窓から出した。銃口はもちろんトラックに向いている。

「タイヤだ、タイヤを撃て」掛井がうしろから身を乗り出して言った。

「あほか。豆鉄砲で足撃ったところで、あないなデカブツが止まるかいな」

確かに彼女の言う通り、荷台の部分だけでも六輪、しかもタイヤは二重になっている。それを全部パンクさせるのも難しいだろう。

「だから潰すとしたら……目やな」

そう言って、彼女は無造作に引き金を絞った。トラックのエンジン音をかき消さんばかりの銃声が響き、トラックの運転席の反対側で目映《まばゆ》い光が弾け散った。見ると、サイドミラーがひしゃげて鉄の枠だけになっていた。

「ひとつ」

片手でハンドルを操作して、横滑りするように今度は運転席側に回り込んだ。そしてやはり、一発だけで正確にサイドミラーを撃ち抜く。

「ふたつ……と。もうひとつは、ちと難しいな」

彼女は車をトラックの真うしろに戻し、ウィンドウから半身を外に出した。それでも左手だけはまだハンドルに添えられたままで、ぴったりと車の姿勢を保っている。

そして銃声。今度もまた一発だけだった。トラックの運転席の背後にある横長の小窓に小さな穴が穿《うが》たれ、蜘蛛《くも》の巣のように細かい罅《ひび》が広がった。わたしの目では確認できないが、運転席のバックミラーを破壊したのだろう。

これで襲撃者がわたしたちの位置を知るには、自ら振り返らなくてはならなくなった。それも荷台に阻まれて、なかなか思うようにはならないだろう。そして何より穂波の正確な射撃が大きな恐怖を与えているに違いなかった。

狼狽してハンドルをとられたのか、トラックが再び蛇行をはじめた。穂波はシートに腰を落ち着けると、「これでみっつや」と得意げに言って、ふふんと鼻を鳴らした。

「えーっと……葛木穂波、さん？」

「ほい？」

「確か、前職は公務員だとか言ってたけど……そのお役所って、警察、とか？」

きょとんと目を丸くして、穂波は「まさか」と答える。「そない物騒なところにおったように見えるか？」

「あ、いや……何となく、もしかしてーと思っただけ。ごめん、違うよね」

「そう、違う違う」あはは と快活に笑って、彼女は言った。「陸自や」

おい、と突っ込む気にもなれなかった。呆気に取られて、ほのかに頬を紅潮させているその横顔を覗き込む。

「居心地はよかったんやけどな。でも女子寮のＷＡＣ食いまくって、片っ端からその道に目覚めさせてやってたら、幕僚長から直々に呼び出されてな。『お願いだから退官してくれ』って泣かれてもうたわ」

「はあ……で、そのワックって何？」

「ウィメンズ・アーミー・コープス。女の隊員を陸自じゃそう呼ぶんや。みんな女だてらに真面目に国防考えとる子らばっかやけど、お偉方にとっちゃ女に縁のない野郎どもの嫁候補でしかあらへんからな。それを台無しにされたら、泣きたくもなるやろ」

そう言って、彼女はまた朗らかに笑う。そうしてアクセルを踏み込むと、トラックの運転席へと近付いて行った。

「おい」穂波は窓から顔を覗かせて、言った。「『うしろの目』は潰したで。どうする、大人しく止まるか?」

返答はない。にやりと凄みのある笑みを浮かべて、彼女は続けた。

「それとも、『前の目』も潰されたいか。簡単やぞ?」

車高もかなりの差があるため、ドライバーの顔は見えない。それでも、ドライバーがびくりと体を震わせるのが見えるような気がした。

それが気のせいではなかった証拠に、トラックはすぐにスピードを落としていき、やがて停まった。三台のベンツからそれぞれ男たちが飛び出してきて、その運転席に群がってゆく。しばらくして、ひとりの男が車外へと引きずり出された。頭頂部の薄くなりはじめた、五十年配と見える貧相な男だった。顔に見覚えはない。

続いて車を降りたわたしたちに、男たちのひとりが駆け寄ってきた。そうして穂波に短く耳打ちをする。彼女は「さよか」と頷いて、わたしに向き直った。

「捜しとった相手やで。あれが、小月武安や」

驚いて、男たちに一歩近付いた。その中央で、うしろ手に腕をねじ上げられた格好で地面に伏している姿を覗き込む。これが、日南子に接触してきたフリーの雑誌記者。でもその彼が、どうしてわたしたちを襲ってきたのか。

21

それは日南子が美大で学芸員資格を取得し、故郷の町へ帰って行って三年ほどが経った頃のことだった。仕事で上京したついでに食事でも、との連絡を受けて、わたしは待ち合わせの店に向かった。久方ぶりの再会に心を躍らせながら。

店に着くと、彼女はもう先に来ていた。その隣には、わたしたちよりやや年嵩《としかさ》と思われる男性が座っていた。がっしりとした体格ながら鼻筋の通った面差しは涼しげで、意志の強さと誠実さを滲ませた目が印象的だ。彼が何者かは、すぐにわかった。写真では、何度か目にしたことがあったからだ。

「恩田直樹です。あなたが、綾乃さん？」

そんな他人行儀の第一声ではあったが、兄はすぐににっこりと嬉しそうに笑った。初めて会う兄の笑顔は想像よりもずっと柔らかく、親しみを感じるものだった。

「驚かせてしまって済まない。僕が無理を言って頼み込んだことなんだ」

彼はそのとき三十歳。勤めていた商社を退職し、あの男の秘書となって二年目だとのことだった。今は選挙区と東京の事務所を行ったり来たりで、なかなか忙しい身のようだ。

「えっと……その、何だ？」

わたしは日南子に肩を寄せて、曖昧に尋ねた。彼女はぺろりと舌を出して、小さく「ごめん」

と囁くように言う。

「てことは、やっぱり。いったいいつから？」

ふたりの関係は、訊くまでもなく理解できてはいた。東京で水商売なんてやっていれば、嫌でもそっち方面に鼻は利くようになる。

「もうすぐ、一年くらいかな。もっと早く話そうかと思ってたんだけど、何だか切り出しにくくって」

別にわたしに謝ることじゃないだろ。そう目で伝えながらも、軽く肘で小突いてやる。

「地元の文化ホールでのイベントで知り合ったんだ。でも彼女が君の友人だということはまったく知らなくてね。彼女の口からそれを聞いたのは、交際しはじめてだいぶ経ってからだった」

「それも、何て言うか……」日南子はそう言って、可愛らしく肩を窄《すぼ》めて見せた。「なかなか言えなくて」

「でもそれを聞いたら、何だか彼女と知り合うこともあらかじめ決まっていたかのような……運命的なものも感じてね。それで機会があったら君にも会わせてほしいと、前から頼んでいたんだ」

議員秘書という職業柄のものとは違う、心からの笑顔であることは伝わってきていた。あまりに無防備で、あけすけで、まるで十年来の友人に向けるもののような。だからわたしも、ついついつられてガードが下がってしまう。

「急なことで、失礼ではないかと心配もしたのだけど……それより、会いたい気持ちが勝ってね。

でも、気を悪くさせてしまったかな？」

いいえ、と首を振った。本心だった。確かに一瞬驚きはしたが、決して嫌な気はしなかったのだ。そう感じている自分が意外で、そのことが嬉しくもあった。自分はこの人に対しては何のわだかまりも持っていないいんだ、と気付かされたことが。

しかしこの人のほうはどうなのだろう。それが気にならないでもなかった。考えてみれば彼はあくまでも正妻の子で、あの男の正式な息子である。妾腹《めかけばら》のわたしのような存在には、たとえ血は半分繋がっていようといい感情は抱かないものではないのだろうか。

しかしそんな卑屈な懸念も、兄は笑顔で吹き消してくれた。

「君のことを人づてに聞いたのは、二十歳も過ぎてからのことだったんだ。それからずっと気になっていた。どんな人で、どんな風に暮らしているんだろうとね。自分に血を分けたきょうだいがいるということが、純粋に嬉しかったんだ。確かに、もっと幼い頃に聞かされていたら色々捻くれたことも考えたかもしれないけどね」

彼は生まれも育ちも東京で、秘書になってはじめて選挙区であるあの町を訪れたのだという。それなら、わたしのことをずっと知らずに暮らしてきたのも不思議ではなかった。常に彼と彼の母親の存在を思い知らされながら生きてきたわたしとは正反対だった。

わたしは兄の顔をしげしげと眺め、そして言った。

「あんまり、あの男とは似てないんだね」

「あの男って……父のことかい？」そう訊き返して、兄はにやりと笑った。「実は、そう言われるとちょっと嬉しいんだ」

やがて兄は仕事があるとのことで、店をあとにした。どうやらわたしに会うためだけに、無理に時間を作ってやってきたらしい。

ふたりきりになると、日南子はまた顔を伏せて「ごめんね」と言った。

「だから気にするなって」わたしはそう繰り返す。「むしろ感謝してる。たぶん前もって知らされていたら、わたしは来なかったと思うからね。でも、来てよかった。会えてよかった」

そう言って頷き返すと、彼女はようやくほっと息をついて笑顔になった。そして「よかった」と小さな声。

「でも驚いたよ。日南子にそういう相手がいたってだけでもびっくりなのに、それがわたしの兄貴だなんて」

しみじみとそう言うと、彼女はまた居心地悪そうに肩を窄めた。「反対する？」

その問いに、わたしは即答することができなかった。これから彼女が厳しい道をゆかなければならないことはわかっていたからだ。

人物だけを見るなら、十分に信用するに足ると思った。日南子に対しても優しく、何よりふたりの雰囲気がいい。お互いがお互いを思い合っているのが伝わってきて、一緒にいるのも心地よかった。まさにお似合いと言えるだろう。

しかし彼らの場合はそれだけでは済まないのだった。兄はあの男のただひとりの息子であり、後継者でもある。いずれは地盤を引き継いで、国政に出て行くことを義務づけられているとも言える。そうなれば、伴侶となる女性を自由に選ぶこともできないだろう。

「大変だろう、ってのはわかってるんだ」

日南子が言った。私も小さく頷き、「だろうね」と答える。

「でもね、あの人の力になりたいって思ってるんだ。最初はね、綾乃のお兄さんってどんな人なんだろって興味だけだったんだけど……今では、何より大事な人なの」

「わかってる」わたしは答えて、グラスを持ち上げた。「応援するよ」

彼女の表情がぱっと花開いたような笑顔に変わった。そうして笑うと、出会ったばかりの十七歳の頃の面影そのままになる。

「よかった。綾乃がそう言ってくれたなら、きっと頑張れる。ううん……頑張る」

そうしてわたしたちは、静かにグラスを合わせる。ちん、というかすかな音が、遠くの鈴の音のように優しく耳に届いた。


現在のわたしが問いかける。

日南子。その笑顔は本当に、心からのものなのか。そう信じていいのか。

22

ごつん、という衝撃を側頭部に感じて、わたしは現実へと引き戻された。目を開けると、あたりはやはり暗かった。もうすっかり夜のようだ。フロントガラスの向こうに、だだっ広い空間が広がっている。アスファルトに白いラインが引かれていることから、どこかの駐車場らしいのだが、駐められている車はほとんど見当たらない。

「あんな大立ち回りを見せられたあとで居眠りかい。肝が座ってるのか、それともただの馬鹿か。どっちだ」

声に振り向くと、闇の中に意外にも健康的な白い歯が浮かび上がった。車内に残っていたのは掛井だけだった。運転席には誰もいない。

「……穂波は？」

尋ねると、彼は無言で顎をしゃくった。そちらに目を向けると、パチンコ屋のような派手派手しい建物がぽつんと立っていた。しかし営業はしていないようで、明かりは完全に消えて闇の中に沈んでいる。

「さっきのオヤジを連れて中に入って行った。怖い兄さんたちも一緒にな。もうだいぶ経ったが」

おいてけぼりにされたってわけだ。とはいえ、居眠りしてたのは自分なのだから文句も言えない。

「で、あんたはどうして残ってんの。こんなとこまで付き合うことないんじゃない？」

「何だ、急に冷たくなりやがったな」不服そうに口を尖らせて、掛井は言う。

「だってもう用は済んだし」

「車で待ってろと言ったのはおたくの姐さんだぜ。何しろ変なところに居合わせちまったからな。これでもしさっきのオヤジがどこかに浮かぶことになれば、俺はやつらにとってマズい証人になるだろうし」

そういうことか、と納得する。しかしそれなら、誰も見張りにつけずに放ったらかしってのも杜撰《ずさん》なものだ。おそらくは、彼女たちにしても小月を殺したりする気はないのだろう。

もう一度目を凝らし、夜闇の中に沈んだパチンコ屋を観察した。明かりはまったく漏れてきてはおらず、中に大勢の人間がいるような気配はない。中に入って行ってみようかとも思ったが、やめた。勝手に途中から割り込んでいっても、穂波たちだって迷惑だろう。

かといって、この男とふたりきりというのも気詰まりだった。

「さっきの話だけど……」

黙りこくっているのもなんなので、とりあえず話を振ってみる。

「ほら、あなたが実は元総理大臣の息子だって話。あれって、嘘じゃないんだよね」

「ああ」と投げやりな声が返ってきた。「そんな嘘をついてどうするよ」

やはり本当のことらしい。とはいえさっきの話では、三津谷の正妻の子供ではないとのことだった。つまりは、わたしと似たような立場ってわけだ。もちろんだからといって、親近感など抱きはしないのだが。

「そのあと、村上っていう大臣まで務めた政治家の義理の息子として、秘書になった。それってやっぱり、いずれは自分も議員に立候補するつもりだったからじゃないの」

「そうだな」

「でも政治家にはならなかった。名前も変えて、家も出た。それは自分からそうしたって言ってたけど……」

「ああ。それが?」それもさっき言っただろうに、とでも言いたげなうんざりした口調だった。

「うん……」一瞬口ごもった。それでもわたしは、もう一度確かめておきたかったのだ。「理由を、聞きたいなって思ってさ」

それはやっぱり、彼が三津谷の子供だったからではないのか。自分から家を出たとはいっても、実際のところはやはり追い出されたも同然だったのではないか。『三津谷チルドレン』の噂話は大袈裟であるにせよ、確執があったのは事実ではないのか。その疑いがどうしても拭えなかった。

門崎氏が混乱の中でつぶやいた、『チルドレン』のひと言。あの震える声が耳に蘇っていた。その件に触れたことが、兄を死に追いやった。老い窶《やつ》れた元先輩秘書は、そう確信しているようだった。氏こそは、生前の兄にもっとも近しかった人物だ。ならばその確信が、まったくの的外れだとは思えない。兄が触れた『三津谷チルドレン』という噂話には、やはり何らかの禁忌があるのではないか。人を死に追いやるだけの禁忌が。

「理由、ね」掛井は言いにくそうに語尾を濁して、不精鬚《ぶしょうひげ》の伸びた顎をぽりぽりと掻いた。「話しても、たぶんあんたは納得しないだろうな」

「何か言い辛いことでも？」

「別にそんなことはない」その答えは、間髪をいれずに返ってきた。「今でも、村上の家には申し訳なく思ってるんだ。親父にもお袋にも、ずいぶん良くしてもらったんでね」

まるで痛みを堪えるかのような声音だった。嘘ではない。そう思わせるだけの重々しさがあった。

「親父さんの秘書をしてたのは何年くらい？」

「そんなに長くはなかった。せいぜい二年とちょっとさ。ちょうど親父の三期目の選挙の時期で、その他にも地元の市議選に出張で駆り出されたり……思い返せば、ずっと選挙ばかりやってたよ」

「それが嫌だった、とか」

わたしのその言葉に、バックミラーの中の掛井の目がぎょろりと見開かれた。心外だとでも言うように。

「違うな。逆だ」

「逆？」

「ああ。毎日が楽しかった。楽しすぎた。俺はそこで、選挙ってやつにハマっちまったんだ。組織を固め、支持層を広げ……対立候補の支持基盤を切り崩し、ときには裏技も使って引きずり下ろす。そして当確が出たときの達成感といったら、もう何物にも代えられないものだったね。そしていつか、自分自身が神輿《みこし》に乗って、自分の選挙を戦うことを夢見てた。でもな、あるとき気付いちまったんだ」

肩越しにわずかに顔を振り向けて、わたしはまた尋ねた。「何に？」

「選挙に勝って、議員になって……そこから先の自分ってのが、まったくイメージできないことにさ。俺は選挙が好きなんだ。ただ選挙だけやっていたいんだと。議員になんてなっちまったら、いいとこ三年か四年に一度しか選挙はできねえ。でもこの仕事なら、それこそ一年中選挙のことだけ考えていられる」

掛井の口調は徐々に熱を帯び、まるで子供のように弾んできた。しかしすぐに恥じるような咳払いで中断され、またぶっきらぼうな低い声に戻る。

「まあ、そんな次第さ。あんたの期待するような諍いなんてなかった。残念だったな」

その無理やり抑えた声音がわざとらしくて、わたしはくすりと笑った。

「でも、家の人からは引き留められなかったの？」

「村上の親父は笑って許してくれたよ。お前はそういうやつだと思ってた、ってな。それで、俺は晴れてフリーの選挙コーディネーターになった。村上の名のままでは仕事に支障があるだろう、保守党だけじゃなく民和党の候補からも仕事を受けられるようにって、母親の旧姓だった掛井を名乗るようアドバイスもしてくれた。まったく、いくら感謝しても足りないくらいさ」

強がりには聞こえなかった。きっとすべて、本心からの言葉なのだろう。

「じゃあ、やっぱり『三津谷チルドレン』なんて出鱈目なんだな」

「そう言っただろうが。何だ、あんたまだこだわってたのか？」

くくっと低く喉を鳴らした掛井を、わたしは再び振り返った。だったら彼はどうして、わたしを門崎氏に引き合わせたのか。何か目的があったはずだ。

この食えない男は、門崎氏がわたしの話にどんな反応をするのかもわかっていて、あの病院へとわたしを案内したのではないか。そうして三津谷要の若い頃を装って現れたことも、すべて予定通りだったのではないか。あの茶番を見せることで、何かを伝えようとしていたのではないか。わたしにはそう思えてならなかった。

そんなことを考えながら、暗い車内で掛井の顔をまじまじと見つめていると、彼は「信じろよ」と口元を緩めた。その表情は、この男にしては珍しく穏やかで、優しげなもので。ふと思った。誰かに似ている。それは決して、以前テレビで見た元首相の面影ではなくて、もっと別の誰かに。わたしの知っている誰かに。

その瞬間、頭の中で何かが繋がったような感覚がして「……あっ」と声を上げた。しかしその閃《ひらめ》きは瞬く間に通り過ぎて行き、あとにはむず痒いようなもどかしさだけが残った。

車の窓を軽く叩く音で我に返った。目をやると、身を屈めてこちらを覗き込んできている穂波の姿があった。

「起きたな。ほな、行こか」そう言って、彼女は嬉しそうに笑った。

電源の入っていない自動ドアが、ちょうど人ひとりが通れるくらいに開いていた。横向きになってその隙間に体をくぐらせると、真っ暗な店内を穂波に続いて進んでゆく。

閉店してもうずいぶんと経つのだろう、中はひどく荒れ果てていた。パチンコ台はすべて撤去され、ずらりと並んだ座席の前には薄汚れた木枠だけが並んでいる。床には木屑や剝がれたタイル、あるいは蛍光灯の破片などが散乱したままで、慎重に進まなければすぐに足を取られそうだった。

「何であんたまで一緒に来るんや」

わたしのうしろについて来ていた掛井に向かって、穂波が不満げに言った。

「あんたはもう帰ってええんやで。必要のうなった」

「へ。どういうことだ、それは？」

穂波は短く「察しろや」とだけ答えて背を向けた。しかし掛井は大袈裟に肩をすくめて、また馴《な》れ馴《な》れしい笑みを浮かべる。

「まあ、帰れと言われても足もないしな。もう少し付き合わせてもらうぜ」

階段を降り、やはり同じように荒れ果てたフロアを抜けて行く。するとかつては景品カウンターだったと思われる残骸の奥に、わずかに開いたドアが見えた。どうやら電気は通じているらしく、明かりが漏れてきている。穂波はその中へとわたしたちを誘った。

おそらくは事務所として使われていたのだろう十畳ほどの部屋は、調度品の類はすべて運び出されてがらんとしていた。しかしそこに七、八人の男たちが詰めているせいで、汗ばむほどの熱気が籠もっている。

中央に、全裸のままで正座している貧相な男。乱れた白髪交じりの髪。小月だった。顔も体も薄汚れてはいたが、特に暴行の跡は見られなかった。新井のベルトの背中には黒光りする拳銃が差し込まれていたが、それも使われた様子はない。

「どうなってんの？」

小声で訊くと、その声で小月がびくりと顔を上げた。虚《うつ》ろな目がわたしを捉えるやいなや、今にも泣き出しそうに表情を歪め、ばたばたとこちらに這い寄ってきた。

「助けてっ……てっ、くれっ！」

「うわあああっ！」

そのあまりの気持ち悪さに、思わず奇声を上げて飛び下がった。突然真っ裸の男にゴキブリみたく突進されれば、女としては当然の反応だろう。ただしその手がわたしの足に縋《すが》り付く直前で、横から新井が小月の裸体をコンクリートの床に蹴り飛ばしてくれたが。

「な、何何何っ！」

「違うっ……ん、だっ！」のたうち回りながらも、小月はなおも叫んでいた。「殺すつもりなんてなかった。ただあんたを脅して、手を引かせるって……それだけだったんだよ。信じてくれっ……俺も、脅されただけなんだ……全部あの女が……！」

「いいから少し黙れ！」

男たちのひとりが怒鳴り、小月の薄い髪を摑んで引きずって行く。

「もう、最初からこの調子や」

穂波はやれやれと両手を広げて見せた。そこへ、新井も苦笑い交じりに相槌《あいづち》を打つ。

「痛め付ける必要なんてなかったっす。ここに連れてくるなり、もうぺらぺらと喋る喋る。ただ話に脈絡も何もあったもんじゃねえんで、整理するのでひと苦労っすがね」

仰向けに転がり、萎《しな》びた陰茎を丸出しにしたままで、小月は喚き続けている。

「あの女だ。全部……全部あの女が……俺は嵌められたんだよ、畜生……何でこんなことにっ！」

「いい加減に黙れって言ってんだ。これ以上喚きやがると、マジで沈めるぞこの野郎っ！」

低く響く声で、新井が小月を一喝した。全裸の中年男はびくりと体を震わせて、今度は新井の足元に這いつくばる。

「頼む……お願いだ、助けてくれ……このままじゃ殺される……死にたくない、死にたくないんだよぉ……」

やはり、話が見えなかった。どうやらこの男は、新井たちのことを恐れているのでもないようだった。むしろ別の誰かを恐れて、彼らに助けを乞うているらしい。いったいどういうことだ。

いやその前に。確かめなければならないことがある。

「ところでさっきからこいつが言ってる、『あの女』って、もしかして……？」

穂波に尋ねたのだが、それを聞いて小月が叫んだ。

「あの美術館の女に決まってるだろうがっ！」汗と涙と鼻水でぐしゃぐしゃになった顔をいっそう歪めて、彼は喚いた。裏返った声に、抑えようもない怒りを滲ませて。「大人しそうな顔してとんでもないタマだあの女はぁっ……俺も中国人たちも、みんなあいつにハメられた。畜生っ……！」

やはり日南子で間違いないようだ。彼女がこの男を脅して、わたしを襲わせた。にわかには信じられないが、すでに昨夜の電話でわたしの知らなかった日南子を垣間見ている。

「ま、これ以上こいつの話聞いてたって混乱するだけや。とりあえず、上行こか。わかったことまとめて説明するわ」

頷いて、事務所をあとにした。来た道をそのまま引き返し、再び一階に戻ってくると、ガラスの自動ドアの向こうに強い光が見えた。どうやらまた駐車場に車が入って来たらしい。

わたしたちが自動ドアの隙間をくぐり抜けて、再び寒風吹きすさぶ中に出たのと、停まった車から大男が降り立ったのはほぼ同時だった。上等そうな生地でできた漆黒のロングコートを靡《なび》かせて、ヘッドライトを後光のように背負って歩み寄ってくるその姿は、まるで映画のスクリーンから抜け出してきたかのように決まっていた。そんな男は、この田舎町にはひとりしかいなかった。

「おい」背後で掛井が怯えたように言った。「あれってもしかして、高天神の五代目じゃねえのか」

「そや。それがどうした？」

「じゃあ、下にいる連中も……?」

「決まっとるやないか。みんな高天神の若衆や」

振り返ると、掛井がこそこそと物陰へと下がろうとしているのが見えた。しかし穂波がすぐに気付き、そのうしろ襟を摑んで引き戻す。

「今さら何や。この子が五代目と同級生やったことくらい知っとったやろ」

「はは……実は、つい今の今まで忘れててね……」

「挨拶ぐらいして行きや。五代目、先の選挙のときにはこの子がずいぶん世話になったさかい、ぜひ礼をしたい言うとってなぁ……」

掛井が逃げ出さないよう首根っこを押さえたまま、穂波が凄みのある笑みを浮かべる。やれやれ、この男も間抜けなものだ。さっさと引き上げていればよかったのに。

そんな掛井には目もくれずに、天堂は悠然と片手を上げて会釈しながらわたしの前に立った。

「わたしにはもう、会ってくれないんじゃないかと思ってたよ」

「そのつもりだった。だが状況が変わってな」

彼はそう言うと、穂波のほうへ向かって労うように笑いかけた。そんな表情をすると、同級生だった頃の懐かしい面影がほんの少し過る。

「お疲れさん。で、魚はどうやった」

「当たりだ。中国産が五匹、一匹釣れたらあとは芋蔓《いもづる》だ」

「そか。こっちは雑魚が一匹や。見るか?」

彼はふんと鼻を鳴らして「いい」と首を振った。「聞き出すことは概ね聞き出したんだろう。なら、あとは新井たちに任せるさ」

どうやら『魚』というのは何かの比喩《ひゆ》らしいが、何のことかはさっぱりわからなかった。しかしやはり、詮索はしないほうがいいのだろう。そう思って一歩下がりかけたところを、穂波が腕を摑んでぐいと引き寄せてきた。

「まあ、そっちの話も合わせて、この子には全部説明してやったほうがええわ。そうやろ？」

天堂はその整った顔に一瞬迷いを見せたものの、しばらくわたしの顔をじっと覗き込んだあとでようやく頷いた。

「そうか。なら、中に戻れ。ここは寒いだろう」

「いいのか？」

「状況が変わったと言っただろう。とにかく来い」

そう言って、天堂はわたしたちが出てきた建物の中へと進んでゆく。空も真っ暗で、月もぼんやりと暈《かさ》がかかっていた。天気が崩れるのかもしれない。この寒さでは、きっと雪になるだろう。

23

さっきの部屋よりはいくぶん広いスペースに、応接用と思われるソファがひと組。おそらくは、小月を監禁している部屋が従業員の、こちらは店長が使っていた部屋なのだろう。それでもやはり長いこと使われていないようで、荒れ果ててゴミだらけだった。

若衆のひとりがソファの表面の埃《ほこり》を払うと、天堂はどっかと腰を下ろした。それでも埃が濛々《もうもう》と立ちのぼり、鬱陶しそうに咳き込んでいる。

「こんなところで悪いな」

そう言った天堂に、わたしは「かまわないよ」と答えて首を振った。町中で大っぴらに会うのがまずいのはもうわかっている。

わたしは脇の事務机の上を軽く払い、伸び上がって腰掛ける。どうせ穿《は》き古しのジーンズだ。汚れて困るものでもない。

穂波もまた、わたしの隣に飛び乗るように座った。部屋に入ったところでようやく後ろ襟を解放された掛井は、こそこそと隠れるようにわたしたちの背後に回る。しかし天堂も、今はこの男に興味もないらしい。

「お前と会って事務所に戻った頃だな。本家のほうから連絡が入って、すぐに顔を出すようにと呼び出された。『ちょっと厄介な魚が掛かった』とだけ言われてな」

魚、ね。それが何の比喩なのかは、それで何となく想像はついた。

「魚は中国人だった。名古屋市内のある質屋に、やばいブツを持ち込んできたんでガラを押さえたんだ。その質屋は本家筋のある組とも繋がりがあって、ワケありの美術品を裏ルートで捌かせてもいた店だ。しかし持ち込まれた品は、そいつらでも捌くにはヤバすぎる代物だった」

「ヤバすぎる代物って？」

「中村観山の『鏡富士』に、美輪継成の『佐奈子見返図』。その他十数点。先だって、宮城の県立美術館から強奪された品物だ」

あっ、と小さく声を上げた。この町についた日に日南子から聞いた、地方の美術館を狙った美術品強盗団。その男はグループのひとり、ということか。

「それで捕まえたひとりを締め上げて、残りの連中の居所も突き止めた。協力関係にあるいくつかの中国人組織に問い合わせて、連中が後ろ盾を持たない単独グループであることが確認されたら、あとは一気だ。軍人崩れもいたらしいが、そこはうちから出張してる連中も役に立ったらしい。穂波、仕込んだお前の手柄でもあるな」

「そんなことあらへん。あの子たちが頑張っただけや。今のあの子らなら、本職のレンジャーかて務まるわ」

穂波は照れ臭そうに肩をすくめて、言った。でもその声は、やっぱり嬉しそうだ。

「そんなこんなで連中は押さえた。警察との交渉は本家に任せてる。どこまで値を吊り上げられるかは、皆川《みながわ》の若頭の腕次第だがな」

交渉って、と尋ねた。そのまま警察に突き出すんじゃないのか。いやそもそも、その中国人たちが連続爆破強盗の犯人グループだったとして、どうして山王会が危険を冒してまで捕まえなきゃならなかったのか。

「ま、そこは色々あるんや。何しろ連中はずいぶんとニュースネタにもなっとるしな。それをうちの県警が挙げたら大手柄や。そら、交渉次第で相当な見返りが期待できるで」

「さすがに収監中の叔父貴たちをどうこうするのは難しいだろうが、いくつかの捜査中の案件から手を引かせるくらいはできるかもしれん。だがまあ、それは俺たちが考えることじゃないが」

なんとなくは理解した。天堂たちやくざと警察も敵対するばかりではなく、ときにはこうして恩の売り買いもしているのだろう。

「ただ、それだけなら俺が本家に呼び出されるようなこともない。問題はやつらが潜伏していた部屋から、ウチの地元の県立美術館の図面が見つかったことだ。それも、防犯カメラやセンサーの位置まで記された詳細なもので、加えて警備員の巡回ルートや収蔵品のリストまで含まれてた」

思わず息を呑んだ。それは当然、日南子が勤めているあの美術館のことだろう。

「じゃあ、やつらは次にあそこを狙っていたってこと？」

「ああ。しかし問題は、やつらがそんなものをどうやって手に入れたのかということだ。内部に協力者がいたとしか考えられない」

いやな予感が胸の中で膨らんでゆく。しかしそれを言葉にして口に出すことはできずにいた。

「まあ、それもすぐに吐いたがな。やつらはその協力者に、見返りにあるものを渡していた」

「あるもの……」ようやく声が出た。「協力者の目的は、金じゃなかったんだ？」

「ああ。協力者の目的は、やつらが持っていた人民解放軍からの横流し品だ」

「それは何。もったいぶらないで教えて」

怒っているわけじゃない。彼が、できる限りソフトに話そうとしていることはわかっているのだ。しかしどうしても口調がきつくなってしまう。

彼はふうっと息を吐き出して、声を落として言った。「セムテックス三十キロだ」

「セムテックス?」

「工兵が使うプラスチック爆弾や。チェコスロバキアで開発されて、共産圏で広く流通しとる。やつらが『仕事』に使ってるのも同じもんや」

彼らの手口は、真夜中に美術館の外壁を爆弾で破壊して、短時間で収蔵品を根こそぎ奪い去るという乱暴なものだった。その爆破に使われていたのが、そのセムテックスとかいう代物なのだろう。

「それが実に三十キロ。遠隔操作式の信管もセットで」

それがどのくらいの量なのか、言葉だけではぴんと来なかった。それでも全員の顔の強張り具合を見れば、かなり深刻な量であることは推測できた。しかし今は、それよりもまず確かめなければならないことがある。

「で、その協力者ってのは……もしかして?」

「そうだ」わずかに目を細めて、天堂は言った。「三上日南子だ」

やっぱり、というつぶやきが思わず口から漏れた。

「じゃあ、あのときの爆発も?」

「警察のほうでも、例のマンションの焼け跡から見つかった起爆装置の破片が、宮城で使われたものと同じであることは確認してる。灰の成分の分析にはもうしばらくかかるらしいが……まず間違いないだろう」

「でもどうして。そんな連中と日南子じゃ、まったく接点なんてないじゃないか」

わたしは重ねて尋ねた。もしも彼女が何かを企んでいたとしても、そんなやつらとどうやって接触したっていうのだろうか。

「もちろん、その間を繋いだやつがいる。そもそも連中が日本で『仕事』をするには、こっちの事情に通じた別の協力者が必要だった」

そうして彼は、ちらりと壁に目をやった。その壁の向こうには、今もひとりの男が裸で監禁されているはずだった。

「そうだ。あの小月だ」天堂が頷いた。「やつは総会屋とトラブって関西を追われたのち、かつて取材で蛇頭の関係者に仲介されて知り合った中国人たちと再び接触した。そうして分け前を餌に取り込まれたらしい。以来、連中の日本での『仕事』をサポートしてきた」

まさに人間、落ちるところまで落ちれば何でもやるというわけだ。売れない記事を細々と書き続けるより、得た人脈を生かして犯罪に手を染めたほうがよっぽど金になると踏んだのだろう。

「標的を大都市圏の宝飾店から地方の美術館や博物館にシフトさせたのも、きっとやつのアドバイスやろな。美術品は宝石以上に金に換えるのが難しいから、自分のポジションが重要になって取り分も増えると目論《もくろ》んだんかもしれん」

「そうか……」わたしはゆっくりと立ち上がった。「あいつが……日南子を、こんなことに巻き込んだのか」

おそらくは父親の件で、小月は彼女とも面識があったのだろう。その彼女が現在はこの町の美術館に勤めていると知って、利用しようと近付いたのだ。彼女が飛びつきそうな餌をぶら下げて。それはきっと。

「おい、どうした?」

尋ねられたが、答えなかった。そのまま天堂の脇を擦り抜けて、ドアに向かって行く。行く手を塞ぐように立っていた若衆のひとりに、にっこりと笑いかけて言う。

「退《ど》いて」

できるだけ柔らかく言ったつもりだった。しかしそれでも、ドアの前の彼は逃げるように慌てて道を空ける。

「おい、って」

天堂も立ち上がり、わたしのあとに続いてくるのがわかった。わたしは振り返らずに、真っ暗な通路を突き当たりの事務所に向かって大股に進んでいった。

小月はまだ素裸のままで、部屋の中央に蹲《うずくま》っていた。しかしわたしが入って行くのに気づくと、びくんと体を震わせて顔を上げる。

「邪魔してごめんね」歩み寄ってきた新井を手で制して、わたしは穏やかに言った。「ちょっとこいつに訊きたいことがあって。いいかな?」

「ええ。それはかまいませんが……」

入ってきたのがわたしだとわかって、小月は緊張を解いたようだった。その顔には、あからさまに期待の色を浮かべている。何か自分にとって都合のいい話でも持ってきたとでも思っているのか。

考えるより先に足が出た。突き出したシューズの底が顔面をまともに捉え、全裸の中年男はぶざまに転がって行く。

「あ……」

いきなりのことに呆気に取られたか、新井はただ目を丸くして立ち尽くし、薄汚れた壁際で仰向けにひっくり返った小月を見ていた。その背中に差していた拳銃が目に入り、わたしは無言で手を伸ばす。

「おい、綾乃！」

それに気が付くのは、当の新井よりも、遅れて入ってきた天堂のほうが早かった。

「何やってる。やめろ！」

しかし、慌ててわたしに向かって伸ばしかけた手を、穂波が引き留めた。

「ええよ。好きにやらしとき」

「……って、お前まで！」

何やら揉めている外野をよそに、わたしは手の中の拳銃を握り直し、小月に近付いていった。

拳銃はさっき穂波が使っていたものに比べればだいぶ小振りだったが、それでもずしりと重みがあった。

小月が頭を上げた。鼻からひと筋の血を垂らし、涙を浮かべたその顔には、さっきのような人を嘗めた表情はもう浮かんでいなかった。そして何かを言おうと口を開きかけたところへ、銃口を突き付ける。

「話せ」声を抑えて、ゆっくりと言った。「あんたが日南子に何をしたのか。全部」

「ひ……ひな?」言いかけて、小月はひとつふたつ咳き込んだ。「その、ひ……日南子ってのは、あの美術館の女のことだな。ああ、そういえばそんな名前だった……」

「あんたは日南子と、以前から面識があったんだよね。十二年前の、あの子の父親の一件で」

「ああ、まあ……うん」小刻みに頷きながら言った。

「あの子の父親は、あんたの記事のせいで死んだんだ。そんな相手のところへ、今頃どうしてまた顔を出せた」

「俺の記事のせいで? 馬鹿なことを言うな」

わたしの言葉に、小月は不服そうに声のトーンを上げた。

「俺はただ、書くべきことを書いただけだ。ジャーナリストだからな。あの女の父親を殺したのは恩田冬一郎だよ。世間じゃ自殺だとか言われてるがそれも怪しいもんだ。やつがお前らみたいな筋者を動かして殺したんだとしても不思議はないさ」

銃口から逃れるように身を引いたまま、それでも唾を飛ばしながら彼は続けた。

「あの恩田って男はそういうやつだ。いや、政治家なんてどいつもそうなんだよ。ちょっと自分の身が危うくなれば、身内だろうと子飼いだろうと簡単に切り捨てる。そうやって、ひとりだけぬくぬくと旨《うま》い汁を吸ってやがるんだ。許せるか、あんたそれが！」

小月が早口にそこまでまくし立てたところで、背後から穂波の声が割り込んできた。

「そこまでにしとき。忘れとるかもしれんけど、この子はその恩田冬一郎の娘やで」

どうやら熱弁を振るうのに夢中で、本当に忘れていたらしい。小月は口に出しかけた言葉を慌てて飲み込んで、いっそう身を引いた。とはいっても、数十センチもあとずさればもう壁だったが。

「別にそれはいいよ。こっちは娘だなんて思ってないし」わたしは小さく肩をすくめて、投げやりに笑った。「それより、日南子のことだ。あんたがあの子にしたことについてだ」

小月は小刻みに何度も頷いて、また口を開いた。

「十二年前、俺はあの女の力になろうとしたんだ。父親を殺されても何も言えず、事件もそのまま有耶無耶《うやむや》のうちに忘れられていって、いくらなんでも可哀想だろうが。だから俺は、あの女に手記を書かせてやろうとした。載せる媒体は何とかしてやるから、思うことを思うままに書け、とな」

「手記って、父親の死についての？」

「ああ、そうだ。あの女は喜んで書いたよ。確かに最初は文章もぎこちなかったが、何度も書き直させてるうちに徐々に良くなっていった。事件についても、俺が全部教えてやった。しかしいよいよ掲載先を探そうという段になって邪魔が入った。よりにもよって、あの女の母親からだった」

そりゃ、母親が反対するのも当たり前だった。その当時はまだ、日南子は高校生だ。突然の父親の死に混乱もしていただろうし、その背景も理解できてはいなかったはずだ。ただただ傷ついて、無防備になっていた。

この男はそんな状態の彼女を利用しただけだった。自分の気に入る物語を彼女に語らせるために、一方的に偏った情報を吹き込み、憎しみを煽り立てたのだ。

「結局、手記は記事にできなかった。あの女も母親に連れられて、どこか別の土地へと引っ越して行ってしまった。それで十年以上も経って、ようやくこの町の美術館にいることを突き止めた。それでもう一度、力になってやろうと思っ……」

「ふざけるな！」

わたしは大声で、小月の言葉を遮った。手にしていた拳銃の筒先が、怒りでぶるぶると震える。

「お前はただ中国人たちとの『仕事』のために、また日南子を利用しようとしただけだろう！」

ひいっ、と小月はまた情けない声を上げ、膝を抱くように体を丸めた。

「本当だ……こっちの仕事が片付けば、ちゃんとあの女の望むように、十二年前の事件を記事にするつもりだった」

……そのつもりだった」

「まあ、口では何とでも言えるわな」

ゆっくりと穂波が近付いてきて、わたしの隣に並んだ。

「せやけど日南子ちゃんももう、十二年前とは違う。こいつごときに操られるようなタマやのうなってた」

そこまで言って、穂波はふふんと鼻を鳴らした。

「利用されたフリして、本当に利用しとったんは日南子ちゃんのほうだったいうことや。美術館の図面や警備の資料を餌にして、中国人たちからお望みのもんを手に入れて、その上でやつらを山王会に売った」

売った、ということは。中国人たちが山王会の手に落ちたのは、日南子の裏切りによるものだったということか。

「日南子ちゃんは学芸員として、美術品売買のネットワークを熟知しとる。質屋いうんもそのネットワークの一部なんや。こん不況で個人が所有しとった貴重な作品が流出しとって、それが大手のオークションなんぞよりよっぽど安価に購入できるからな。ほなら、あん業界の裏情報にもそれなりに通じとったはずや。件《くだん》の質屋が山王会傘下の組織とつるんで、裏で盗品扱うとることを知っとってもおかしゅうない」

「つまり、中国人たちがその質屋に盗品を持ち込んだのは日南子の差し金だったってことか。こうなるってわかった上で……この男に紹介したわけか」

「で、中国人どもに恩売って取り分を増やしたいこいつは日南子ちゃんの紹介とは言わず、自分の人脈だと言って連中に仲介したはずや。そうやな？」

小月はまだ体を丸めたまま、こくこくと頷いた。なるほど。となれば当然、中国人たちも裏切ったのはこの男だと考えるだろう。まんまと日南子の罠に嵌まったわけではあるが、結局は自業自得だ。

「でも、何でこいつはこんなに怯えてたの。例の美術館強盗グループって、もう全員……」

そう訊きかけたところで、穂波が体を寄せてきた。声を落とし、囁くような低い声で言う。

「連中はこの男を取り込む際に、自分たちのバックには福建《ふっけん》の組織があるとか吹いとったらしい。都合がええから、今はまだ怯えさせとき」

なるほどそういうことか。確かに話を引き出すには、そのほうがやり易いだろう。わたしはまた大きく息をついて、小月に一歩近付いた。まだ、いちばん大事なことを聞き出していないのだ。

「それで、日南子は今どこにいるの」

尋ねると、わずかな間を置いて彼は首を振った。「……知らん」

「知らないはずがない。あんたは日南子に脅されてたんでしょう。それでわたしたちを襲ったんじゃなかったの？」

「あの女との連絡はすべて電話でだ。それで、中国人たちには自分から事情を話すから、言うことに従えと言われた。……それだけだっ！」

穂波に目をやると、彼女もまた苦々しげに首を振るだけだった。どうやら嘘をついているわけでもなさそうだ。確かにそれくらいのやり取りなら、電話で十分に足りる。しかし冷静に考えてみれば、いくら言うことを聞いても、日南子がそんな何の得にもならないことをしてくれるはずがないことぐらいはわかるだろうに。つまりこの男、そんなことも考えられないほどパニックを起こしていたわけだ。

わたしは肩を落として、再び目の前に蹲る貧相な男を見下ろした。小刻みにしゃくり上げるような息を漏らしながら、目だけは憐《あわれ》みを乞うようにじっとこちらに向いている。

そのあまりの惨めたらしい姿に、怒りは急速に萎《な》えていった。確かに、この男が現れなければ日南子だって何もなかったかもしれない。たとえ胸の内で憎しみの火を燃やしていようと、それでも何かを実行しようとは思わなかったかもしれない。引き金を引いたのはこの男だった。しかし。

わたしは手に持っていた銃を下ろした。そうしてくるりと踵を返し、ドアへ向かった。出口脇で恐縮していた新井に拳銃を渡す。「ごめんね」とひと言だけ添えて。

「……おい」

天堂が半ば放心したような声を掛けてきた。呆れているのだろう。わたしは応《こた》えず、そのまま部屋を出た。すぐに、穂波がまた横に並びかけてくる。

「何や、中途半端やな。キレるなら目一杯キレたったらよかったん。そしたらきっと、お友達の気持ちも理解できたかもしれへんで」

「何だよ、じゃあ本当にぶっ放してほしかったってのか?」

彼女は楽しげにふふっと笑い、軽く両手を広げる。「そうしてもよかったんや。ま、どうせ弾は入っとらんかったけどな」

「入ってなかったのかよ!」わたしは驚いて彼女を見返す。

「当たり前や。もしやつが抵抗して、銃を奪われたらどうすんよ。そこんとこは、あの子らにもきちっと仕込んどるわ」

「じゃあ何でそんなもん全員に持たしてたの?」

「決まっとるやろ。鈍器としてや」

今度はわたしが肩をすくめる番だった。言われてみれば、彼女の言う通りでもある。しかし天堂の慌てようを思い返すと、彼だけはそれを知らされてなかったのかもしれない。穂波も意地の悪いことをするものだ。

「これ以上あんな男に関わり合ってるのが馬鹿馬鹿しくなっただけ。まあ確かに腹は立ったけど、時間がもったいない」

「そやな。とっ捕まえたはええが、大した情報は引き出せんかった。まったく、つくづく期待外れの男や」

振り返ると、天堂たちもすぐうしろに続いていた。彼らももう、あの男には用はないらしい。

「そっちでもまだ、日南子の居場所はわからないの。例の、その、中国人グループのほうでも?」

天堂は申し訳なさそうに眉を寄せ、ゆっくりと首を振る。

「今のところはな。ある程度絞れてはきてるが……まだはっきりとはしていない。しかし今は、それはさほど重要なことでもあるまい」

わたしは足を止めて、どういうことだと彼を見つめた。しかし続く言葉は穂波のほうからだった。

「重要なんは、彼女がこれから何をしようとしとるかや。それを考えれば、今の居場所がわからんでも、これから現れる場所はわかるやろ」

なるほど、とわたしは頷いた。日南子が何を思い、何をしようとしているのか。今日だってずっとそれを考えていたのだ。

「あんたはあくまでオマケ。彼女の本当の標的はお父んのほうや。だったらどうする。どうやって狙う」

道具は大量の爆弾。なら恩田の行動を読んで、あの男が必ず現れる場所で待つしかない。

「三回忌だ！」不意に、それまで大人しくしていた掛井が声を上げた。「息子の三回忌なら、恩田冬一郎も必ず現れる！」

穂波が「当たりや」とつぶやいて、小さく頷いた。

「状況が変わったってのは、そういうことなんだろ？」

「そうだ」天堂が大きく頷いた。「三回忌には県議や市議、後援会長など地元の有力者が揃って参列してくる。それを全員吹っ飛ばされてみろ。それも、うちのシマ内で捌かれた爆弾なんぞでな。そんな不始末、面子丸潰れどころの話じゃない。本家が警察に作った貸しだってパーだ。下手をしたらこれまでの共存関係まで粉微塵で、今後やつらは俺たちを本気で潰しにかかるかもしれん。それだけの大事なんだよ」

それに穂波が言っていたように、山王会は恩田とともに大きくなってきた組織でもある。娘のわたしなら放っておけても、恩田自身の危機は到底看過できるものではないはずだった。

「やくざだって、表の世界が平和に安定していてくれるからこそ稼業を営めるんだ。だから何が何でも阻止せにゃならん」

そこまで言って、天堂は足を速めてわたしたちを追い越した。そうしてまるで高らかに宣言するように声を張り上げる。

「そんな次第で、三上の件は山王会のシノギになった。確かに表には立てないが、お前らのケツは高天神組が総出で持つ。いいな！」

「いやほんま、大層な話になったもんや」

そう言いながらも、穂波はなぜだか嬉しそうに笑っていた。ただ純粋に、こういう修羅場が好きなのだろう。わたしはその笑顔に向かって「でも、申し訳ないけど」と囁く。

「わたしはそんなのどうでもいい。大事なのは日南子のことだけ。それでいいかな？」

「ええよ」彼女はきっぱりと頷いてくれた。「あんたはそれでええんよ」

24

思った通り、夜半過ぎから雪になった。しかしまだ積もるほどではなく、粉のような細かい雪片が風に舞いながらちらちらと落ちてくるくらいだった。それでも夜気は刺すように冷たく、爪先も指先もすぐに感覚がなくなっていた。

「お前も、車で待っててていいんだぞ」

「いいよ。みんな寒い中頑張ってくれてるんだし、わたしだけ楽はできない」

とはいえ作業を手伝おうにもわたしなど足手纏いにしかならない以上、こうして一緒に寒空に身を晒《さら》すことぐらいしかできることはない。意味はないかもしれないが、少しはうしろめたさも和らぐ。

墓地は完全に闇の中に沈んでいて、手前にあるいくつかの墓石のシルエットがぼんやりと見えるだけだった。この中で穂波たちは十数人で爆弾を探しているのだが、その姿もまったく見えない。

「しかし大丈夫なのか。これ、墓荒らしみたいなものだろう?」

「朝まで待って、住職に話通してる時間もない。明日の法要は十時からだろう?」

「それはそうだけど……それに、こっちだけでいいのか。本堂のほうに仕掛けられてるってことはないのか?」

「もちろん、出てこなければ向こうもあらためさせてもらうが……その可能性は低いだろう。起爆装置は遠隔操作式だぞ」

「そうか……外からでは恩田の位置がわかりにくいから、確実性を欠くってことか」

「それに法要の間は、恩田の先生の周りは常に人で固められているはずだ。爆弾ってのは、間に人が入るだけで意外なほど殺傷力が落ちるものだからな」

本来SPというのは、現職の大臣以外では元総理にしかつかないものだという。しかしそれでも恩田ほどの大物になれば、それに準ずる程度の警護はつくと聞いていた。

「となると、先生が無防備になるのは息子の墓に向き合うときしかない」

なるほど、と納得した。それに本堂はいつも誰かしらがいるはずで、その目を避けて爆弾を設置するのは難しかろう。墓地なら昼間でもほとんど人はいないないし、まして夜ともなればまず誰かの目に留まることもない。

天堂は闇に向かって数歩歩み出て、墓地の中を窺うように目を凝らした。脇に控えていた若衆のひとりが、蝙蝠《こうもり》傘を広げて差し出したが、すぐに「要らん」と手で制す。

わたしはその背中を眺めながら、なんだかずいぶん大きくなったと感じていた。もちろん高校生の頃から図体はでかかったが、それとは違うのだ。彼がそれからの人生で、否応なく背負わされてきたものの数々がそう感じさせるのだろう。

「鳥籠……か」

「ん？」何とはなしにつぶやいた言葉に、天堂が振り返った。「何か言ったか？」

わたしは首を振り、「何でもないよ」と笑って見せた。

日南子との会話を伝えたところで、彼には一笑に付されてしまうだろう。考えてみれば、この男ほど堅牢《けんろう》な鳥籠の中にいる者はいない。しかもそれを承知で、自分から入って行ったのだ。

極道の世界は非情なまでの実力社会だと聞いている。つまり親が誰であろうと、ひとたび足を踏み入れたらあとは自分の力のみでのし上がっていくしかないのだ。天堂はそれをやった。そして今や、この町に君臨する組織の頂点にまで昇り詰めた。楽ではなかったろう。きっと何度となく、自身の手も汚したに違いない。そのすべてを広い背中に背負ってここにいる。

わたしの知っている天堂亮輔はもういないのだ。不意にそう思った。がさつで馬鹿で、そして臆病だった同級生は。そしてあの夜、わたしの胸の中で震えながら泣いていた少年は。

おそらく、彼は最初からそこの住人だったのだろう。たとえいっときでも、彼がわたしとひとつの鳥籠を共有していたことなどなかったのだ。すべては幻想。わたしの思い込みに過ぎない。ならばこの先も決して、わたしと天堂の人生が重なることなどないのだろう。もしかしたら日南子とも。あの十七歳の短いひとときは、わたしたちの世界が一瞬交差した奇跡のような時間であって、そこから先はもう離れて行く一方なのかもしれない。わたしは虚空に向かって闇雲に手を伸ばし、すでに遥か遠く離れてしまった奇跡の時間を手繰り寄せようとしているだけなのかもしれない。そんなのは、所詮は悪あがきだ。奇跡は、ほんの一瞬だからこそ奇跡なのだ。

「どうした?」

天堂の声で我に返った。顔を上げると、彼はどこか心配そうな表情でわたしを見ている。

「いや……さ」わたしはうまく誤魔化そうと、慌てて思いついたことを口にした。「さっきのあいつ、どうなるのかなって思って」

「あいつって……ああ、小月の野郎か」

天堂は思い出したように言った。本当に忘れていたのだろう。

「どうもなりゃしねえよ。聞き出せるもん全部聞き出したらあとは用なしだ。といっても、突き出して警察に恩売れるほどの大物でもないしな」

「……始末するってことか?」

彼は驚いたように振り返り、すぐに「阿呆」と笑い出した。「あんな雑魚のために、いちいち若いのをお勤めに送れるか。うちだって人手は足りてねえんだよ」

「え……じゃあ、用なしって?」

「寒空の下に放り出して終わりだよ。あとはもう知ったこっちゃねえ。ただやつは、中国人たちのバックに組織がいるとまだ信じ込んでるからな。いもしないヒットマンに怯えて自分から警察に駆け込むか、遠いどこかで脅えながら隠れ続けるかだろうよ。どっちにしろ当分は、目障りな場所をうろつくこともねえ」

そうか、とつぶやいて肩の力を抜いた。あんな男のことなど心配する義理もないが、それでもなぜかほっとする。天堂の手が決してきれいなものではないとわかってはいても、それでもわたしの知るところでそんなことをしてほしくもなかったのだ。

「それじゃ不満か。ならお前のほうで、バラすなり吊るすなり勝手にしろ」

「いや」綻びそうになる頰を引き締めて、わたしは首を振った。「いいよ、それで」

そうして、再び墓地のほうへと向き直った彼の背中を見つめる。今のうちに、許されるうちにできるだけ見ておこう。その背中を、この目に、そして胸に焼き付けておこうと。

「……おい」

そのとき、背後から押し殺した囁きが聞こえた。振り返るとワゴンRのリアシートの窓が細く開いていた。

「まだかかりそう……か?」

いかにも恐る恐るといった様子で、掛井は尋ねてきた。わたしは小さくため息をついて、車に近づいて行く。

「こんな真っ暗だし、そりゃ時間もかかるんじゃない？」

そうか、と落胆したようなつぶやきが漏れてきた。しかしこいつもまた変な男だ。天堂たちももうこの男にはまったく興味を持っていない。だからその気になれば、いつでも車を降りて立ち去ることができるはずだった。さっきのパチンコ屋跡ならともかく、ここからなら町の中心部まで歩いてもそうはかからない。

そのとき、墓地のほうからかすかな気配が近づいてくるのがわかった。ひとりの男が、足音を殺しながら走ってきたようだった。

「組長」低く抑えた声。新井だった。「ありました。どうぞこちらへ」

天堂が無言で頷いて、墓地の中へと進んでいった。わたしもそのあとに続く。誰も止めはしなかった。背後で車のドアが開き、掛井が降りてくるのがわかった。どうやら彼も来るつもりらしい。


恩田家の墓は、ずらりと並んだ立派な墓石の中を数十メートルほど進んだ、墓地の西端近くにあった。幅十メートル程はありそうなスペースに、大小さまざまな墓石が並んでいる。その中央にひときわ大きくそびえた古い墓石が恩田本家のもので、兄の遺骨もそこに納められているようだった。

その前に、男たちが輪になって集まっていた。黒いジャケットの内側に、やはり黒のタートルネックのセーター姿。吐く息だけが白かった。中央の穂波だけが、さっきまでと同じラフな格好だ。

その足元に、白っぽい煉瓦のようなブロックが積み上げられている。脇には、コードが延びた電子部品のようなもの。どうやらこれが爆弾らしい。とてもそうは見えないが。「三箇所に分けて、石室の内側に貼りつけるように設置してあった。考えたもんやな。これなら榴弾《りゅうだん》効果も生まれるから、威力倍増や」

「榴弾効果?」

「爆弾の威力に加えて、砕けた墓石の破片がさらに凶器になるんや。それだけで、殺傷効果は倍どころか四倍近くになるんやで」

なるほど、と思いながらあとずさる。そんな恐ろしいものを前に、よくこんなに集まっていられるものだ。

「それで、この爆弾ってもう大丈夫なの?」

「そらもう安心や。こんなん、信管さえ抜けばただの粘土みたいなもんやしな」

彼女は白っぽいブロックのひとつを手に取って、こちらに放り投げてくる。わたしは驚いて、大袈裟に飛び退いた。

「平気やって。この状態なら、踏もうが叩こうが爆発せん。火に投げ込んでも普通に燃えるだけや」

　恐る恐る近付いて、ブロックを手に取ってみる。かなり密度があるのだろう。大きさの割にずしりと重かった。しかし冷気に晒されてひんやりと冷たく、やっぱりこれが爆弾とは思えない。

「でも、その割には時化《しけ》た顔してるな」

　わたしの肩越しに覗き込みながら、掛井が穂波に言った。それは確かにわたしも気になった。この爆弾がもう安全なら、何も気にかけることなどないはずなのに。

「量が足らへんのや。これでも、いいとこ二十キロ弱ってとこやな」

　日南子が中国人から受け取ったのは、確か三十キロという話だった。しかし、彼女は数日前に、自分の部屋を吹っ飛ばすのにも爆弾を使っていたはずだ。しかしそれを指摘しても、穂波は渋い顔で首を振るだけだった。

「あの程度の爆発なら、せいぜい使用されたんは五キロ程度やろ。まだ、あと五キロ以上足らへん」

「じゃあ、まだ他にも仕掛けてあるってこと？」

　穂波は首を振った。「わからん。このあたりの墓はひと通りあらためたがな」

　天堂が太い腕を胸の前で組んで、爆弾の山を見つめながら言う。

「だが中国人どもが、三十キロと言って正直に三十キロ持ってくることなどあり得ないからな。たいがいかなりサバ読んでくる」

「確かにそれもそうや。おまけに相手は素人の日南子ちゃんやからな。三十キロのセムテックスがどんくらいの嵩《かさ》になるかなんてわかるはずない、と踏んでたやろう」

爆弾を入れた鞄に重りでも仕込めば、いくらでも誤魔化せたはずだ。

「せやけど、どんくらいサバ読んだかは連中にしかわからん。わからん以上は……」

「まだどこかに仕掛けられてる。あるいは日南子がまだ手元に残してる。そう考えたほうがいいってことだな」

わたしの言葉に、穂波は残念そうに頷いた。危険はまだなくなっていないということだった。

天堂はゆっくりと頷いて、取り囲んでいた男たちに言った。

「ともかく、これはこっちで処分しておく。お前らはまた、朝まで墓荒らしだ。もう一度徹底的にやれ」

男たちは無言で頷き、闇の中へと散っていった。そうして彼は穂波に向き直り、指示を与える。

「お前も綾乃を送ったら、やつらを手伝ってやれ。望み薄なのはわかってるが、やれるだけのことはやっておかないとな」

「わかっとる。ほな、行こか」

にっこりと笑って、彼女はわたしの腕を引いた。ここから帰るだけならひとりで行ける、と言いかけて止めた。状況が切迫してるのは、さっきの爆弾の山を見ればわかる。ここは素直に甘えることが、今のわたしにできる最善のことなのだ。

フロントガラスの向こうはまったくの闇で、いつまで経っても町明かりは見えてこなかった。かろうじてヘッドライトが照らし出している路面もうっすらと雪で覆われていて、ぼうっとしていると走っていることすら忘れそうだった。

エアコンの利いた車内は暖かく、またうとうととしてしまいそうだった。リアシートの掛井も妙に静かで、やはり眠ってしまっているのかもしれない。ほんの数日前には想像もできなかったような事態の只中にいるというのに、どうしてわたしはこうも安心しているのだろう。それが不思議で仕方なかった。

「天堂があんたを信頼するわけが、何となくわかった気がするよ」

穂波はちらとわたしのほうを見て、少し照れ臭そうに笑った。

「そやない。たぶん、あんたの考えてるんは、逆や」

「逆って?」

「うちがあの人を信頼しとんのや。だから、たぶんあの人のためなら何でもできる。ひょっとしたら、死ね言われたら死ぬかもしれん……ちゅうたら、大げさやけどな」

声にふざけた調子はなかった。だからわたしも笑わなかった。

「面白い人、面白い組や。あんなやくざ者、はじめて会うた。うちみたいな得体の知れん流れ者を、面白いいう理由だけで受け入れてくれた。そんで男や女やちゅう色眼鏡なしに、使える思たらとことん使い倒してくれる。それが嬉しいんや。せやから今よりもっともっと、便利な女になってやろて思える」

それは聞きようによっては、ひどく自虐的にも聞こえる言葉なのかもしれない。しかし穂波の声音はいっそ誇らしげですらあった。

「あの人は、うちに居る場所をくれたんや。鳥籠追ん出されて、行き場もなく流れ流れしとった女にな。今はまだ、確かに借りもんやけど……いつかはきっと、これがうちの鳥籠やて、そう言えるような気がするんよ」

彼女が自衛隊を辞めたのは、昼間言ったようなふざけた理由じゃない。声を聞いていて、そう確信できた。おそらくはひどく不本意な、理不尽で到底受け入れられないような何かがあったのだ。もちろんそれはわかっても、口に出して尋ねることはできなかった。それはきっと、わたしごときが触れていいことではないからだ。

「なあ、あんたは思わんか。あの人はこんなとこで終わる人やあらへん。今よりもっと大きゅうなる。もっと、高いとこまで上ってく。そやろ？」

「ああ」わたしも素直に頷いた。「そうだろうな」

「その力になりたいんよ。うちが男やったら、ちゃんと杯貰てあの人に天下取らしたるんやけど……それだけは、やっぱ残念や」

彼女だったらもしかしたら、女のままでそれができるんじゃないか。そうも思った。

「でも……それで、あんたは何を得るんだ？」

「何も」穂波はきっぱりと首を振った。「そら、その都度金はくれるけど、そんなん別に要らんのや。そういうんやないんや」

「何も要らない、ただ尽くしたいって……そういうことか。ずいぶんと殊勝だね」

「それとも違う。うちは、もう十分に貰てるんや。形はあらへんけど、自衛隊おった頃には決して得られんかったものをな。それをこんな田舎のやくざに貰た、ちゅうのもおかしな話やけどな」

愛いうんは、支配されることや。初めて会った夜に、彼女が言った言葉を思い出した。なるほど、そういうことなのかもしれない。確かにまだわたしには理解し切れないが、そんな感情を抱ける彼女に奇妙な羨望すら覚えた。

それはきっと、男と女に限らないのだろう。親と子。政治家と秘書。みんな同じなのかもしれない。どうしてそこまで尽くせるのかと、不思議でならなかった結びつきも、もしかしたら、何も求めさえしなければ、その愛情は裏切られることもないのかもしれない。

「何だか……羨ましいな」

「あんたが何言うとんのや」

そうして、兄のことを思った。兄が恩田に対して抱いていたものは何だったのか。それがもし愛情なら、どうして断ち切られてしまったのか。

不意に前方にヘッドライトが近付いてきた。かと思うと一瞬のちに、轟音《ごうおん》を響かせて大型トラックがすれ違ってゆく。いつの間にか街中に戻ってきていた。深夜とあってどの家も明かりを落としていたためか、今の今まで気が付かなかった。

それから十分ほど走って、家の前で車は停まった。

「着いたで。まったく、お疲れ様やったな」

穂波が言った。お疲れ様はそっちだ。これから彼女は、またあの墓地に戻らなければならないはずだった。

「……じゃあ俺もここで」

それまでまったくの空気と化していた掛井が言い、逃げるように車から降りようとする。しかし穂波は運転席から腕を伸ばし、そのうしろ襟を摑んで引き戻した。

「あんたはもうちっと付き合え。話がある」

掛井はがっくりと肩を落とし、観念したようにリアシートに座り直した。この男ももうすっかり、彼女の玩具のようだ。

「ほな、また明日な」

そう言い残して、穂波はすぐに車を発進させた。ワゴンRのテールライトは、勢いを増しつつある雪に隠されてすぐに見えなくなった。

25

思った通り、翌日は一面の雪景色だった。

降雪そのものは昼前にいったん止んだものの、空は依然として淀んだ雲に覆われたままだった。見るものすべてがモノトーンの静寂の中に沈み、ときおり吹き抜ける風も切るように冷たい。

そんな中でも、兄の三回忌の法要は滞りなく進んでいた。参列者は思ったよりも少なかった。母もまだ籍を入れていないこともあって参列は見送った。

とはいえ有力な支持者である地元企業のトップたち、さらには県議や市議たちなど、合わせれば数十人には上っていた。しかしみな一様に口を閉ざし、しわぶきひとつ漏らさない。そんな重苦しい静けさの中に、低い声の読経だけが響いていた。

何もしなくて結構です。ただ先生の側にいてください。小宮からはそう指示をされていた。なら気楽なものかと思っていたが、いざとなるとそうはいかなかった。境内に足を踏み入れたその瞬間から、参列者たちの視線がわたしに集中していることがわかった。一挙手一投足すべてが注視されていて、気を抜く暇さえ与えられない。

「借りてきた猫やな」

不意に耳元で囁かれ、びくりと体を震わせる。声のほうへ目をやると、そこに穂波の人の良さそうな丸顔があった。

「ちょ……あんた」思わず声を上げそうになって、慌てて囁き声に戻す。「何。どうやって忍び込んだ?」

「別に忍び込んどらんわ。今日のうちは、恩田事務所の臨時秘書や。どや、こんなカッコもそそるやろ?」

見れば、動きやすそうな黒のパンツスーツに身を固め、長い髪もきっちりとうしろで団子に纏めている。その引き締まった表情と毅然とした立ち姿は、元自衛官というのも頷けるものだった。

囁き声に気付いてか、斜め前方にいた小宮が首だけをこちらに振り向けた。しかし咎めるでもなく、穂波に向かってかすかな目礼を送ってきただけだった。どうやらあの男も承知のことらしい。

「小宮はんとは道場仲間でな。自衛隊式の実戦格闘術にえらく興味がおありのようで、暇を見ては指南させて貰うとる」

「じゃあ……あんたらは、前から顔見知り……」

「鈍い子やな」前を向いたまま、彼女は唇の端を持ち上げた。「あんたがあない自由にぷらぷら出歩けてたのはなぜやと思うとった。うちじゃなくあの人に、蔵へ放り込まれとってもおかしくなかったやろうに」

ようやく思い至った。小宮が寄越すと言っていた『人』っていうのが誰のことだったのかに。家にいたあの若い男はあくまでダミーで、本命は彼女だったのだ。

「いやあ……男ふたりに頼られて、いい女は体ひとつじゃ足りんわ」

もはや呆れて言葉もなかった。しかしそんなわたしを、穂波が肘で小突く。

「雑談はここまでや。気ぃ抜くのはまだ早いで」

わかってる。今のところはまだ異変は見当たらないが、安心はできなかった。何かあるとしたら法要のあとだ。そう気を引き締めて、数メートル離れた恩田冬一郎の後ろ姿に目をやった。

その両側には警察の人間と思われる体格のいい男たちがぴったりと張り付いている。背後には小宮だ。みな、何かあればいつでも恩田の盾となれる態勢だった。さらには本堂から墓地に向かう通りには数メートル間隔で制服警官が立って目を光らせている。警備は思った以上に厳重だった。

この厳重さでは、日南子もさすがに境内までは入ってこられないだろう。しかし近くにはいるはずだった。爆弾は携帯電話で起爆させられるタイプのものだったらしいが、きっと彼女もその結果を自分の目で確かめたいはずだ。

寺の周囲は、天堂の部下たちが総動員で囲んでいる。日南子が彼らに見つかったなら、当然ここにいる穂波にも連絡が来るだろう。しかしまだ、彼女に何の知らせも入ってはいないようだった。

小宮の声で我に返った。気が付けば読経も終わり、参列者たちによる焼香がはじまっていた。このあと、墓地へと向かう前に恩田による参列者への挨拶がある。その際に隣に立つようにとのことらしい。そうしてわたしを恩田の後継者として認知させたいという思惑があるのは承知の上で、大人しく従うことにした。そんなことは、今はどうだっていいのだ。

それよりもこの場を一段高いところから見渡して、何か異常がないかどうかを確かめたかった。もちろん境内の警備に目立った動きはないし、穂波にも何の連絡も入ってきていないのはわかっている。しかし、肌がひりつくような不安が募ってどうにも仕方なかったのだ。

わたしが恩田に近づくと、参列者たちの目が再びわたしに集まるのが感じられた。視線というのは不思議なもので、間違いなく物理的な圧力を持っている。そしてわたしに注がれるそれが、決して温かくはないことも感じ取っていた。こちらの衣服も、そして皮膚すらも貫いて、内の内まで見定めてやろうとでもいう怜徹《れいてつ》な視線の数々。

そしてその中に、ひとつの異質な視線を感じ取った。

いる。

わたしは顔を上げ、白一色の景色の中に並んだ喪服姿の人々を見渡した。それらしい人影は見当たらない。それでも確信はあった。

日南子が来ている。間違いなく、ここにいる。そしてこの感覚は、数日前彼女のマンションの前で覚えたものと同じものだった。

26

墓地へと向かう列は、ほんの十数人に減っていた。恩田と数人の警備、そして小宮たち秘書。わたしと穂波は、その最後尾に続いていた。

小道の雪は一メートルほどの幅で取り除かれていた。しかし濡れていた砂利道は硬く凍りつき、気をつけなければ足を取られそうだ。そのため一行の歩みはゆっくりとしたものだった。

「来てる、やて?」穂波が小声で尋ねてきた。

「うん。まあ……信じないかもしれないけど、わかるんだ。あの子は近くにいる。わたしたちを見てる」

気にしすぎと笑われるかもしれないな。そう思っていたのだが、意外にも彼女はすんなりと納得したようだ。

「なら、外の連中にも知らせる必要がありそうや」

そう言って携帯電話を取り出し、彼女は列から離れていった。しかしひと言ふた言電話の向こうに指示を出しただけで、すぐにわたしの隣に戻ってくる。

「信じるのか？」

「そういうのってあるんよ。人間の直感って、意外と当てになるんや」

わたしの問いに、穂波はけろりと答える。そういえば彼女は、前に同じようなことを言ったときもわたしを笑わなかった。

「でも、もしそうなら……日南子はどうやって入ってきたんだろう」

外は天堂たちが固めていて、境内に入ってくる人間に対しては絶えず目を光らせているはずだった。その目をかいくぐって侵入してくることなど可能なのだろうか。

「あるいは、最初から中にいたんかもな」

穂波がつぶやくように言った。しかしわたしがどういうことかと尋ねようとすると、彼女は不意に表情を硬くして顔を上げた。

列の先頭が、間もなく恩田家の墓の前に至ろうかというところだった。その大きな墓石の陰から小柄な人影がひとつ、音もなく現れるのが見えた。まるで白い靄《もや》の中から突然浮かび上がったかのようだった。

他の参列者たちと同じ、黒一色の喪服姿だった。肩から下げている大きめのバッグもやはり黒。

長い髪がわずかに乱れ、あるかなきかの風に揺れている。

「お待ちしておりました、先生」

彼女と数メートルほどの距離を置いて、恩田冬一郎は足を止めていた。しかし驚いた様子は見て取れなかった。前に進み出たふたりの警護を手で制して、真っすぐに彼女と対峙《たいじ》していた。

「君は……」落ち着いた、重々しい口調で恩田は言った。「ここに来るべきではない。そうは思わなかったかね」

「わかっています。それでも先生と直接お話しできるのは、今日このときをおいて他にないとも思いました」

臆することもなく、日南子は答える。柔らかな微笑みとはまるで対照的な、冷え冷えとした声だった。

風に乱れた前髪を、左手でそっとかき上げる。その薬指に、あのリングがあった。暗緑色の石の中に、血のように赤い星。そうしてわたしは、その宝石がなぜ古来より神秘的な力を持つとされてきたのかをようやく思い出した。

ブラッドストーン。磔刑《たっけい》のキリストの血を受けたと言われる石。その意味するところは献身。そして殉教。

「私と……話を、か」

恩田は一歩踏み出した。彼女のほうへ。何ごとかを囁いて身を乗り出した小宮に対しても、かまわないと答えるように首を振って。

「なるほど、君にはあるだろう。私に言いたいことは、山ほどね」

「そんな、山ほどはありません。ただひとつかふたつ、お聞かせ願いたいことがあるだけです。その上で、謝ってくだされればわたしは満足です」

「謝る……そうだな。私は君に謝らなければならないか」

「違います」日南子はわずかに語気を強めた。「わたしにではありません。この人……直樹さんにです。あなたが殺したこの人にです」

ほとんど無意識に、足が動いていた。しかし穂波が痛いほどの力でわたしの腕を摑んで引き留める。

「その前に、本当のことを話してくださいませんか。この人がなぜ死ななければならなかったのかを」ちら、と墓石に目をやって、日南子は続けた。「もちろん、わたしは真実を知っています。その真実を、ここにご列席の皆様にお伝えください」

恩田はゆっくりと首を振り、「真実、か」とつぶやいた。

「真実とはさまざまな面を持つものだよ。私も、そして君も、おそらくはその一面しか知らない」

「そうですね。ではその、先生がご存じである一面をお話しいただけないでしょうか?」

まるで時間が止まったように、誰もが動けずにいた。恩田のうしろに控えた警護も、そして小宮も、いつでも飛び出せるように身構えたまま息を詰めている。日南子はわずかに顔を上げて、あとに続く面々に向かって言った。

「皆さんはそこを動かないでください。ここには爆弾が設置してあります。今ならまだ、爆発に巻き込まれるのはわたしと先生だけ。何も好き好んで巻き添えになることはないでしょう」

彼女は右手に持った携帯電話を掲げた。そこにはすでにひとつの番号が呼び出されてあった。あとは通話ボタンを押すだけで、一、二秒のうちに起爆させることができるようになっているようだ。

もちろん、爆弾がそのまま設置されてさえいれば、だが。

列がざわめいた。警護の者たちも弾かれたように飛び出してくる。しかしまるで一喝するかのような大声がそれを遮った。

「下がれっ！」

恩田だった。ひび割れてはいるが、それでも腹の底を震わせるほどの力を持った声だった。足を踏み出しかけた男たちも、まるですくみ上がったようにその場に凍りついた。

「みな下がりなさい。これは、私とこの女性の問題だ。そして……直樹とのな」

恩田は肩越しに振り返り、今度は労《いたわ》るように穏やかな声で言った。固まっていた男たちも、その言葉でようやく我に返ったか、じりじりと後退する。しかし背中からは、いっそうの緊張が滲み出ていた。

「賢明な判断です、先生」満足げに頷いて、日南子は言った。

「わかっている。こんな先の短い老いぼれのために、未来ある若者を巻き添えになどできるものかね」

そう言って恩田は、咳き込むような嗄《しゃが》れた笑いを漏らした。さっきの大声で、すっかり喉が嗄《か》れてしまったらしい。

列のうしろのほうにいた数人も、彼女たちから距離を取ろうとしてあとずさってきた。そのひとりがわたしと肩をぶつけ、惚《ほう》けたように「すみません」と頭を下げる。さっき境内で受付をしていた若い秘書だった。恩田の事務所に来て、まだ日も浅いのだろう。なるほど、こんなことで命を落としては馬鹿馬鹿しいとも思っているはずだ。

どうぞ、とわたしは穂波との間に場所を空けた。彼女も若い秘書を通そうと、摑んでいたわたしの腕を放す。

その一瞬の隙に、わたしは一気に駆け出した。「あっ」と穂波が小さな叫びを上げたが、振り返りはしなかった。道を逸れ、墓石の間に積もった新雪を踏みしだきながら、日南子たちとの距離を詰めて行く。

「君が聞きたい物語がどういうものかは、私もわかっているよ」再び日南子に向き直り、恩田は言った。「しかし残念ながら、私には君を納得させてあげることはできない」

「この期に及んでまだ誤魔化そうとしておいでですか？」

「そんなつもりは毛頭ないよ。ただ、私の知る真実を話しているだけだ」

恩田の口調は淡々としていたが、苦し紛れに誤魔化したり、煙に巻こうとしている様子はまったく感じなかった。

「それでも、やはり私は君に謝罪しなければならないと思っている。君をこんなにも苦しめ、追い詰めてしまったのも、結局は私の弱さゆえだ。私と、直樹の弱さだ」

「やめてください」

言葉を遮るように、日南子がぴしゃりと言った。

「先生が簡単に真実を話してくれるとは思っていません。政治家ですからね。でもそれを隠すために、あの人を使うのは我慢できません。あの人を悪く言う資格は、あなたにはないのですから」

日南子はそこまで言って、手の中の携帯電話を前に掲げた。

「これがはったりだとお思いですか?」

いや、と恩田は首を振る。

「そうは思っていない。しかし息子のことを思うなら、もう少しやりかたを考えてほしいというのが正直な感想だ。君の気持ちはわかるが、死者の安らかな眠りを妨げるようなことはすべきではない」

「安らかな、ですって?」

日南子はちらと、兄の遺骨が納められた墓石を見やった。彼女の微笑みが、ほんの一瞬だけ歪んで見えた。

「あの人が……こんなところに入れられて、安らかに眠れているとお思いですか。自分を殺した人間の一族と一緒に、無理やり押し込められて」

わたしは滑る足元に難儀しながらも、ようやく日南子たちの近くの、やはり大きな墓石の陰までたどり着いた。そこでひと息ついて様子を窺う。恩田の背後で身構えている警護の者たちの中に、小宮の姿が見えなかった。もしかして彼もまた、列から離れて日南子の背後に回ろうとしているのかもしれない。

「わたしは、あの人を解放してあげたいんです。体を失ってもなお、呪いに囚《とら》われたままのあの人の魂を」

「呪いか。確かに、そうかもしれん。だがその呪いは誰によるものか」

恩田は再び足を踏み出した。そうしてゆっくりと、日南子に近付いて行く。

「私には、君もまた呪いにかけられたままのように見える。直樹が……心ならずも唱え、自らを滅ぼしてしまった呪いにね」

日南子はじりじりと後退する。眼前に迫ってくる老人に怯えるように。それも無理はないと思えるほどに、恩田の歩みには目に見えない威圧感があった。駄目だ、と思った。これ以上、彼女を追い詰めないでやってくれ。そう叫びたいほどだった。

だから、思い切って雪で覆われた地面を蹴った。彼女たちの前に堂々と姿を晒し、そして言った。

「無駄だよ」

びくり、と日南子の肩が震えた。携帯電話を掲げたまま、その目がこちらに向く。

「この男は、死ぬことなんて恐れてない。どうせ放っておいても長くはないんだからね。だから、あんたの脅しは脅しにもならない」

恩田も驚いてこちらに向き直った。その酷薄な猛禽類《もうきんるい》にも見える顔に、はじめて動揺が浮かぶ。

「綾乃……！」

名を呼ばれたが無視した。わたしは真っすぐに、日南子を見つめ返す。

彼女が驚いたのも一瞬のことだったようだ。わたしの言葉を理解するにつれ、また穏やかな微笑みの仮面を被り直す。

「そうね……そういうこと」

この男の口を開こうというなら、誰か別の者の命を脅《おびや》かすしかない。そしてその対象として、わたしほど適した人間はいないだろう。今となっては、この男の血を引く者はひとりだけなのだ。それをわたしが認めていようがいまいが。

「殺し損ねておいて、よかったね」

「本当に。嬉しいわ、あなたがしぶとくて」

わたしはさらに一歩踏み出した。目の前に、彼女が爆弾を仕掛けた恩田家の墓があった。そこに爆弾がもうないことは知っていても、やはり慄《おのの》きはあった。まだすべての爆薬が回収されたわけではないのだ。

「綾乃っ！」恩田が引きつった声で言った。「下がりなさい。これはお前には関係のないことだ！」

「関係あるよ。日南子のことなんだ。わたしに関係ないわけがないじゃないか」

わたしは日南子に目を据えたまま、言葉を返した。なぜだか、その姿を見たくないと思った。

わたしが現れたとたんに、さっきまで纏っていた威厳や風格をかなぐり捨てたように狼狽しているこの男の姿を。

「それにしても、まんまとしてやられたよ。どうやって現れたんだ、ここに。わたしの知らないところで、忍者の修行でもしてたとか?」

大袈裟に肩をすくめておどけると、日南子もくすくすと笑い返してきた。

「それとも、はじめから寺の中にいた?」

「そうよ」と彼女は答えた。「こちらの住職は、直樹さんとわたしのこともご存じでね。哀れに思ってくれたのか、こちらに置いてくださったの」

部屋を爆破して、行方をくらましてからずっと、彼女はこの寺に身を寄せていたというわけだ。『直樹さんはあんなところにいないわ』という、この町に帰ってきて最初の日に彼女が言った言葉も、結局はカムフラージュだったのかもしれない。

「でもまさか、こんなことをするためだとは思ってもいなかっただろうに」

「そうね。住職には本当に申し訳ないことをしてしまったわ。謝りたいけど、もうそうもいかないわね」

だってわたしたちは、これから木っ端微塵になるんだもの。日南子はそう言って、同意を求めるように「ね?」と首を傾げた。

「ところがそうでもないよ」わたしは心を鬼にして言った。「謝りには、行ける。わたしも一緒に行ってやるから」

「どういうこと？」

彼女は携帯電話を顔の前に掲げたまま、こちらに一歩詰め寄ってきた。

「あなたも、これがはったりだって思ってるの？」

「ああ。爆弾なんて、ない」

ここからは賭けだった。穂波たちでも見つけられなかった爆弾が残っているかもしれない可能性は承知の上で、それでもわたしは続ける。

「わかってるよ。あんたが、中国人から何とかって言う爆弾を手に入れて、ここに仕掛けたことは。でも、それはもうないんだ。昨夜のうちに、わたしたちで回収しておいた」

日南子はその言葉がどこまで真実なのか探るように、じっとわたしの顔を覗き込んだ。不安を見せてはいけない。それはわかっていた。

「嘘だと思うなら、起爆させてみればいい。その携帯電話の通話ボタンを押すだけでいいんだろう？」わたしは小さく顎をしゃくって見せる。精一杯の余裕を装って。「やりなよ」

表層の細かな雪を巻き上げながら、わたしたちの間を一陣の風が吹き抜けていった。頬は凍りついたように、もうほとんど感覚もなかった。それなのに、握り締めた掌の中はじんわりと汗ばんでいる。

「やめるんだ」

恩田がかすれた声で言った。しかしわたしも日南子も、もう聞いてはいなかった。

「こんなことをして何になる。誰も戻ってはこないんだ。誰も……」

永遠にも思えた長い沈黙のあとで、日南子がまたふっと唇の端を持ち上げた。そして携帯電話を雪の上に落とすと、肩から下げていたバッグの中に手を入れる。

「だったら……」

と言って、取り出したのは鈍く光る拳銃だった。彼女はそれを両手で構え、ぴたりとわたしに狙いをつける。

「こういうのもあるのよ」

やはり中国人たちから入手したものだろう。それは日南子の華奢な手にはとうてい不似合いなほど、大きくて武骨だった。

この可能性については、事前に穂波からも聞かされてはいた。そしてまったくの素人の場合、五メートルも離れればまず当たらない、ということも。だから恐れることはない。

「爆弾が見つかることは最初から想定してたわ。あれはわたしが本気であることを伝えるためのものだから。だから、こっちが本命」

かちり、と小さな音がした。銃身の横にあった安全装置を外す音だった。

「さあ、先生。もう一度お願いします」

わたしにぴたりと目を据えたまま、日南子は恩田に言った。

「あの人の死の真相を。先生の口から、ここにいる全員に」

「何度尋ねられても同じだ。君が望むような話を聞かせることはできない」

「つまらない言い逃れは、もうなしにしていただけたら嬉しいです。わたしは知っているのですから。すべて」歌うように高らかに、日南子は言った。「そう、『チルドレン』のことも」

「あんなものはただの与太話だ！」

怒気を露に、恩田は怒鳴った。この男がこれほど感情を表に出すのを、わたしははじめて見た。国会中継でも、選挙カーの上でも、憎たらしいほどに冷静で機械のようだとも評されるこの男が。

「誰が言い出したのかは知らんが、まったく失礼極まる話だ。あんなつまらん噂のために、いったいどれだけの人間の名誉が汚されたと思う。馬鹿馬鹿しいっ！」

「与太話でないことは、先生ご自身がいちばんわかっているはずです！」

恩田の激昂《げっこう》につられたのか、日南子の声も大きくなり、語尾が震えて裏返る。そうして銃口がぶれた。この機に前に出るべきかと一瞬迷う。しかし同時に、彼女の背後に黒い影が音もなく現れるのを見た。

小宮だった。わたしと同じように、隙を見て日南子の死角に回り込んでいたのだろう。そうして巨体に似合わぬしなやかさで彼女に迫ると、背後から腕を取って銃を跳ね上げさせる。

どん、という銃声が響いた。しかしそれは直上の空に向かって放たれたもので、誰を傷つけることもなかった。

銃は反動で彼女の手を離れ、落ちた。小宮は小声で「失礼」とだけ言って、日南子の腕を背中のほうへねじり上げ、雪の上に押さえ込む。身構えていた警護の男たちが一斉に詰め寄ってくるのもわかった。わたしはそれよりも早く、落ちていた拳銃を拾い上げる。

日南子はもう抵抗する素振りも見せなかった。雪だまりの中に顔を突っ伏すようにしたまま、ぴくりとも動かなかった。これだけの体格差がある小宮にうしろ手を取られたら、もう観念するしかないのだろう。さらにそこへ、何人もの黒服の男たちが群がってゆく。

そのうちのひとりがわたしに駆け寄り、肩を抱き寄せてきた。

「ご無事ですか。お怪我はありませんね？」

唾を飛ばしながらそう訊いてくる。そのくらい、見てたんならわかるだろ。

そうしてわたしの答えも聞かずに、強引に後方へと引きずって行こうとする。なんだか無性に腹が立ってきた。その上「さあ、お嬢さん。それをこちらに」と、日南子の拳銃をわたしの手から無理やり引きはがそうとする。

わたしは身をよじって男の手を払いのけた。驚いたように一歩下がった男を、まあまあと宥めながら前に出てきたのは穂波だった。

「これでええんや。さ、行くで」

「行きたきゃひとりで行きなよ」

言い捨てて、日南子のいたほうに向き直った。その姿も、大勢の男たちに囲まれてもう見えなかった。胸の中で、何かがぶちりと切れるのがわかった。何なんだお前ら、か弱い女ひとりに大の男が寄って集《たか》って。

拳銃を空に向けた。そしてしっかりと両手で握り直し、引き金を引く。

衝撃は想像以上だった。掌が灼《や》けたように熱くなり、すぐに感覚を失った。肘から肩へと突き抜けていった圧力を支え切れず、思わず膝が崩れそうになる。それを辛うじて踏み止まり、再び男たちに目をやった。

誰もが何が起こったのかもわからない様子で、動きを止めてわたしを見ていた。小宮だけが背中を向けたまま、なおも日南子を押さえ込んでいる。わたしは痺れた腕に銃を構えたまま、その背中へと近づいて行った。

「日南子から離れろ」

まだ硝煙のたなびいている銃口を、小宮の刈り上げた襟足のあたりに突き付けた。さすがにこの距離なら、素人でも外しはしない。

背後から「……あっちゃー」という声がした。穂波だった。「お嬢さまがとうとうほんまにキレよった」とも。けれどその声音は、どことなく面白がってるようにも聞こえた。ああ、笑えばいいさ。でもこのまま、日南子を警察なんかに突き出されてたまるか。

日南子の周りに群がっていた男たちは、戸惑ったように固まっていた。小宮ひとりだけが、憎たらしいほどに冷静だった。

「撃てるんですか、私を？」

尋ねてきた。わたしはふんと鼻を鳴らしてやる。「撃てないとでも思ってる？」

銃口をさらに前に突き出して、小宮の首のうしろに押し付けた。まだ熱を持っていた銃口が、汗に触れてじゅっと音をたてる。

「わたしの天秤《てんびん》に乗っかって、まさか日南子より自分のほうが重いなんて思っちゃいないよね」

しばしの沈黙のあとで、彼は諦めたように肩を落とした。

「……そうですね。そこまで思い上がってはいません。悲しいことですが」

わたしはわずかに顔を上げ、こちらに飛び掛かるべきかどうか迷っているような姿勢の男たちを、上目遣いに見回した。

「お前らもだ。全員日南子から離れろっ！」

わたしがそう一喝しても、誰ひとり動こうとはしなかった。そこで小宮が、相変わらず淡々とした声音で言う。

「どうか従ってください。わたしは大丈夫ですので」

その言葉でようやく、男たちはそろそろと離れていった。しかし自由になっても、日南子はぴくりともしなかった。顔を雪だまりの中に伏せ、まるでそのままこと切れてしまったかのように。

「立てよ」

短く言うと、小宮は膝立ちの姿勢からゆっくり腰を上げる。こうなってしまうと、この男の頭はわたしの目線よりも上になってしまうので、銃口を突き付ける先を背中に変更する。心臓は確かこのへん、と当たりをつけて。

「日南子、あんたもだ。立て」

彼女は相変わらず無反応だった。聞こえていないのか。それとももう、何もかも諦めてしまったのか。ふざけるな。これだけのことをしておいて、諦めが早すぎやしないか。

「わたしを殺したいんだろう⁉」

声を張り上げる。ようやく、日南子の背中がぴくりと震えた。

「だったらもう一度チャンスをやるよ。だから立て！」

彼女はようやく動き出した。ゆっくりともがくようにして両手を突き、顔を上げる。乱れた髪から雪の塊がぼろぼろと零れ落ちた。その下の表情はまったく見て取れなかった。

「そうだ」わたしははははっと笑い、なおも言った。「早く立て。行くよ」

しかし、立ち上がるまでは至らなかった。日南子はわずかに膝を浮かせたところで大きくよろけ、また雪の上に崩れ落ちた。しかし小宮が素早く動き、倒れ臥《ふ》す寸前でその体を抱きとめる。

「お前は動くな！」

慌てて銃を向け直し、わたしは怒鳴った。しかし大男は平然と、肩越しに振り返って答えてくる。

「私がお連れします」

「そんな……勝手に決めるな！」

「しかしお嬢さんは、両手が塞がってるようにお見受けしますが」

そう言われて、思わず言葉に詰まった。確かにそうだ。そう、なのだが。

小宮はわたしの返答も聞かず、日南子の両膝の裏に太い腕を回し、軽々とその体を抱き上げた。何とも奇妙な絵面ではあるが、ここは彼にこうしてもらわなければ、彼女を連れてここから去ることは不可能だろう。

「行かないのですか？」

と、小宮が急《せ》かした。とてもではないが、銃で脅されて従っている男の声音ではなかった。

「……行くよ。決まってるだろ」

ぶすっと答えて、肩越しにうしろを振り向いた。

「お前らは動くな！」声を張り上げる。「そこから一歩でも動いたら、この男を撃つからな！」

どこまで脅しが利いているのかもわからぬまま、わたしたちはゆっくりと歩き出した。墓地の奥に向かって。このまま抜ければ駐車場だ。もちろんわたしは車のキーなど持っていなかったが、居残っている運転手のひとりかふたりはいるはずだった。それを銃で脅せば、車の一台くらいはなんとかなるだろう。

「綾乃！」

背後から声が聞こえた。わたしは足を止め、もう一度振り返る。

恩田冬一郎の声だった。ただひとり、わたしを追うように雪の中に踏み出し、声を限りに叫んでいた。髪を振り乱し、身を震わせるようにして。

何だってんだ。わたしは胸の内にこみ上げてくる予想外の感情に戸惑っていた。今さら、あんたのそんな姿見せられても困るだろうが。あんたにはもっと偉そうにふんぞり返って、わたしのことなんか見下しててくれないと。

再び風が吹いて、舞い上がった雪煙がその影を覆い隠した。わたしは前を向いて歩き出す。もう振り向かなかった。

最後に見た小さな影の残像を頭から追いやって。かき消える寸前に、風に煽られるように影が傾いだことも、もう思い出さないように。

親族以外の参列者たちは、もうすでに去って行ったのだろう。駐車場に駐まっている車はまばらだった。

隅のほうに肩を寄せ合うように駐まっている数台も、エンジンを完全に落として静かに佇んでいる。運転席に人の姿はなかった。運転手たちも、どこかの屋内で暖をとっているのかもしれない。

当てが外れて落胆しかけたわたしの目に、一台だけ場違いな車体が入ってきた。黒塗りの大型車から少し離れて、鮮やかな空色の小さな車体。この数日、穂波がわたしを案内するのに使っていたワゴンRだった。

しかし今日は彼女もわたしと一緒に、恩田の事務所で用意された車に乗ってきたはずだった。この車がここにあるはずはなかったのだ。

「どうしますか?」

小宮が訊いてきた。わたしはまた銃口を彼の背中に押し付けて、「行け」と命令する。

近付くにつれて、軽いエンジンのアイドリング音が聞こえてきた。どういうわけか、わざわざエンジンまで掛けてあるらしい。しかし車内に、運転手と思われる人影は見えない。

明らかに不自然だった。もしかして、穂波がこうなることを見越して用意させたのだろうか。わたしと日南子のために。そんな都合のいいことも考えた。あるいは、罠か。わたしたちが逃げても、すぐにその行方を追えるように。

しかし、いつまでもここで悩んでいるわけにいかなかった。思い切って助手席のドアに手をかけると、あっさりと開いた。車内も暖房で暖められている。見ると、タイヤもちゃんとスタッドレスに履き替えられていた。であればこの雪の中、たとえ小さくても四輪駆動のこの車を使えるのは好都合だ。

「お乗せしてよろしいのですか？」

「ああ。頼む」

小宮は「わかりました」と答えて身を屈め、日南子を助手席に座らせ、シートベルトでその体を固定させた。大きな背中越しに彼女の顔を窺う。そこには何の表情も浮かんでいなかった。うっすらと目を開けているので、意識を失っているわけではないだろう。しかし自分では指一本すら動かさず、小宮にされるがままだった。ただ、あの揉み合いの中でも離さなかった大振りのバッグだけはしっかりと胸の前で抱えている。

小宮は再びわたしに背を向けたまま、両手を上げた。さて、残る問題はこの男をどうするかだ。まさか、一緒に連れて行くわけにもいかない。

わたしは銃の引き金から指を抜くと、グリップをしっかりと握り直した。それを振り上げ、小宮の後頭部に台尻を思いきり叩きつける。ごんと鈍い音がして、かじかんだ手に痺れるほどの衝撃が伝わってきた。

しかし小宮はぴくりとも動かなかった。まったく効いていないのかと思い、もう一度大きく振りかぶる。

「やめてください」何も変わらない、平然とした声で小宮が言った。「さすがに、少し痛いです」

「……少しかよっ！」

「ええまあ……ところで、やっぱり私は気絶したほうがいいのでしょうか？」

確かにそう思って殴ったんだけど、わざわざ訊くなそんなこと。

何の返事もしないでいると、それが答えだと納得したのか、小宮は「わかりました」と小さく頷いた。そして目の前の大きな背中が、ゆっくりとこちらに傾いでくる。

慌てて脇へと避けると、彼はそのまま背中からばったりと倒れていった。両手を広げて、文字通りの大の字になって。その姿はあまりに大袈裟で、かえってわざとらしかった。

相変わらずの無表情のまま目を閉じている小宮の顔を、わたしはしばらく呆然と見下ろしていた。それから恐る恐る尋ねてみる。

「その……何だ。行っていいのか？」

「どうぞ」

ここに来るまでの間に、拳銃を払ってわたしを取り押さえるチャンスなどいくらでもあったはずだった。なにしろこの体格差だ。簡単なことだったろう。にもかかわらず、この男はそれをしなかった。まるで、わたしが日南子を連れて去るのを手伝ってくれたようでもある。

「気の毒な女性です」気絶した振りのまま、小宮が言った。「正直に言えば私も、この女性をあのまま警察に引き渡すのは忍びないと思っていました。しかし私たちごときに、して差し上げられることなどありません」

「じゃあ何だよ。わたしなら……ってことなのか?」

「できる者がいるとすれば、です」

墓地のほうから、雪を踏みしだいて気配が近付いてきていた。それも複数。

「行ってください。早く」

小宮が目を閉じたまま、わたしを急かした。確かにのんびりとはしていられない。わたしは銃を下ろし、小宮の脇に放り捨てた。

「……悪い」

つぶやくように言うと、「いえ」という短い返事だけが返ってきた。わたしは小宮に背を向け、運転席へと乗り込んだ。そしてシートベルトを締める間も惜しんで、アクセルを踏み込んだ。

スタッドレスのタイヤで雪を盛大に蹴り立てて、ワゴンRが走り出した。目の前に飛び出してきた黒服の男たちが、慌てて左右に散ってゆくのが見えた。

27

バックミラーを覗き込むまでもなく、背後から数台の車が追ってきているのはわかっていた。ときおり、スピーカーで何かを呼びかけてくる声。けれど窓を締め切った車内では、言葉を聞き取れるほどには届いてこない。

だからそれは無視して、とにかく車を走らせることに専念した。気が付けばいつしか、あたりにはほとんど人家も見当たらなくなっていた。道の先に、うっすらと山並みがかすんで見える。あの山は何だったか。この道はそもそも、どちらの方角に向かってるんだったか。もはやそれすらわからなかった。

スタッドレスのタイヤもときおりグリップを失いがちで、何度もひやりとさせられた。カーブのたびにハンドルを取られ、対向車線に大きくはみ出してばかりだ。幸いほとんど対向車がないおかげで、事故を起こすこともなかったが。

悪条件は追ってくる側も同じではある。しかしエンジンのパワーが違う上、地の利は明らかに向こうにある。追いつかれるのも時間の問題だった。でもだからといって、諦めるわけにもいかない。

緩やかな斜面を上がり切ると、その頂点でタイヤが浮いた。すぐにまた雪の上に着地したものの、タイヤがグリップせずにずるずると滑ってゆく。その先は左に切れて行くカーブ。落石避《よ》けのネットがかかった岩肌が、見る見るうちに近付いてくる。半分雪をかぶってはいるものの、このまま突っ込めばただでは済まないのはわかっていた。

「…………！」

声にならない叫びを上げながら、目一杯にハンドルを切った。それでもブレーキをかける気にはなれず、逆にアクセルを思い切り踏み込んだ。

岩肌が迫る。迫る迫る。しかしそれがあとほんの数メートルというところで、ようやくタイヤが雪面をしっかりと摑んだ。体が大きく右に振られ、ぐったりとしたままの日南子の体がこちらにぶつかってくる。それでもシートベルトのおかげで、彼女がシートから転がり落ちることはなかった。

しかし今度は勢い余り、反対車線へと大きく振られてゆく。その向こうの下り斜面には、葉を落とした広葉樹ばかりの寒々とした雑木林が続いている。ガードレールがあるとはいえ、そちらに外れるのも危険だった。慌ててハンドルを切り返し、車体を安定させようとする。激しく蛇行を繰り返し、ようやく姿勢を戻したところで、はじめてミラーを見た。後続の車は三台。何ごともなかったかのように、二十メートルほどの距離を置いてぴたりとついてきていた。警告灯の赤い光が、白い靄の中にちらちら滲む。

どうすればいい。考えても焦るばかりだった。このままでは遅かれ早かれ追いつかれるか、こちらが事故って立ち往生だ。手詰まりのまま、それでもスピードを緩めることはできなかった。今はただ、走り続けろ。それしかできることはない。

助手席で力なく頭《こうべ》を垂れている日南子に、もう一度目をやった。まだだ、と胸の中で繰り返す。まだ、彼女を渡せない。ようやく見つけたのに。こうして隣にいるのに。彼女の心ははるか遠くにあって、触れることすらできていない。

「どうすればいい、穂波」

問いかける。答えが返ってくるはずもなかった。当たり前だ。それでも問わずにはいられなかった。

車が再び大きく跳ねた。シートから尻が浮き上がり、すぐにまた叩きつけられた。何か低いうめき声にも似た音が聞こえた気がしたが、日南子が目を覚ました様子もない。気のせいだろう。

雪はすっかり勢いを増し、フロントガラスに音を立てて突き刺さってくる。ワイパーもあまり役に立たず、視界も悪くなる一方だった。

「どうすればいい……天堂！」

縋《すが》るような思いで、その名前を口にする。こんな状況になって、結局頭に浮かぶのはあの男の顔だった。ああそうだよ。すでにわたしとあの男は、まったく別の世界に住んでいる。頼ってはいけない。頼れる道理もない。それはわかってる。でも。

そのとき、視界の上のほうを何か黒いものが過っていった。わずかな間を置いて、背後から激しい衝突音。金属と金属がぶつかり合い、擦れ、ひしゃげる悲鳴にも似た音だった。何ごとかと思っても、小さなミラーの中では状況を読み取ることはできない。かといって、振り向いている余裕もまたなかった。

続けて黒い塊がふたつ、フロントガラスを横切った。今度は確かに見た。ベンツが空を飛んでいた。黒光りする巨大な車体が、左側の険しい斜面の上から飛び出して、まるで翼を広げた鴉《からす》のように雪空を切り裂いてゆく。それはあまりに現実感のない光景で、わたしはただ呆然と見送るしかできなかった。

再び、地を震わせるほどの轟音。そこではじめて、ちらりと後方を振り返った。横倒しになった黒い車体が折り重なり、完全に道を塞いでいた。あれでは追ってきていた車も、手前で立ち往生するしかないだろう。

　何が起きたのかはわかっていた。こんなことをする人間はひとりしか思い当たらない。こんな馬鹿なことをするやつは。

　その男が、大きな体で軽やかにわたしの目の前に飛び降りてくる映像が不意に蘇った。あの十七歳の、夏の日のワンシーン。

「天堂……お前ってやつは……はは っ」

　気が付くと、知らず知らずわたしは笑い出していた。もちろん彼らが無事だったかは気になった。ベンツはまるで翼のようにドアを広げていたので、おそらくはみな車外に飛び出しているだろうと思うが、万が一逃げ遅れでもしていたら。たとえ落ちた先が雪の上だとしても、無事では済むまい。心配でないはずはなかった。それでも、笑いは止まらなかった。

　わたしはようやく気付いていた。そうだった、あの大男はいつだってわたしのことを見ていたのだと。この町を離れていた間も、ずっと。通帳に積み重なってゆく数字を眺めながら、わたしはいつもそれを感じていたではないか。

　いったい何を寂しがっていたのだろう、わたしは。たとえ距離は遠く離れていても。たとえそれぞれ別の鳥籠の中にいても。たとえその人生が、二度と重なることはなくとも。天堂はわたしを見ている。わたしはそれを感じている。それで十分じゃないか。

　追ってくる者はもういなかった。白一色に覆われた世界の中、わたしはなおもアクセルを踏み込んだ。

行く当てなどなかった。このまま東京まで日南子を連れ帰ってしまおうかとも考えたが、すぐに小銭もカードもバッグごと預けたっきりだったことを思い出す。車にはＥＴＣもついておらず、これでは高速も入れない。いくらガソリンはほぼ満タンだからといって、下道で東京まで走るのは現実的ではなかった。

ひとまずはどこかの町まで。彼女を休ませることができる宿でも見つけて、穂波か天堂に連絡を。そんな考えごとに気を取られたまま、緩やかなカーブを漫然と曲がっていこうとしていたところで、いきなりずるりとタイヤが滑った。慌ててステアリングを逆に切って立て直そうとしたものの、車は大きく尻を振りながら横滑りに流されてゆく。

そうしてほぼ車体を半回転させる形で、うしろからガードレールに突っ込んで止まった。しかし衝撃はさほどではなかった。わたしは大きく息をついて、ハンドルに覆い被さるように顔を伏せる。

「大丈夫だったか、日南子」

尋ねたが、返事はなかった。横目で助手席を見やると、彼女はさっきまでと同じ姿勢でシートにもたれ、力なく頭を垂れている。

早く車を動かさないと。そう思わないでもなかったが、エンジンキーには手が伸びなかった。両手はきつくハンドルを握りしめたまま、貼り付いてしまったように離れてくれない。

しかし、あとに続いてくる車などもう一台もなかった。どれくらい走ったかはわからないが、市街地からもかなり離れていると思えた。雪はなおも激しく降りしきり、今やまるで白一色の異界にわたしたちだけが取り残されたみたいに思えた。

少し休もう。そう決めたとたんに、全身が鉛のように重たくなった。今になってようやく、自分がどれだけ緊張していたかがよくわかった。まったく馬鹿なことをしたものだ。わたしはいつもそうだ。深く考えもせずに、頭に血が昇ったら昇ったままに突っ走ってしまう。何も変わってない。変われない。

それでも後悔はなかった。そもそもこうする以外に、いったいどんな選択肢があったというのか。あのまま日南子を放っておくことなんてできたか。できやしないだろ。

だから後悔なんてするわけがない。それよりも今は、これからのことだけを考えよう。日南子はここにいる。わたしの隣にいる。それだけは確かなのだ。

しかし、ちらと横目で彼女の様子を窺って思う。ここにいるのは本当に日南子なのか。助手席の彼女はなおもぴくりとも動かない。乱れたままの長い髪の間から覗いているのは、ぞっとするほどに虚ろな顔だった。これが彼女の本当の素顔。だとしたらわたしが見ていた、それが彼女だと思っていたあの柔らかな微笑みは、ただの仮面に過ぎなかったのか。ならそれを知らなかったわたしに、いったい何ができるというのだろう。

「……日南子」

呼びかけた。しかし、それ以上にかける言葉が見つからず、結局はひどく間抜けな問いを続けてしまう。

「寒く……ないか？」

当然のことながら、返事はなかった。窓の向こうの寒々しい光景のせいでついついそう尋ねたのだが、車内は目一杯にエアコンが利いていて、むしろ汗ばむほどだった。

「……くは、ないよな。馬鹿みたいだ、わたし」

自嘲気味の笑いを洩らすと、ようやく両手がハンドルから離れた。それでもまだ指の節が軋むように痛み、真っすぐ伸ばすこともできなかった。ゆっくりと数度、拳を握ったり開いたりを繰り返していると、助手席からか細い声が聞こえた。

「……寒いわ」

車の中には、わたしと日南子しかいなかった。しかしすぐに、それが彼女の声であるのかわからなかった。それほどにその声は、冷たく陰鬱な響きがあった。掠《かす》れて、ひび割れて。まるでいきなり何十歳も年老いてしまったかのようだった。

「凍えそうよ……それ以外は何も感じない」

日南子。もう一度その名を呼んだ。けれど彼女は力なく顔を俯けたまま。その唇さえも、動いているようには見えなかった。

「馬鹿だと思ってるでしょうね」

耳をそばだてないと聞こえないほどの小さな声で、日南子はそう続ける。

そんなことはない、と首を振った。馬鹿比べなら、たぶんわたしのほうがよっぽどだ。

「わかってるのよ、これでも。こんなことして、何がどうなるってわけでもないと。でもね、どうしようもなかったの」

それだけ言って、彼女はほんの少し目を上げた。窓の外へ。でも、その虚ろな瞳に何も映っていないことはわかっていた。そこはただ白一色の世界が広がっているだけだ。

「悲しくて悲しくて……どうしようもなかったの」

わかるよ、と言いかけてあわてて言葉を飲み込んだ。軽々しく合いの手を入れたら、いっそう彼女が遠くへ行ってしまう。そんな気がした。

「日南子。あんたは……」慎重に言葉を選びながら、わたしは尋ねた。「恩田のことを、本当に殺すつもりだったのか?」

答えはすぐには返ってこなかった。けれどわたしも同じ問いを繰り返すつもりはなく、ただじっと待ち続ける。やがて、ひどく長い間を置いて、日南子は再び口を開いた。

「……わからない」

「そうか……そうだよな。あんな死にかけのじじい殺したって、何の意味もないもんな。なら、やっぱりわたしか?」

くくっ、と彼女の喉が小さく鳴った。笑ったのかもしれない。でもその声は、どう聞いても笑い声には聞こえなかった。

「答えろよ。わたしが憎かったのか?」

数日前の電話でも、はっきり言われたことだった。わたしのことが憎かった、と。なら、同じ答えが返ってくるのはわかっていた。それでも訊かずにはいられなかった。

しかし日南子の答えは、またしても「わからない」のひと言だけだった。

「わからないってことは……ないだろ」

「だって……わからないんだもの。本当に」

日南子はそう答えて、また虚ろに笑う。

「じゃ、質問を変えるよ。昔の話だ」

そうしてわたしは、さらにもう一歩踏み込んだ。さらに深く傷つくのも承知で、もう一歩。

「十七歳のあの日、屋上で。あんたがわたしに近づいてきたのは……わたしがあの男の娘だと知ってて、その上でか?」

「そうよ」

その答えは、きっぱりとしたものだった。ほとんど血の気が失せたように真っ青だった彼女の頬に、ほんのわずかに赤みが戻ってくる。

「自分の父親を死なせた男の娘が、どんな風に暮らしてるのか。それに興味があったわけか?」

「そうよ」

「じゃあその娘が、故郷を追われて東京で身を持ち崩して……あんたは嬉しかったか」

「ええ」

あのセピア色の時間を、この上なく大切なものとして胸の中で守り続けてきたのはわたしだけだったというわけか。わかっていたことなのに、体の中心で何かが裂けるような痛みが走る。

「じゃあ、兄もか。あの人に近づいたのも、同じか」

「ええ、もちろん」

「だったらどうだ。あの人が死んで、あんたは嬉しかったのか」

まるで機械のように、即座に同意の言葉を返してきていた彼女の唇が、ついに凍りついた。窶《やつ》れた横顔からまた血の気が引いてゆき、こめかみのあたりに白く筋が浮き上がる。

「嬉しかったわけはないよな。もしそうなら、こんなことをする理由がない」

彼女だってわかっていたのだ。父親の死は確かに恩田のためではあったが、それでもあの男を責められるものではなかったと。しかしどれほど頭で理解しても、心の底まで納得することなどできない。そんな鬱屈を、彼女はずっと抱えてきたのだ。おそらくは、兄に出会うまで。

「兄に近づいたのも確かに、あの人が恩田冬一郎の息子だったからかもしれない。でも、それも最初だけだったんじゃないのか。あの人と同じ時間を過ごして、人柄を知って、あんたも変わったんじゃないのか？」

鳥籠、という言葉が不意に頭に浮かんだ。いつか彼女が、自分の世界を表現するのに使った言葉だ。考えてみれば、恩田直樹の世界もまた小さな鳥籠に他ならなかった。でも、彼女はきっと。

「あの人と一緒なら、鳥籠の中だって悪くない。そう思えたんじゃないのか？」

外に出たいわけじゃない。ただ壊したいだけ。彼女がそう言ったのは、その鳥籠が窮屈だったからじゃない。そこにあの人がいなかったからだ。ひとりだけの鳥籠なんて、彼女には何の意味もなかった。だから壊してしまおうと思ったのではないか。

「……てない」

日南子がわたしを遮るように、何かを言った。しかしその声は小さすぎて、聞き取ることができない。

「えっ？」

「わかってない、って言ったの。あなたは何もわかってない」

「わかってないって、何を。どういう意味だよ」

「あの人は……」日南子の半ば閉じた瞼が、引き攣《つ》るように震えた。「ずっと外にいたのよ。あの人の望んだ鳥籠には、あの人の場所なんて最初からなかったの」

その言葉の意味がわからずに、わたしはただ黙り込んだ。彼女は気怠《けだる》げに頭を動かし、視線をこちらに向ける。もはや興味すらも失ったような、どんよりとした瞳を。

「もういいわ。話は、おしまい」

「終わりじゃない」わたしは彼女に向かって身を乗り出して、言った。「まだ何も終わってない」

「ねえ、綾乃。これって何だかわかる？」日南子はそう言って、バッグを抱えていた腕を緩める。

「これの中身よ。見る？」

「中身って……まさか」

彼女は男たちに取り押さえられ、もみくちゃにされている間も、決してそのバッグだけは手放さなかった。喪服姿には不似合いなほどに大きなそれを、まるで宝物であるかのように。

日南子は唇の端をわずかに吊り上げる。そうして、バッグの口を留めていたジッパーをゆっくりと引き開けた。

そこから現れたのは、煉瓦ほどの大きさの白っぽいブロックだった。昨夜、墓地で見たのと同じものであることは、すぐに思い出せた。穂波が危惧していたように、日南子はそれの一部をまだ隠し持っていたというわけだ。

ブロックには、何本もの電気コードが差し込まれ、携帯電話ほどの大きさの機械に繋がっていた。前面に小さな液晶画面があり、『0』が三つ並んで表示されている。

「何だか、わかる？」

「……ああ」

そう言って、日南子は小さな機械の側面にあるボタンを押した。表示されていた数字が『180』に変わり、一秒ごとにひとつずつ減ってゆく。カウントダウンであることはもちろんわかる。ただし映画なんかでよくあるような音はまったくしなかった。

「これは見ての通り時限式。だからあと三分で爆発するわ。あいつらからは、遠隔操作式とどっちがいい、なんて訊かれたけど、わたしは欲張りだから両方ちょうだいって言っちゃった」

彼女の瞳は相変わらず色を失ったまま。でも口調は、まるで夢見るように楽しげなものに変わっていた。

「だから、もうわたしに構わないで。あなたのことは特別に助けてあげるから、早く車を降りなさい。降りて、できるだけ離れるの」

「あんたはどうするんだ、日南子」

「どうもしないわ。わたしはこの子と一緒にここに残る」爆弾の入ったバッグを愛おしげに撫で、彼女は言った。「そのために手に入れたものだもの」

そうか、とわたしは頷く。「だったら、わたしも残る」

これが彼女の切り札だったのなら、なぜさっき恩田の前で使わなかった。そうすれば自分に群がった男たちもろとも、あの男も巻き添えにすることができたはず。

傍にわたしもいたからか。そう考えてしまうのは、ただの願望だろうか。

「あと二分よ」日南子が言った。「さあ、行きなさい」

「行かないよ」わたしは首を振る。「だから、そいつを早く止めろ」

「もう止められないわ。だって止めかた、聞いていないもの」

「だったら、外に放り投げろ。できるだけ遠くに」

さっき寺の本堂でわたしが感じた気配は、やはり正しかった。日南子はあの場にいた。わたしを見ていた。ならばあの夜も、彼女はやっぱりいたのだ。マンションからそう離れていない場所から、わたしが外に出たのを確認したのちに、爆弾を起爆させたのだ。いったいなぜ。

彼女には、最初からわたしを殺すつもりなどなかったからか。小月を踊らせてトラックを突っ込ませたのだって、結局は脅しに過ぎなかった。いったいなぜそんなことを。

彼女はただ単に、わたしを遠ざけたかっただけではなかったのか。わたしを巻き込みたくなかった。彼女が何をするつもりだったにせよ、それをわたしに見られたくなかった。わたしが見ていたら、決心が鈍るから。そういうことか。ならば。

「早くしろ。わたしを殺したくないのなら」

「変なの」くすくすと笑い声。「さっきは、自分を殺したいのなら立て、とか言ったくせに」

「いいんだよ。わたしは行き当たりばったりの女なんだ」

数字はついにふた桁になった。もうすぐ一分半。

「どういうこと。あなたも、もしかして死にたいの？」

「死にたいわけないだろ。だから捨てろって」

恐怖はもちろんあった。今すぐに車から飛び出して、頭を抱えてしゃがみこんでしまいたい。でもできなかった。たぶん、このまま日南子を失ってしまうことのほうが、わたしには何倍も怖かったのだ。

数字は『80』を切った。それでも彼女は、バッグを手放そうとはしなかった。その瞳をじっと覗き込む。眠たげに半ば閉じられていたはずの両目に、はじめて動揺が見えた。

彼女も揺れている。わたしを殺したくない。そう思ってくれている。揺れる目で、それでもしっかりと見ている。瞬きもせず。わたしを。

そのとき、不意に電流が走った。そして理解した。自分が間違っていたことを。

わたしを遠ざけたいだけなら、あの晩、爆弾なんて仕掛ける必要はなかったのだ。だってわたしは、あの夜を最後にこの町をあとにするつもりだったのだから。彼女にもそう言った。遠ざけたいなら、黙って行かせればよかったのだ。なら彼女は、どうしてあんなことを。

〈こうやって何枚も何枚も描いてるとね、だんだん本当の顔が見えてくるの。最初はなんか、硬

かったけどね〉

そう、あの夏彼女はわたしを見ていた。何枚も何枚も、数え切れないほどスケッチを重ねて、わたしを見続けた。そしてとうとう、それまで誰にも見せたことのない表情を引き出した。母にも天堂にも見せたことがなかったような、まさに裸にも等しい素顔を。

〈いっつも肩肘張って、ぴりぴりと身構えてて、誰も自分の懐には入れようとせえへん。男にも、女にもや。誰かのせいで自分の行動が左右されんのがいっちゃん嫌いやろ、あんた〉

そうだよ、わたしはそんな女だ。でもね、穂波。わたしはひとりだけ、入れたことがあるんだよ。懐どころか、もっと深く中の中まで。それがこの子なんだ。日南子なんだ。

〈わたしは綾乃を見てる。ずっと見てるから。あなたが、どんな風に生きていくのかを〉

それからもずっと。彼女はわたしを見ていた。ああ、確かに自分の父親を殺した男の娘がどんな女か、興味があっただけかもしれない。それでも、見ていたのは間違いないんだ。

でもわたしは。わたしは彼女のことを、そんなにちゃんと見ていたのか。見ていたつもりで、その実何も見てこなかったんじゃないのか。それはこの数日で、打ちのめされんばかりに思い知らされたことだった。

そう。だから。

「日南子。あんたは、見てほしかったんだな」

ゆっくりと手を伸ばし、日南子の真っ白な頬に触れた。冷たく凍てついた陶器のような肌。そこに、わずかに温かいものが伝い落ちてくる。見開いたままの両目から、零れてきた涙のひと筋。

その温かさが、日南子の声だった。見て。わたしを見て。どうしようもなく壊れてゆくわたしを見て。

わたしに気付いて。わたしを止めて。

「……やっと、届いた」

触れていた頬に、じんわりと温かみが戻ってくるのがわかった。大丈夫。日南子は確かにここにいる。手を伸ばして、こうして触れられる場所に。

「バッグを捨てろ、日南子」

「いやだ」駄々をこねるように言った。その声も震えている。「綾乃こそ、早く逃げて」

間違いなく届いている。けれど、まだ一歩足りないのもわかっていた。彼女にそれを捨てさせるには。彼女に、まだ生きたいと思わせるには。

何が足りない。何と言えば、最後の壁を越えられる。

「いやだね」

わたしは答えた。もう液晶の数字を見る気もしなかった。時間が残り少ないことはわかりきっていたからだ。

ついに焦りが勝って、日南子の腕の中のバッグに向かって手を伸ばした。しかし指先はバッグをかすめただけだった。日南子が子供におあずけをするように、それを頭の上に高く掲げたからだった。

「よこせっての！」

わたしは大声で言って、彼女に体ごとぶつかってゆく。もつれ合う。揉み合う。それでも彼女は必死でバッグをわたしから守っている。

「お願い、行って！」

嗚咽のように震えた声で、日南子が言う。彼女は少しでもわたしからバッグを遠ざけようと、それを持った右手をリアシートのほうへいっぱいに伸ばしている。

そのときだった。

「やめるんだ、日南子」

声がした。兄の声だった。まさかそんなはずは。わたしたちはふたりとも、凍りついたように動きを止めた。必死で身を捩《よじ》って抗っていた日南子の体からも力が抜け、魔法にかかったように弛緩《しかん》してゆくのがわかった。

いきなり冷気が車内に溢れた。いつの間にか、リアシートのドアが開け放たれていた。そしてシートの陰から突然手が伸びてきて、日南子から爆弾の入ったバッグをあっさり奪い取った。バッグはそのまま開いたドアの向こうに広がる白い世界へと消えて行った。

爆発はその直後だった。どん、という低い轟音とともに、車体が一瞬浮き上がる。白い世界が膨れ上がり、雪煙となって押し寄せてきた。わたしたちは何が起きたのかもわからないまま、それに飲み込まれる。

我に返ったときには、ほとんど雪まみれになった運転席で、日南子と抱き合うようにしてひっくり返っていた。聴覚の戻ってきた耳に、かん高い音がうるさく響く。何かと思ったら、ハンドルを枕代わりにしていた後頭部がクラクションを鳴らし続けていたようだった。

体を捻って頭をずらし、ようやくその音を止める。しかし起き上がることはできず、むしろシートの隙間に体がずり落ちてゆく。

見上げた背凭れの向こうから、白いものがむくりと起き上がるのが見えた。人間だった。雪まみれの顔を両手で掻き毟《むし》るように拭い、こちらに向き直る。

「怖《こえ》えよっ！」声を震わせて、掛井紅陽は怒鳴った。「何なんだよ、怖えよお前らっ！」

28

掛井は車の外で、寒そうに背中を丸めながら電話をしていた。携帯電話の電波が届くということは、ここもそれほど市街から離れた場所というわけでもないようだった。それにしても、電話なら車の中から掛けたって同じだろうに。そんなにわたしたちと一緒にいるのが嫌なのだろうか。

それでもひとり降りしきる雪に晒されているのに耐えかねたのか、彼は電話を畳みながら戻ってきて、「寒っ！」と身を震わせる。

「最初から、ずっとそこにいたのか」

「まあ、な。だがそれもお宅の姐さんの指示だぜ。俺は、ほら……もうあの姐さんには逆らえねえからよ」

そうして自嘲するようにけっと喉を鳴らし、掛井は続けた。

「最初はただ車持ってくればいいって話だったんだぜ。それが急に、エンジン掛けてうしろに隠れてろとか言われてな。『どうせあの子テンパっとるし、よほどのことせん限り気付かれへんわ』だとさ」

確かにわたしはいっぱいいっぱいで、特に走行中は振り返っている余裕もなかった。だからミラーに映らないよう身を低くさえしていれば大丈夫ってか。彼女には全部見透かされてたってわけだ。

「あ、でもあのデカブツの秘書は気付いてたぜ。目、合ったからな。だがシレっと気付かない振りしやがった。あいつも結構食わせ者だな」

「小宮もか……」

日南子を助手席に乗せたときだろう。あるいは、あの男も最初から知っていたか。わたしは衝動的に突っ走ったつもりで、結局はこうなるよう誘導されていたのかも。まさかとは思いながらも、そう勘繰りたくもなってくる。

「だが走り出してからは本気で後悔したぜ……ひでえ運転でひっくり返るわあっちこっちぶつけるわ、そんでしまいにゃ爆弾だぁ?」

勘弁してくれよ。そう言った声はまだ震えている。寒さだけではないだろう。確かにいつの間にか爆弾と一緒に乗っていたと知ったら、生きた心地がしなかったに違いない。ぶつぶつとひとりやかましかった。

それに対して日南子は、またすっかり放心してしまっていた。話しかけても、もう相槌ひとつ返ってはこない。

やがて白一色の画面に墨が滲むように、黒い車がゆっくりと近付いて来るのがわかった。しかし低いエンジン音が徐々に大きくなるにつれて、金属が擦れ合うようなノイズが交じっているのに気付く。

ノイズの理由はすぐにわかった。やってきたのはとうてい車と呼べる代物ではなく、ただの鉄屑だったからだ。フロントは派手に潰れてふたつ折りになったボンネットが浮き上がっている。いびつに歪んだエンブレムが最後の誇りとばかりに辛うじて立っていて、それでようやくこれがかつてはベンツだったことがわかった。

鉄屑はまるで断末魔の悲鳴にも似た音を立てて、ワゴンRの数メートル手前に止まった。そうしてドアを失った運転席から、上半身雪塗《まみ》れの男が屈みながら降りてくる。それはやたらと大きかった。

「……天堂?」

呆気に取られたままぽつりとその名をつぶやいた。彼は水から上がった犬のようにぶるんと体を震わせて、上半身を覆った雪を振り落とす。

ひどい有り様だった。額から目の下に至るまで、乾きかけた血がこびり付いて、まるで歌舞伎の隈取りのようだった。自慢のスーツは右の肩口が破れ、盛り上がった筋肉がむき出しになっていた。

雪と、血みどろの天堂。十二年前のあの夜を思い出してしまうような姿。しかし違っていたのは、その両目が爛々と輝き、口元には嬉しそうな笑みが浮かんでいるところだった。ただそこにいるだけで、十七歳の夏が蘇ってくるかのような無邪気な笑顔。とてもじゃないが、やくざの親分のものには見えなかった。

「無事だったか、綾乃」

「……まあ、一応は……それよりお前」そうしてわたしは、口にするまでもない問いを発した。

「それ、さっき……もしかして、乗ってたのか？」

「おう、見てたか」天堂は当たり前のように頷き、誇らしそうに胸を反らす。

「見てたか、じゃない。じゃあもしかして、他の車にも……」

もしも全部の車に運転手が乗り込んだままだったのなら、全員無事だったとはまず考えられない。皆が皆、この男のように頑丈ではないのだから。

「大丈夫や」

と、呆れ気味の穂波の声。鉄屑のうしろに軽自動車が続いていて、運転席から彼女が降りてくるところだった。そちらはまったくの無傷で、被った雪から覗く車体も純白。まるで保護色のように雪景色の中に溶け込んでいたので、すぐには気付かなかった。

「こんな怖いもん知らずが何人もいてたまるか。あとのやつらはみんな無事や」

ほっと安堵の息をついた。もしもわたしのせいで誰かに大怪我でもさせてしまっていたら、詫びても詫びきれないところだった。

「馬鹿だよ、お前は」

「お前に言われたくないぞ。馬鹿はどっちだ」

そう口を尖らせる天堂の巨体を回りこんで、穂波が車に近付いてきた。「まったくや」とぼやくように言いながら、下ろしたウィンドウから車内を覗き込む。

「それでも、無事で何よりや」

「まあ、何とか。おかげさま、なのかな?」

「そか。友だちも大丈夫そうやな」

助手席でぐったりとしている日南子を見やって、彼女は頷く。わたしは首を傾げ、「どうだろ」とだけ答えた。彼女のこの状態を、大丈夫と言っていいのか。

でも、とりあえずはまだ生きている。わたしも日南子も。今はそれで十分なのかもしれない。

「でもこれからどうなるんだろ。やっぱり、わたしもお尋ね者かな?」

「どうやろ。お巡りの前で思いっきりハジキぶっ放したのは確かやしな。けどそれもあんたが持ち込んだもんやないし、怪我人もおらんかったんや。あとは小宮のおっさんに任しとけばええ」

まあ、面倒なことになるのは仕方ない。すべて覚悟の上で、それでもやらずにはいられなかったことだ。

「それでも……」穂波はふっと真剣な表情になって、わたしの顔を見た。「あんたは戻ったほうがええで。先生が倒れはった」

「倒れた?」

「ああ。あのあと、急に具合悪なったみたいや。大したことないとええけど、詳しいことはうちらもまだ聞いとらん」

そうか、とぼんやりつぶやいた。墓地を去る際に遠目に見た、小さな影が揺らいで傾ぐさまが、まるで古い映画のような色合いで蘇った。

「わかった」わたしは頷いた。「あの男にはこれから、訊かなければならないことがある。確かめなければならないことがある。このまま話すことすらできずに……なんてことは困る」

胸の中の焦燥感の理由はそんなことではないのはわかっていた。それでもまだ、わたしはその本当の理由を素直に認めることができずにいた。

「うちも一緒に行こか?」

「いや」首を振る。「日南子を頼む。あんたがついててくれるなら、わたしも安心だ」

恩田に会いに行くにしても、日南子を連れて戻るわけには行かなかった。なら、穂波に任せるしかない。もしも日南子がまた突飛な行動をとったとしても、彼女なら決して傷つけることもなく制止してくれるだろう。

頷いて、穂波は助手席のほうへ回り込んできた。ドアを開き、シートベルトを外すと、日南子の体を軽々と肩に担ぎ上げる。日南子はぐったりとされるがままだった。

「天堂はんもこっち乗って行きや。そんなクズ鉄、いつ火ぃ噴くかわからんで」

「うるさい」ふん、と鼻を鳴らして天堂は背を向けた。「そんな狭苦しいもんに乗ってられるか」

確かに天堂の巨体には、玩具みたいに可愛らしい軽自動車は窮屈すぎるだろう。となると、ここから先もあのベンツの残骸に乗って行くしかないか。窓もすべて破れて、まるきりの素通しだった。常人なら凍えてしまうところだ。

「ほんま、アホや」穂波はそう言って、眩しそうに目を細めた。「けど、あの人をあそこまでアホにさせたんは、あんたや。あんたはうちを羨ましいとか言うとったが、うちのほうこそあんたにジェラシーめらめらやで」

「わかってる」

わたしは窓から身を乗り出し、大声でその名を呼んだ。

「天堂っ！」

訝しげに眉を上げて、天堂が振り向く。鉄屑同然の車をバックに破れたスーツ。それでもその姿は眩しいほどに決まっていた。

「ありがとう、な」ここにいてくれて。いつでもわたしを見ていてくれて。「お前が好きだよ」

馬鹿言えと吐き捨てて、彼は再び背を向けた。「照れとるわ」と穂波が笑う。

「じゃあ、行くよ」

それだけ告げて、わたしはウィンドウを上げようとした。しかし入れ替わるように掛井が身を乗り出して、口を挟んでくる。おそらく天堂が近くにいるうちは、うしろで首をすくめていたのだろう。

「なあ、俺にはひと言もなしかよ」

穂波はまるで彼の存在に今気づいたというように目を丸くした。

「こっちはあとちょっとで死ぬとこだったんだぞ。なんかこう……労いの言葉のひとつくらいあったっていいんじゃないのか？」

「そか。そやな」彼女はほんの一瞬思案するように言葉を切り、すぐに言った。「お疲れ」

それだけかよ、と掛井はがっくりと頭を垂れた。そこへ穂波が、すっと手を伸ばす。そうして掛井のあばたの浮いた頬を指先で撫でると、トーンを落とした優しげな声で言った。

「おおきにな。うちの大事な友だち、守ってくれて」


雪は依然として激しく降りしきっていた。フロントガラスにへばりついた雪片を掻き落とすワイパーの動きも重い。

来るときよりも慎重に走らせているせいで、スピードもあまり出していない。なのでタイヤがスリップすることもないが、市街に戻るにはまだだいぶ時間がかかりそうだった。もしかしたら、明るいうちに戻るのは難しいかもしれない。

「運転は大丈夫か。何だったら代わってもいいぞ」

「いいよ。あんたも大変だっただろうし」

言って、くすりと笑いが漏れた。さっき穂波に礼を言われたときに一瞬見せた表情を思い出したからだ。飼い主に芸を褒められた犬のような顔を。

そうしてわたしは、さっきからどうにも引っ掛かっていたことを切り出した。

「ねえ、さっきの声真似だけど」

「ん……ああ、あれか。あれがどうした？」

日南子とわたしが爆弾を巡って揉み合っていたときに、彼がリアシートの陰から聞かせた兄の声真似のことだ。あれは本当によく似ていた。わたしだけでなく、兄の声をもっと鮮明に覚えているはずの日南子さえ、一瞬放心したほどだった。

「おかげで助かったわ。悪巧み以外にも役立つのね」

「こっちも命懸けだったからな。何とかあの姉ちゃんの気を逸らして爆弾を奪わなきゃ、俺まで一緒にどかーん、だったんだぜ」

それはそうだろう。しかしそれならひとりでとっとと逃げ出せばよかったのに、律義にわたしたちも一緒に助けてくれた。見かけより、案外男気があるのかもしれない。ま、それはそれとして。

「でも、兄の声をどこで知ったの？」

ん、と小さく唸って掛井が黙り込んだ。やはりそうだ。彼は兄と会っていた。直接言葉をかわし、声を知っていた。

「もうひとつ訊いてもいいかな」

わたしの中で、どんどん膨らみつつある考えがあった。それは、恩田に会いに行く前にはっきりさせておかなければならないもののようにも思えた。

「例の『怪文書』のことなんだけど。ほら、わたしのことを書いてた……」

「……それか」嫌そうに眉を顰めて、掛井は舌を鳴らした。「だからあれはもういいだろ。そんなに蒸し返すなよ」

「文句を言うつもりはないよ。ただ、教えてほしいんだ」少し迷って、それから意を決して続けた。「わたしについての情報をあんたに伝えたのは誰だったのかってことを」

わたしが東京であのいった店に勤めていること自体は、知っている者も多かったろう。しかしどこの店で、何という源氏名を使っているのかまで知っていたのは、ごくわずかだったはずだ。

「それって、兄だったんじゃないのか？」

掛井の顔が、いっそう気まずそうに強張った。その表情を見れば、答えを聞いたも同然だった。

29

恩田冬一郎の容態は思っていた以上に悪いようだった。駐車場に降り立つと、ちょうど事務所の秘書のひとりがわたしの姿を見つけて、ロビーへと連れて行く。ロビーのベンチに座っていた母が、わたしを見るなり険しい顔で立ち上がった。

「まったく、あなたという子は……」

何も返せる言葉はない。ほんとごめん。それだけ言って、深く頭を下げた。

「それで、あのおと……いやその、どうなの、具合」

母は小さく首を振った。「あまりよろしくないようです」

「そっか。やっぱり心臓？」

「ええ。あのあと、あなたを追って走り出そうとしていたお父様を、皆で引き止めて車にお乗せして……その車中で、発作を起こしたそうです。ひとまず今は落ち着かれましたが、まだ予断を許さないとのお話で。ここでもう一度発作を起こせば、もう手の打ちようがないとか」

わたしは丸めていた背をいっそう屈めた。「わたしのせい……かな」

母はゆっくりと首を巡らせ、わたしを見やった。その眼差しは、思いの外柔らかなものだった。

「お父様はもうずっと、よろしくない状態が続いていました。本当は、今日の法要もお医者様からは止められていたのです。それでも、どうしてもとおっしゃって。ですから、半分はご自身のせいでもあるのでしょう」

「半分はということは、残りのもう半分はわたしのせいということだろう？」

「そうですね」母は頷いた。「そんな無理をしたのも、あなたが出ると言ってくれたのがよほど嬉しかったからでしょう。なら、やっぱり全部あなたのせいということになるのかしら」

「嬉しかった……って？」

あの男が、わたしの参列を喜んでいたと。すぐにその言葉を信じることができずに、わたしはまじまじと母の顔を見つめ返す。

「そんな顔をすることはありませんよ」

母はまた、目を細めて笑った。間もなく正式に夫婦になる相手が危険な状態にあるというのに、どうしてそんな風に笑えるのか。

「子供の心配をするのが親の仕事です。だから、必要以上に気に病むことはありません」

親。父親。あの男が。わたしの。断片となった言葉が頭の中をぐるぐると回る。混乱しながらも、驚いたことにわたしはそのことを受け入れはじめていた。

「お父様が、あなたに会いたがっています」

「わたしに……?」

「ええ。お行きなさい。病室はここを真っすぐ行った特別病棟です」

そう言って、母はロビーからはすに延びた通路を指さした。なぜだか、怖《お》じ気を覚えた。もちろん、あの男に会うためにやってきたはずなのに。

「あちらがあなたに会いたがっているのです。何を遠慮する必要がありますか」母は頷いて、そしてさも可笑しそうにくすくすと笑った。「やっと素直になって。本当に、手のかかる人です」

さっきの秘書が近づいて来て、「こちらです」と促してきた。わたしは踵を返し、そのあとについて行く。一度だけ振り返って母を見た。母はまた小さく頷いて、わたしを見送ってくれた。


ドアをノックすると、中から低い声が返ってきた。小宮だった。ばつの悪さを感じながら、ドアを開けた。彼はいつもの調子で、慇懃にわたしを中に迎え入れた。

中は暖かかった。病院の個室としても格別に広く、調度品も豪華だった。その中央に設《しつら》えられたベッドに、恩田冬一郎は横たわっていた。ベッドサイドには、白衣を着た医師らしい人影。

「先生」ベッドに歩み寄った小宮が、巨体を屈めて囁く。「お嬢さんがお着きです」

「……おお」とひび割れた声が答えた。昼間、寺で日南子と話していたときの声と比べると、別人かと思うほど弱々しかった。

「綾乃……」

そう呼んだ老人の顔を、真っすぐ見下ろした。嬉しそうにほころんだその顔を。だから、困るんだよ。心の中でつぶやく。あんたにそんな顔されたら、わたしは困るんだって。

「いい加減危ないって聞いて来たんだけど」努めて平然とした声を作って、わたしは言った。

「思ったより元気そうだね」

半分は本心だった。もしかしたら、話をすることすら難しいのではないかと覚悟もしていた。確かに顔色は紙のように白く、眼窩も暗く落ち窪んではいるものの、その奥の両目はしっかりと生気をたたえて光っている。

「まあ、な。少し疲れが出ただけだ。こいつらはどうも大袈裟でかなわん」

恩田は言って、体を起こそうとする。しかし側に立っていた医師がそれを制止した。

「いいから寝てなよ。これでも、話くらいできるだろ」

わたしは言って、ベッドの側のスツールに腰を下ろした。これも一般病棟のパイプ製とは違って、やけにしっかりとしたものだった。

恩田は小宮に目を向けて、言った。「すまんが、ふたりきりにしてはくれないか」

戸惑ったのは医師のほうだった。まるで助けを求めるような目を小宮に、そしてわたしにも向け、やがて諦めたようにうなだれる。

「わかりました。十分間だけ許可します」

「感謝するよ」

恩田はそれが心からの言葉であることを伝えようとしたのか、ゆっくりと深く頷いた。

小宮と医師が出て行くと、病室内はひどく静かになった。わたしはあらためて恩田に向き直る。しかし言葉が出てこない。訊きたいこと、訊かなければならないことはわかっていたのだが、それをどう切り出せばいいのかわからなかった。

「無事で何よりだった」恩田がしみじみとした声で言った。「しかし無茶をしたものだ。やはり、お前は図太い。いったい誰に似たのか」

「母さんだろ、たぶん」

十七歳の冬の夜、わたしの前で颯爽と啖呵を切った母の姿を思い出す。鉄砲が怖くて、政治屋の妻が務まるものですか、という凛とした声とともに。

「そうだな。時枝も向こう見ずなところがあった。やはり親娘《おやこ》なのだな」

納得したように頷いて、恩田は続ける。

「だが、それでいい。花も可憐《かれん》なだけでは咲き続けることすらできん時代だ」

「時間、あまりないんじゃないの?」だんだん気恥ずかしくなってきて、わたしは話題を変えた。

「さっきの医者、十分とか言ってた」

「そうだな。確かに、時間はない。お前は私に訊きたいことがあったんだな?」

わたしはスツールに腰掛けたまま、ついと背筋を伸ばした。「ああ、うん」

「私も、お前に話しておかなければならないことがある。それはおそらく、お前が訊きたいことと同じだろう」

そう言ってしっかりとわたしを見据えた瞳に厳しさはなく、ただ清々しいほどに澄んだ決意が見て取れた。

「教えてほしいのは、兄さんのことだ。死んだ人間のことをあれこれほじくり返すのは気分のいいものじゃないけど、どうしても知っておかなきゃならないことがあって」

恩田は何も言わなかった。ただ先を促すように再びひとつ頷いただけだった。その仕草に勇気づけられて、わたしは思い切ってそれを口にした。

「兄さんは……恩田直樹は、あんたの息子じゃなかった。あの人の父親は、三津谷要。違う？」

30

「まずは、三津谷要という人物について話さなくてはなるまい」恩田冬一郎はそう言って切り出した。「私にとっては、まさに『親父』と呼ぶべき人だった。実父のことすら、そんな風に呼んだことなどなかったのにな」

恩田が三津谷の秘書となったのは、三十のときだという。きっかけはその年の党大会だった。同じく保守党の議員だった実父の秘書として、裏方で駆け回っていた彼に目を留めて、自分の事務所に来ないかと誘ってくれたのだそうだ。またとない勉強になると、実父も大いに喜んで送り出してくれた。何しろその頃の三津谷はまさに昇り竜の勢いで、次かその次の総理総裁の座は確実とさえ言われていたのだから。

「そうして、三津谷事務所の秘書をその後七年間務めた。親父が念願叶って総理となり、その座を退くまでの間だ。多忙ではあったが、それだけに充実した時間だった。私の政治家としての基礎は、すべてあの時期に学ばせてもらったと言っていい。

三津谷要という人物をひと言で表すと、まさに人誑《ひとたら》しという一語に尽きるだろう。顔は決して美男とは言えない、どこか貧相な鼠を思わせるような面相だった。しかしひとたびその人柄に接すると、誰もが魅了された。快活な口調、あけすけで裏のない笑顔。どこまでも広い懐と、深い情。なるほど、太閤《たいこう》秀吉という人もあんな様子だったのかもしれん。私は今でもそう思っているよ。

政治家としては、傑出した才は決して持ってはいなかった。むしろ凡庸だったと言っていい。しかし親父は、その人誑しの才のみで総理総裁まで昇り詰めたのだ。足りないものは、すべて周りの人間が補った。それも決して強要されたわけではない。この人を天下人にしたいと誰もが思って、頼まれもしないのに身を粉にして尽くしたのだ」

わたしが聞いている三津谷の印象とは、またずいぶんと違っていた。もっともこちらの印象など、死後ずっと経ってからテレビで見聞きした程度のものでしかないが。

「『昭和最後の妖怪』などというふたつ名ほど、親父の実像からかけ離れたものはないよ。それはおそらく、私を含め周りの人間が、あの人を守るために作り上げた幻影のようなものだ。のちに関与を疑われた『佐田運送事件』や『ミリート事件』についても、あの人は本当に何も知らなかったろう。その頃はもう、わたしも議員となって三津谷事務所にはいなかったが、それだけは確信できる。きっと、親父の情に付け込んで利用しようとした者たちの仕業だ。しかし親父は、そうした者たちのことさえ守ろうとした。覚えのない濡れ衣さえ喜んで身に纏い、汚名を雪《そそ》ごうともせず、すべてを墓場まで持って行った。そういう人だったのだよ」

恩田はそこまで言って、眩しそうに目を細めた。まるで目の前に三津谷の面影を見ているかのように。

「ただもちろん、困ったところもあった。情が深いのは、いい。しかしいかんせん、深すぎるのだ。向けられた愛情には、すべてに対してほとんど全身全霊で応えようとする。相手が男であろうと、女であろうとな。私の言うことは、わかるな?」

「うん……まあ」とわたしは頷く。こちらも、その意味がわからないようなお姫様ではない。

「奥方の気苦労はいかばかりであったか。しかしその奥方も、あの人にいつもの調子でなりふりかまわず土下座され、仕方なかったのだと泣かれてしまえば、もう赦《ゆる》すしかない。そう考えれば、あれは本当に厄介な人柄と言えた。いっときは、奥方の他に関わりを持っていた相手が五人以上いたからな」

掛井の母親も、そのうちのひとりだったわけだ。まさに、港々にそれぞれ女がいる船乗りのようなものだ。そうした女たちの日頃の世話も、恩田たち秘書の仕事だったのだろうか。だとしたら、まったくご苦労様な話だ。

「あるとき、そんな女性のひとりが子供を身籠った。親父の地元である金沢に住んでいた女性で……名を明かすのは控えようか。私も、秘書時代に何度か面識のある相手だった。女性は無事に男児を出産したものの、元から弱かった体を壊してしまい、ひとりで子供を育てることは不可能だった。しかし親父のほうも、子供を認知して引き取ることはできなかった。時代は変わり、すでにそういったことには五月蠅《うるさ》い世の中になっていたからな。親父もすでに総理の座は退いてはいたものの、『佐田事件』への関与が疑われ出して、これ以上悪い噂を立てられては政治生命に関わるという時期だった」

そんな微妙な時期くらい、女関係は控えておけばいいものを。もう脇が甘いどころの話ではない。なるほど、そういう人だったのだ。妙に納得した。

「最初に相談されたのが私だった。いつもの調子で、『なあ冬一、どうしよう』とな。自分の手で育てることができなくても、その母子にはできる限りのことをしてやりたいのだ、と。

私はその頃はすでに、父の地盤を継いで議員となっていた。妻も娶《めと》って五年が経っていた。だが、まだ子供を授かってはいなかった。それもあって、私のほうから親父に頼んだのだ。その子を、私の息子として育てさせてはくれないかと。それが直樹だ」

そうなのだろう、という推測は固まっていた。しかしいざ本人の口からこうもあっさり告白されてしまうと、何とも拍子抜けしてしまう。この口を割らせるには、もっと苦労するのではないかと思っていたからだ。

「直樹は幼い頃から聡明な子だった。金沢の女性は結局、あれが三歳にもならんうちに亡くなってな。ならば我々が唯一この子を守れる存在だと、私と妻も精一杯の愛情を注いだ。そして父が私にしたように、いつかこの子が望むなら、私の政治家としてのすべてを引き継がせてやろうと思った。神に誓って、その思いに嘘はなかった」

「もちろんそれは強要されたから……なんかじゃなかったんだよね？」

例の下らない噂では、それもすべて三津谷を恐れて仕方なく従ったに過ぎないということになっていた。

「当たり前だ」恩田は力強く頷いた。「親父からも言われたよ。もしも自分への義理立てなら、そんなことは必要ないのだと。ただ、直樹が平凡でも幸せに生きてくれればそれでいいのだと。だがそうじゃなかった。私にとって直樹はすでに、自分の血を分けた子供同然だったのだから」

三津谷の心情を思った。おそらくそうは言いつつも嬉しかったに違いない。心ならずも手元に置くことができなかった子供が、新しい家族のもとでちゃんと愛されているということが。だから彼は彼で、その恩義に応えようとしたに違いない。

「おそらくはそうだろう。親父はその後も、私と直樹のために陰ながら力を尽くしてくれた。自分の片腕同然だった門崎を、私の事務所に預けてくれたのもそうだ。本当なら親父の引退後は、後継者である誠《まこと》さんを支えるべき人物だったはずなのにな……」

申し訳ありません。そう繰り返していた門崎氏の声が耳に蘇った。やはり門崎氏はあのときも、恩田と三津谷を混同などしていなかった。彼はあくまでも三津谷のために、兄を支えようとしてきたのだ。恩田もそれがわかっていたから、彼を兄の教育係につけたのだろう。

「しかしそれから幾年かが過ぎて……私はお前の母、時枝と出会った。あれは地元での遊説のあとで、後援会の誰かに引き合わされたのだったと思う。私は四十七。時枝はまだ、二十五だった」

「その頃の母さんは、美人だっただろうな」

わたしがそう言うと、恩田の目尻がわずかに下がった。

「ああ、美しかった。まさに、この世のものとは思えんくらいにな。私はひと目で魅了された。そして溺《おぼ》れた。狂おしいほどに……」

熱を帯びはじめた声を、わたしは軽く手を上げて遮った。「そのへんは適当でいいよ。親の生々しい話聞かされても、娘としては対応に困る」

「……そうだな。これはすまなかった」

恩田はふと我に返ったように言葉を切り、わざとらしくひとつ咳を漏らした。

「そうしてお前が生まれた。その日のことは今でもよく覚えている。あの日は国会の会期中で、私も東京にいた。しかし知らせを受けて、委員会が終わるなり議場を飛び出して、雨の中を車を飛ばして帰ってきた。とにかく、嬉しかったのだ。お前をこの手に抱いて、私は……自分がどれほど、自分自身の血を引く子供を欲していたのかをはじめて知った。

ただ同時に、うしろめたさを覚えたのも事実だった。直樹に対する愛情にも、決して嘘はない。あの子に私のすべてを与えてやろうという決意にもだ。しかし……『親父』から授かった跡継ぎである直樹と、確かに自分の血を引くお前と……ふたつの愛情を、自分の中でどう折り合いをつければいいのかわからなかった。そのときになって、私は三津谷要という人の偉大さをようやく理解した。そして、彼ほどの器量は自分にはないことも思い知らされた」

瞬きもしない目が、じっとわたしに向けられた。今度は、それを受け止めないわけにはいかなかった。

「結果として、私は直樹に対する愛情が嘘ではないことを証明するために、お前たちから距離を置くことを選ばざるを得なかった。それもすべて、私の器量のなさゆえだ。時枝にも、そしてお前にも、辛い思いをさせたと思う。すまなかった」

目を閉じ、真っ白になった頭を垂れて、恩田は謝罪の言葉を口にした。わたしは何と答えればいいのか。許す、なんて言えばいいのか。それとも許さないとでも。たぶんそのどちらの言葉も、わたしには口にできない。そんな気がした。

「時枝は私の苦悩を見て、何も言わずに自分から距離をとった。そういう女だったのだ。私ももちろん援助を申し出たが、決して受け取ろうとはしなかった。今の店は、あれが己の才覚で立ち上げ、営んできたものだ。私にさせてくれたことなど、ときおり地元の会合のあとで支持者たちをもてなすのに使わせてもらったことくらいだ。それさえももしかしたら迷惑だったかもしれない。まったく大した女だよ、お前の母は。器という点では、もしかしたら私などよりもずっと大きいのかもしれん」

「母さんは、あんたに重荷だと思われたくなかったんだよ。きっと」

そう、確かに母はそうした人だ。確かに、よく自分を卑下して『政治屋の妾』などと言ってはいた。しかしそれも言葉だけで、実際はしっかりと自立した人だった。たったひとりで店を切り盛りし、わたしを育ててくれた。

「でも母さんにとってずっと、あんたは大事な人間だった。それはわたしが保証するよ。あんたの悪口言って、よく怒られたからね」

「そうなのだろうな」老人はどこか寂しげに頷く。「お前が山王会の騒動に首を突っ込んだ際にしても、別にこの町を出てゆくことなどなかったのだ。たとえ余計な詮索をしてくる者がいたとしても、それを抑えるくらいの政治力は私にだってあった。しかし、あれはその程度の手間さえ私に掛けさせまいとした」

「あ、それは違うよ」

わたしは言った。少し驚いたように、恩田は片目を見開いてみせる。

「今ならわかるんだ。あれは、わたしを守るためでもあったんだ。わたしがこれ以上、あんた絡みで肩身の狭い思いをしないように。あんたが山王会と繋がりがあることにしたい連中から、わたしが利用されないように」

それが杞憂ではなかったことは、もうわかっている。現に小月は、恩田を追い詰めるためにあの件を利用しようと、天堂の周辺を嗅ぎ回っていた。それは幸い、彼や前原の動きが早かったせいでことなきを得たが、ひとつ間違えば面倒なことになっていた可能性だってあったはずだ。

「納得しているのか、お前はそれで。私や、時枝を恨んではいないのか?」

「うん。全然」

即座に答えた。あの夜わたしは、自分はどうなってもいいから天堂を助けたいと思った。母はそのわたしの思いに応えてくれたのだ。だからそのあとどうなったところで、誰かを恨む筋合いなどない。すべて覚悟の上だった。

それに母はわたしが東京に出ても、不自由はしないように手を回していてくれた。転入先の学校も決まっていたし、望めば大学だって行かせてくれたはずだ。それを意固地になってすべて断ったのは、他でもないわたし自身だ。

「わたしはさ、あのとき東京に出て行って、なんだかとても自由になれた気がしたんだ。そりゃ、自由ってのはほんとに大変だったよ。でも、今ではそれもよかったと思ってる」

こんな言葉でわかってくれるかどうか。それでも、わたしの偽らざる本心ってやつだ。

「……そんなところも、時枝とよく似ているな、お前は。聞けば、あれからの仕送りさえ受け取らなかったそうじゃないか。その上、天堂の息子から送られていた金にも手をつけていなかった」

「そんなことまで知ってたのか」

「知っているも何も、あれの半分は私の金だ」

今度はこちらが驚く番だった。「え……？」

「私からとわかれば、決して受け取らないとわかっていたからな。それで、天堂の息子を通したのだ。あの男はそれに、さらに色をつけてお前に送っていた。そういうことだ」

「そんな……よかったのかよ？」返す言葉が見つからなくて、ついつい間抜けな問いが口をつく。

「政治家が、やくざと金のやり取りなんて」

「そのあたりは小宮がうまくやってくれた。あの男は杓子《しゃくし》定規に見えて、ときには実に融通の利く男だぞ」

わたしはもう「参ったな」としか言うことができなかった。天堂も天堂だ。わたしがあの金を返そうとしたときも、そんなことまったく匂わせもしなかった。

「まあ、なんだ。わたしのことはもういいよ。話を戻そう」

何だかばつが悪くなってきて、時計を見やって言った。気が付くと、医者から言われた十分はすでに過ぎてしまっていた。

「嫌な話をしたくないのはわかるけど、でも逃げるわけにはいかないだろ」そう言って、わたしは崩しかけていた姿勢をまた正す。「あんただって、そのつもりだったはず」

「そうだな。だがここから先は、ほとんど懺悔《ざんげ》のようなものになるが」

「構わないよ、言ってごらん。誰かに洩らすつもりはないから」

そう。今日ここに来たのは誰のためでもない。ただわたしのためだった。わたしが、すべてを納得したいからだった。

とはいえ、聞くべきことはすでに聞いてしまったような気もしていた。ならばあとは、目の前のこの人を納得させてやればいい。話したいことをすべて話させて、楽にしてやればいい。

「私は凡庸な人間だった。政治家としても、あまりにも力不足だった。世間からはずいぶんと買い被られているようだが、所詮は親父の出来損ないのコピーに過ぎなかった。もちろん私は私なりに、この土地のため、国のため、全力は尽くしてきたつもりだ。しかしそれでも、悔やまれることが多すぎる。中でも最大の悔恨は十二年前、私を信じて尽力してくれた同志を守ってやれなかったことだ」

十二年前といえばやはり、例の県央道に関する談合事件のことだろう。守ってやれなかった同志とは、日南子の父親に違いなかった。

「あんたはやっぱり、例の談合に関与してたのか？」

「ああ。お前も、それを悪だと断じるかね？」

問われて、頭に浮かんだのは昨日の掛井の言葉だった。それにすべて納得したわけではなかったが、だからといって反論も浮かばない。

「もちろん、表沙汰にはできないことであるのはわかっている。しかし必要でもあるのだ。自由競争という理念は確かに大事だ。それを蔑《ないがし》ろにする気はない。しかし自由競争というやつは、過熱してしまえば手がつけられなくなる。その先に待っているのは凄惨《せいさん》な共食いだけだ。ならば誰かが泥を被ってでも、どこかで止めなければならないのだ。そしてそれができるのは、ごくごく限られた権力を持つ者だけなのだよ」

それを止めることができなかった結果が、昨日見せられた県央道の有り様というわけだ。それでも、わたしにはどちらが正義と判断することはできなかった。だからただ、目の前の男の言葉をそのまま受け止めるだけだ。

「三上君は私の言葉を代弁しながら、必死で駆けずり回ってくれた。彼もまた……もしかしたら私以上に、疲弊して荒れて行く故郷の姿に心を痛めていたのだろう。何とかしたいと、ただその一心だったのだ」

「でも結果的には、ことが明らかになって糾弾されたってわけだ」

「そうだ。だが私は、すべてをひとりで被る覚悟をしていたんだ。それが三津谷の『親父』から教わった、政治家のもっとも大事な仕事だからな。しかしわずかに……遅かった」

それは違うのではないか。わたしにはそう思えた。きっと思いは三上氏も同じだっただろう。それどころか、ことが露見したのは自分が派手に動きすぎたせいだと責任を感じていたかもしれない。ならば余計に、恩田にだけは傷をつけたくないと思ったはずだ。

だから遅かったのではない。おそらくは恩田のその覚悟こそが、最後に三上氏の背中を押してしまったのだ。しかしそれは、決して口に出すことはできないことだった。もちろんわたしの想像に過ぎないことであっても、その可能性に気づかせてしまうのはあまりに残酷だ。

「悔やんでも悔やみきれない。しかしいくら悔やんだところで、時は巻き戻せないのだ。だからせめて、彼の残された家族に対してはできる限りのことをしようと思った」

「日南子と母親を、この町に呼び寄せたのもそのため、か」

「そうだ。この病院を見てみるがいい。設備も人材も、ここまで整っているところは近隣の県にもそうはない。この病院なら、彼の病弱だった妻にも満足ゆく治療を施せるだろう。そして娘にも、望む道に進めるよう援助し続けた。美大に進み、その後は美術館の学芸員になりたいというのが夢ならば、それを叶えさせてやりたかった」

「その夢は、ちゃんと叶った。あんたのおかげだったわけだな」

おそらく恩田がいなければ、日南子は病弱な母親を郷里に残して東京の美大に進むことなどできはしなかっただろう。ならば確かにこの老人は、立派に彼女の足長おじさんを務めたと言える。

「だが誤算だったのは、彼女が直樹と出会い、交際をはじめたことだった。いや、決してそれに反対だったわけではない。ふたりとも、私にとっては大切な存在だ。だが彼らがいずれ直面するであろう事態を思うと、素直に祝福することができなかったのだ」

それは確かにそうだろう。兄がいずれ議員となって頭角を現せば、その身辺は隅々まで調べられる。そのとき日南子とその父親、そして恩田冬一郎との関係が明らかになれば、いったいどんな邪推をされるか。

「小宮は本人たちに任せればいいと言っていたがな。きっと乗り越えられるだろうと。私もいっときはそうも考えたが、やはりそこまで楽観的にはなれなかった。三上君の一件で、世間というものの恐ろしさを身に染みて知ってしまったからな。特に政治家に対する世間の目というものは厳しい。親は親、子は子という常識すら通じないのだ。親どころか祖父の行跡を蒸し返されて糾弾され、将来を閉ざされた者たちを何人も見ている」

恩田の懸念もまた、理解できないでもなかった。それは自身が多くの人の目の前に姿を晒し続けてきた上での実感でもあるのだろう。世間というのは、理由があるから叩くのではない。ただ叩きたいから、あとから理由を探すのだ。だから、一般人ならどうでもいいような理由さえその材料になることもある。

「あのふたりを、そんな猜疑《さいぎ》と邪推の目に晒したくなどなかったのだ。それは何より、彼らにとって不幸なことだ」

「兄さん自身はどう考えていたんだろう」

尋ねてはみたが、答えはだいたい想像がついていた。兄という人の性格を考えれば、訊かずともわかりそうなことだ。

「直樹は、小宮たち以上に楽観的だったようだ。自分たちに疚しいところがなければ、みな理解してくれる、とな。甘すぎる、と思った。だが私とて、あのふたりを引き裂くような真似はしたくなかった。もしも直樹が私のあとなど継がず、政治以外の道に進むのであれば、そんな懸念など無縁のものになるのではないか。そうも考えた」

ふう、と恩田は小さく息をついて目を細めた。

「直樹が妙に焦りを見せはじめたのもその頃からだった。支持者の集まりでも、また選挙事務所でも、それまでになかった強引な仕切りが目立つようになった。門崎や小宮と衝突することもしばしばだった。しかしちょうど選挙前で、保守党にかなりの逆風が吹いていたこともあって、その危機感からのものだとみな思っていた。そのときは却《かえ》って功を奏し、陣営が引き締まったりもしたもので、むしろ直樹の変貌を好意的に捉える者のほうが多かったかもしれん。だがしかし、今思えばあれの様子がおかしくなったのはあの頃からだ」

「あんたの迷いを、兄さんは気づいてたのかも……ってことかな?」

かもしれん。恩田はゆっくりと頷き、言った。

「私は自分でもわかっているが、どうにも言葉が足りない。だから直樹も小さな頃から、私の些《さ》細《さい》な様子から内面を読み取ろうとしてきたようだ。その聡明さ、繊細さは長じても変わらなかった」

なら、兄はなぜ自分が後継者から外されようとしているのだと思ったのだろう。最初に考えたのは、能力不足ということか。だから必死になって、逆風の選挙を勝利させることで、自分の力を父親に認めさせようとしていたのか。

「兄さんは、自分があんたの本当の子供じゃないって、知ってたよね？」

「それは知っていた。確か中学に上がったときだったか……私が話して聞かせた。母親の墓にも連れて行った」

きっと兄は、それもまた理由のひとつと考えたのではないか。自分が後継者から外されるのは、自分が本当の子供ではないからだと。その頃はすでに、兄もわたしのことを知っていた。ならばおそらく、わたしのことを脅威に感じはじめていたのではないか。

「でも、本当の父親が誰かってことまでは知らなかった。そうだよね？」

恩田はしばらく黙りこみ、そしてまた頷いた。これもまた、想像通りだった。

「いつか話すつもりではいた。だがそうしているうちに、例の馬鹿げた噂が流れはじめた。まさか直樹とてあんな噂を信じはすまいと思ったが、それでも切り出しかたが難しくなってしまってな。いつかそのうちと思いながら……結局、そのまま言わずじまいだった。もちろん、調べようと思えば簡単に調べられただろう。しかし直樹はそれもしなかった。知りたいとは思わない。そうも言っていた」

自分の父親は、恩田冬一郎ただひとり。そういう意味だろう。きっと兄はそうすることで、興味すら持たないでいることで、父親に対する忠誠、いや愛情を示そうとしていたのだろう。しかしそれは、自分が本当の息子ではないことへの不安の裏返しにも見える。

「これは……最近知り合ったある人物に確かめたことなんだけどさ」

言うべきかどうか迷いながらも、わたしは恐る恐る、掛井にさっき確認したことを口にした。

「前の選挙で、わたしに関しての怪文書が出回ったことがあったのは知ってる?」

「ああ」と恩田は答えた。「実に下らない代物だ。だから読みもせずに捨てた」

まあ、一応書かれてたことに一部事実も含まれてはいたんだけど、それは言わずにおいた。

「あれの情報源は、実は兄さんだったらしい。あの人が、相手陣営の裏選対を仕切ってたその知り合いに流したんだって」

それは……と言いかけて、老人は絶句した。そうして長い沈黙のあとで、絞り出すような声でつぶやく。

「考えられん……およそ、直樹らしくない……そんなことは。だが、それが確かなら、あれの件もわからんでもなくなる」

恩田が言った『あれの件』とは、その後兄が掛井に対抗して流した怪文書のことだろう。あれも、彼から見ればおよそ兄らしくない行動に映っていたはずだ。

兄はそれだけ焦っていたのだ。そしてわたしを恐れていた。自分の代わりにわたしが恩田の後継候補になる芽を、何がなんでも摘んでおきたかった。だから、掛井にわたしについての情報を流した。彼がそれをどう利用するのかも承知の上で。あの『怪文書』の標的は恩田ではなく、何よりもわたしだったのだ。

しかし本来誠実で、曲がったことが嫌いだった兄のことだ。そんな自身の行動に、激しい自己嫌悪も覚えただろう。もしかしたらその頃にはもう、兄の内面は音を立てて崩れはじめていたのかもしれない。

その後、対抗して掛井を攻撃する怪文書を流そうとしたのも、その罪悪感からだろう。自分の中で膨らんでゆく醜い自分を打ち倒そうとでもしていたのか。理屈はまるで通っていなくても、なぜだかその心情は理解できた。でもそのために、兄は決して触れてはいけない禁忌に触れてしまう。

『三津谷チルドレン』。政界の禁忌、ではない。ただ、兄にとってだけの禁忌に、だ。

しかし、兄はいったいどうやって、自分の本当の父親のことを知ったのか。

「別段、秘密というほどのものではなかったからな。門崎をはじめ、古株の秘書たちはみな知っていた。そのうちの誰かから聞いたのかもしれん。あるいは、自身で三津谷の親父の周辺を調べている際に、母親の名を見つけたのか」

それがどのような手段であったにせよ、タイミングとしては最悪のものだったろう。

兄はどう思ったか。あの怪文書をばら撒いたのちに、自分こそ『チルドレン』のひとりであったことを知って。たいていの人なら、笑い飛ばして終わりだっただろう。兄だって、普通の状態だったらそうしていたはずだ。しかし疑心に囚われ、焦り、自己嫌悪に身を灼いていた兄に、その余裕はなかった。

あの人の望んだ鳥籠に、あの人の場所は最初からなかった。日南子は言っていた。やはりそう思ったか。自分の生きてきた三十三年という時間は、すべていつか捨てられるためだけのものだった、と思ったか。なるほど、確かにそれは呪いだった。兄は自ら唱えた呪いによって、自分の身を焼き尽くしてしまったのだ。

「私に、親父ほどの器量があれば……こんなことにはならなかったのかもしれない。三上君も、直樹も……三上君の娘も。こんなことになったのは、みな私の力不足だ」

そんなことはない、と思った。父親は、ただ不器用すぎただけだった。息子は、ただ繊細すぎただけだった。それが罪だというならば、罰を受ける者など他にいくらでもいる。なのになぜ彼らはこうなってしまったのか。

なんて悲しい。なんて虚しい。そして、なんて馬鹿馬鹿しい。こんな話を、どうやって納得すればいいのだ。これならいっそ、どこかにわかりやすい悪者がいてくれたほうがよほど楽だったろう。それで誰かを憎めるのであれば、遥かに心は救われる。

だから日南子は、あの下らない噂話を信じることにした。兄と一緒にそれを信じ、恩田を憎むことにした。この馬鹿馬鹿しい真実よりも、もっとわかりやすくて単純な嘘を選んだのだ。だから先ほど、あの雪の中で、恩田から自分の望む通りの言葉を引き出そうとした。自分が納得した、わかりやすい物語を肯定してもらおうとした。

そうして恩田を憎みながら死んでいけたら。こんな虚しい真相を抱えたまま生きるよりよっぽど救われる。そう考えたのだ。今のわたしなら、その気持ちが痛いほどよくわかった。

でも、日南子。それもやっぱり、同じくらい馬鹿馬鹿しいよ。


控えめなノックの音がして、小宮が顔を出した。そのうしろに、さっきの医師が続いている。

「お話はそろそろお済みでしょうか」

「ああ」恩田はゆっくりと頷いた。そろそろ、引き上げ時だろう。わたしも音を立てないようにそっと、スツールから立ち上がる。

「また来るよ。次は、普通の見舞いに」

「要らん」軽く手を払って、恩田が言う。「そんな何日も入院などしてられん。任期が残っているうちは、精一杯お国に奉公せんといかん」

そうか、とつぶやくほどの声で答えた。まだそんな意志が残っているのなら、この人も大丈夫かもしれない。

「……ねえ?」ドアに向かって踵を返しかけて、ふと思い出して尋ねる。「そういえば、次の選挙のこと。どうしてあのとき、わたしなんかに立候補しろとか言ったの?」

恩田はああ、と呻くように言って口ごもり、やがてどこかばつが悪そうに続けた。

「あれは、もういいことだ。忘れてくれ」

「何だ、ずいぶんと諦めがいいね。確か、後援会まで根回しが済んでるとか言ってなかったっけ？」

「……お前に残せるものは、それくらいしかないと思ったのだ」

寂しげに笑って、老人は言った。

「議員になってもうすぐ四十年。秘書の頃を入れれば五十年近く、ただ政治ばかりやっていた。私にあるのはそれだけなのだ。先だっての政権交代以来、金は出て行くばかりでな。今じゃ屋敷も抵当に入ってる。財産と呼べるものは、この頭の中のものしかない。だからそれだけでもお前に、と思ったのだ。だがお前は……そんなものは要らないのだな」

今度はわたしのほうが、答えに困って口ごもる。確かに必要ないっちゃないが、即答するのはさすがに身も蓋もなさすぎる。

「いいのだ。お前は自由に生きろ。どんな風に生きようと、私の自慢の娘であることに変わりはない」

「……プレッシャーかけんなって」

苦笑いして肩をすくめた。そうして小宮に向き直り、「悪かった。あとはよろしく」と伝える。

「じゃあ、もう行くよ。勝手言って、この先生困らせないでよ。あとこの鬼瓦も、あまり便利使いしすぎるとヘソ曲げるかも、だよ」

「わかってる」

「本当にわかってる？」

わたしはそう訊いて、ベッドに向かって右手を伸ばした。かさついて、白く不精髯の浮いた頬を、指先でそっと撫でる。触れるか触れないかというくらいに、そっと。

「休むときはちゃんと休みなよ、父さん」

そのとき恩田冬一郎が一瞬見せたのは、さっき穂波に褒められたときの掛井と同じ顔だった。

まったく、男ってのは、どいつもこいつも。いくつになっても。

※

恩田冬一郎の心臓が二度目の発作を起こしたのは、その三日後のことだった。折しも夜半から再び降り出した雪が、泥に交じって汚れた残雪を白く覆いはじめた明け方のことだった。

医師たちによる懸命の救命処置も実らず、意識は戻らなかった。そして午前六時十五分、老政治家はその七十七年の人生を終えた。それはわたしが母を乗せて車を飛ばして、病院に到着するわずか二分前のことだった。

ゆるやかな石段を、穂波が上がって来る。相変わらず、膝丈のジーンズで素の向う脛を見せて、上は早くも春らしい水色のパーカーを引っかけただけという軽装だった。わたしは高台のベンチに仰向けに寝そべったまま、ぼんやりとその姿を見ていた。空はあの大雪が嘘だったかのように晴れ渡り、深く濃密な青をいっぱいにたたえて広がっている。

「何ちゅうだらけた格好や」

「疲れてんだよ。まったく警察ってのは、どうしてああも偉そうで、杓子定規で……」

あの日の一件は当然何のお咎めなしというわけにもいかず、恩田冬一郎の盛大な葬儀が終わるや否や任意で呼び出され、数日にわたって事情聴取を受けた。何度も同じことを繰り返し訊かれ、日南子との関係や東京での仕事のことまで、それこそ根こそぎほじくり返され、昨夜遅くにようやく終わったところだった。あとは書類送検ののち、起訴は見送られるであろうとのことだった。

「それはお疲れさんやったな。膝枕でいい子いい子してやろか?」

「要らない」

言って、わたしは身を起こす。この町に帰ってきて最初の日、日南子と上った高台だった。木製の手摺の向こうに、まだそれぞれの屋根に雪を残した町並みが広がっている。

「せやけど聞くところによると、ずいぶんと手加減してもろたらしいやないか。ほんまなら何日かぶち込まれてるところや」

「あれで?」

わたしはふうっと長い息を吐いた。しかし言われてみれば確かに、取調官の応対そのものは丁寧だった。もちろん親の葬儀のすぐあとだという事情を気遣ってくれたのだと思っていたが。

「それも、小宮はんが色々手を回してくれたおかげや。感謝しいや」

「感謝か……まあ、ね」

まさかあの男に感謝する日が来るとは思わなかった。もちろん経緯を考えればそうして当然だが。

「すぐに素直になれへんのはしゃあないが、アレとは仲良うしといたほうがええで。何せもうすぐ議員さまや。もしかしたら、未来の総理大臣さまかもしれへんで」

そう。あの小宮は恩田の死を受けて遠からず行われる衆議院の補欠選挙に、保守党の候補として出馬することが決まっていた。能力的にはおそらく問題はない。長年恩田の補佐役として辣腕《らつわん》を振るってきたあの男なら、十分にやっていけるだろう。県連や党の幹部たちの覚えもめでたいようだし。

小宮本人も自信たっぷりである。今朝も出掛けに店にわざわざ顔を出して、『勝ちますよ。そして、いつかお嬢さんがその気になるときまで、必ず議席は守ります』などと言っていた。まったく迷惑なことに、あの男は本気でわたしが議員に向いていると思っているようだった。

「わかってはいるんだけど……まだ何と言うか、癪だ」

穂波はわたしの隣に腰を下ろし、優しげな声で尋ねてきた。「そんな軽口が出てくるようなら、だいぶ落ち着いたようやな」

「落ち着いてるよ、わたしは。最初から」

「無理すんなや。あんたはお父ん亡くしたばっかやないか。せっかく、色んな誤解も解けたっちゅうのにな」

そう言ってくれるのはありがたいが、本当に心配は無用だった。わたしは自分でも拍子抜けするくらいに、恩田の死を淡々と受け入れていた。

もちろん、悲しみはあった。もっと早くに、そしてもっと長く、向かい合う時間を作っておけばよかったという悔いもある。しかし不思議と喪失感はなかった。むしろもっと大きくて重い、扱いに困る何かを受け取ってしまったような気がしていた。

「正直なところ、まだ実感が湧かないんだ。いろんなことがありすぎて、まだ整理がつかないっていうか」

それが偽らざる本心だった。あの恩田冬一郎という老人が本当にわたしの父親だったのか。その人を、わたしは本当に憎んでいたのか。それすらもわからなくなっていた。

「たぶんわたしも、憎む相手を求めていただけだったんだなって……今になってそう気が付いた。あの人を憎むことで自分を誤魔化して、色々なことから目を逸らしてた」

それもまた、鳥籠だった。自由に生きてきたつもりで、結局のところはわたしもずっと籠の鳥だったのだ。自分で勝手に格子を作り、その中に自分を閉じ込めていた。

そうして今、突然目の前に開けた空に戸惑っているのだから世話がない。どこへ行けばいいのかもわからないまま。受け取ってしまった大きなものを、そのまま抱えていけばいいのか、それとも誰かに預けるべきなのかもわからないまま。お前は自由に生きろ。その言葉が耳の中で何度も蘇り、ますます途方に暮れる。

「そういや、掛井……もう東京に帰っちゃったんだって？」

わたしはふと思い出して、話題を変えた。穂波は「ああ」と頷いて、悔しそうに舌を鳴らす。

「せっかくいいオモチャ見つけたから、たっぷり遊んでやろ思てたのに。つれないやつや」

あの男にはもうひとつ確かめたいことがあったのだ。それは最後に残った疑問。兄はいったいどうやって、自分の父親のことを知ったかということだった。

恩田……父は、そう難しいことではなかったはずと言っていた。では古株の秘書たちから聞いたのか。たとえば門崎氏から。しかしそれは考え難かった。兄が例の噂に触れてしまった以上、彼にとってそれは絶対の秘密になってしまっただろうから。では兄が自分で調べたのか。あるいは、対抗陣営の誰かから聞かされたのか。例えば掛井。彼は兄の真実を知っていただろうか。

知っていたように思える。何といっても、ふたりは腹違いとはいえ兄弟なのだ。確かに風貌も性格もまったく似ていないが、ちょっとした癖や表情などにはっとすることがあった。他人のわたしから見てもそうだったのだから、本人同士も何か感じるものがあったかもしれない。しかも彼は諸橋陣営の裏選対として、恩田冬一郎とその周辺を些細なことまで徹底的に調べ上げていたのだから。

もちろん、兄に知らせたのが彼だったとしても、それが悪意からだったとも限らない。むしろ、自分たちの父親を貶《おとし》めるような真似は止めるよう、諫《いさ》めたかったからだけかもしれない。だとしたら。

彼がわたしたちを門崎氏と引き合わせたのは、遠回しにそのことを教えようとしていたからかもしれない。一種の罪滅ぼしのような思いで。そして用は済んだのにわたしたちのあとをついて回り、穂波の使い走りに甘んじていたのも、もしかしたら。

もちろん、だからといって彼を責めるつもりはない。確かにわたしの想像通りなら、掛井の行動も兄の死の原因のひとつではある。でもそれを言うなら出鱈目な噂を面白おかしく触れ回った全員がそうだし、突き詰めれば変な噂を立てられるようなことをした三津谷こそが元凶だとも言える。知らないうちに兄を追い詰めていたのはわたしだって同じ。さらには父も、兄自身も。考えはじめたら、どこまで行っても堂々巡りだ。

この堂々巡りは誰かが止めなきゃいつまでも回り続け、やがて格子となってわたしたちを閉じ込める。いつしかまた、誰もが見えない鳥籠の中だ。それはやっぱり、馬鹿馬鹿しいことだと思うのだ。

わたしは立ち上がり、手摺に近付いて行った。わずかに身を乗り出すと、斜面に立ち並ぶ葉を落とした木々の間から駐車場が見下ろせる。一番手前に、すっかり馴染みになったアクアブルーのワゴンRが駐まっていた。

そこから真っすぐ町中へと続く道を、真っ黒で窓にもスモークがかかったメルセデスベンツが、二台連なってゆっくり走って来る。二台は低いエンジン音を響かせながら、駐車場の中に滑り込んできて停まった。

やがてドアが開き、ひとりの女性がゆっくりと陽光の下に降り立った。あの日の喪服からうって変わって、真っ白なファー付きのコートが目に眩しかった。

「日南子！」

その名を呼んで、大きく手を振った。しかし彼女はそれには応えず、やや俯き加減のまま石段を上ってくる。

笑顔はなかった。それでも、あの大雪の日に比べれば顔色もずいぶんと良くなっていた。この数日で、だいぶ落ち着きを取り戻してきていると穂波から聞いてはいた。突飛な行動に出て、彼女たちを困らせることもまったくなかった、とも。

「何、笑ってるのよ」むすっとした声で、日南子が言った。「わたしがこれからどこへ何をしに行くのかぐらい、知ってるでしょう？」

「うん……まあ、そりゃあね」

日南子はこれから、警察に出頭する。彼女のほうは、おそらくわたしのように軽い処分で済みそうにはなかった。やっぱりいちばんまずかったのは、自宅の爆破だろう。あれは事実上放火でもあり、怪我を負わせたのがわたしくらい、それもほとんど軽傷だったとはいえ、実刑はまず免れないだろうと思われた。それに例の中国人グループとの絡みもあれば、何年ぐらいの懲役になるか。あとは小宮たちが紹介してくれた弁護士の腕次第だ。

けれどそれを、彼女は自分から言い出したのだそうだ。そして天堂も穂波も、もう大丈夫だと判断して送り出すことにしたのだろう。もう早まった真似をすることもないと。

「……邪魔」

わずかに眉を顰めて、日南子は言った。ああ、とだけ答えて道を空けると、彼女はわたしの横を通り過ぎていった。そうして展望台の手摺に手を置き、ついと背筋を伸ばす。

彼女はそのまま身じろぎもせずに、じっとそこからの眺めを見ていた。しばらくは見納めになるであろうその風景を、目に焼き付けるように。

さっきまでは何てことのなかった風景が、今は眩しくて仕方なかった。そこに日南子の背中がある。それだけで、世界は輝き出す。あの静かな美術館に飾られていた絵と同じくらいに。

そうして彼女は、左手からそっとリングを外した。それを小さなケースに収めると、まるで祈るように両の掌で包み込む。

「なあ、日南子」

彼女は振り返りはしなかった。でも大丈夫、声は届いている。

「待ってるよ、わたしは。この町で……あんたの帰りを」

どこへ行けばいい。何をすればいい。そう考えて、やっぱり思うのは日南子のことだった。背を向けたままの彼女の向こうに、東京のそれに慣れたわたしには持て余すほどに高くて深い青。この空は、ひとりで飛ぶにはいささか広すぎた。でもふたりなら。

日南子はしばらく動かなかった。長い間を置いて、ため息でもつくように肩を落とす。それからようやく、ゆっくり振り返った。

「綾乃……あなた、本当の馬鹿なの？」

「そうだよ。まさか知らなかったか？」

笑いながら答える。彼女にも笑ってほしくて。

「知ってたわよ。もしかして自分では気付いてないんじゃないかと思って、教えてあげたの」

「それはご親切にどうも」

おどけてそう返すと、日南子は一瞬どう表現してよいのかわからないような複雑な顔を見せて、また背中を向けた。それきり、もう何も言わなかった。

やがて彼女は、これでいいとでも言うように小さくひとつ頷いた。そうして歩き出す。たぶん満足したのだろう。もう一度も振り向きはしなかった。その足取りは、ここまで上がって来るときとは明らかに違っていた。ゆっくりとではあったが、堂々として力強さも感じた。とても、これから罰を受けに行くとは思えないものだった。

わたしはただ黙って、その背中を見送った。これが最後じゃない。きっと。そう信じていたから。信じられたから。

「気の長いことや」穂波が半ば呆れたような声で言った。「ま、何年だろうとあんたは待つんやろな」

わたしは彼女のことを思い出し、振り返った。口ぶりほど嫌味な顔はしていなかった。

「そういえば、あんたもいたんだっけ」

「『も』ってのは何や。さっきからおったやないか、ご挨拶やな」

「そういう意味じゃないよ」

首を振って、わたしはまた手摺に近付いていった。眼下に、ゆっくりと石段を降りてゆく日南子たちの姿があった。それを無言で眺めながら、日南子がさっき見せた表情は何だったのだろうと考えていた。

怒ってたのか、わたしを憐れんだのか。それとも、笑ったのか。わからなかった。たぶん、彼女自身にもわかっていないんじゃないだろうかと思った。あまりに長く仮面を被り続けてきたから、本当の表情をどう作ればいいのかわからなくなってしまったのか。

まあいい、そこに浮かんだ感情が何だったとしても。とにかく、日南子は生きている。わたしも生きている。それならきっと何とかなる。そう、わたしは図太くて、その上楽観的なのだ。

そのとき、ふっと風を感じた。耳にかかる髪をわずかに揺らして吹き過ぎたそれは、さっきまでの切り裂くような冷たいものとは違い、まるで優しく撫でるような柔らかさと温かさがあった。

たぶん、春はもうそこまで来ている。

〈著者紹介〉
牧村一人　1967年千葉県生まれ。多摩美術大学卒業。2006年「俺と雌猫のレクイエム」で、第45回オール讀物推理小説新人賞を受賞。09年『アダマースの饗宴』で、第16回松本清張賞を受賞。近著に『KIRICO@シブヤ』がある。

本書は書き下ろしです。原稿枚数525枚（400字詰め）。

GENTOSHA

ブラッディ・ジュエリーは真夜中に笑う
2012年9月25日　第1刷発行

著　者　牧村一人
発行者　見城 徹

発行所　株式会社 幻冬舎
〒151-0051 東京都渋谷区千駄ヶ谷4-9-7

電話:03(5411)6211(編集)
03(5411)6222(営業)
振替:00120-8-767643
印刷・製本所:図書印刷株式会社

検印廃止

Printed in Japan
ISBN978-4-344-02245-4 C0093
幻冬舎ホームページアドレス　http://www.gentosha.co.jp/

この本に関するご意見・ご感想をメールでお寄せいただく場合は、
comment@gentosha.co.jpまで。